U0051265

ao 愛呦文創

SOMEONE I MET THAT SUMMER

某某 ep.1

木蘇里 著

目錄 CONTENT

PART 1 — 薄荷

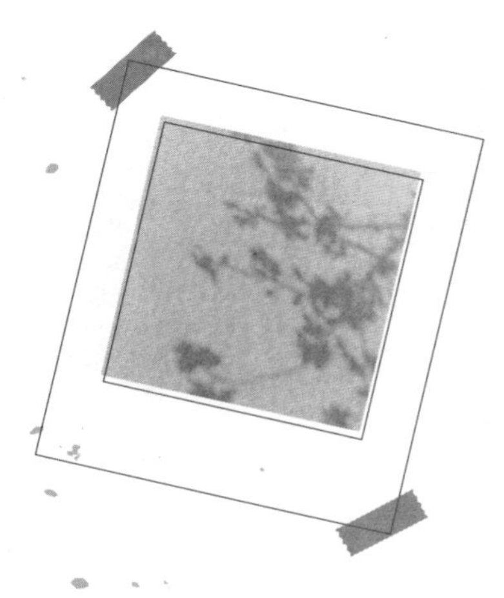

PART 2 ── 山楂

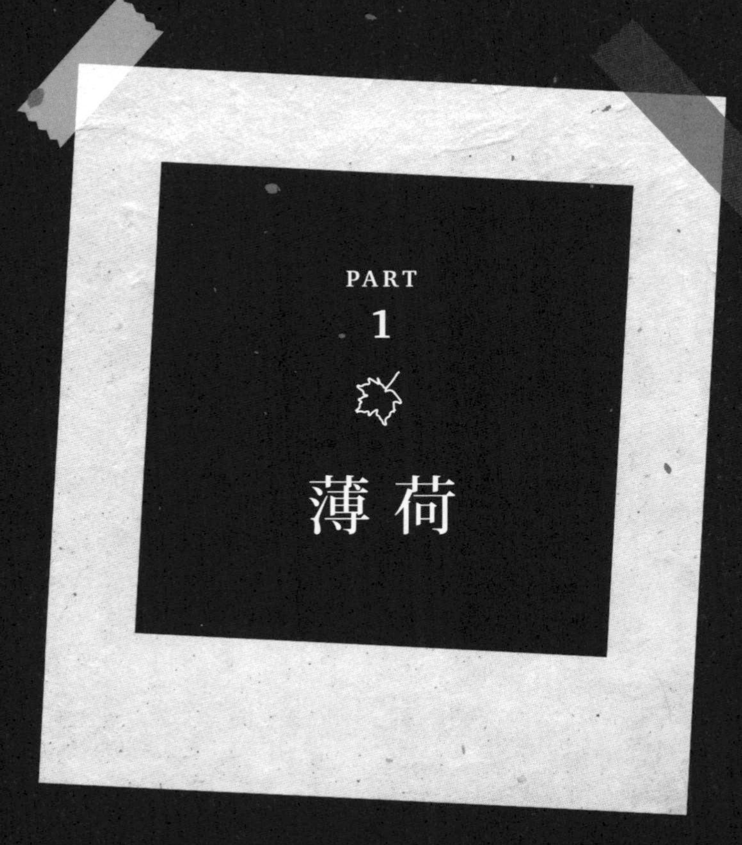

PART 1 薄荷

那個夏天的蟬鳴比哪一年都聒噪，

教室窗外枝椏瘋長，卻總也擋不住烈陽

〔Chapter 1〕

這是江阿姨的兒子，叫哥

「那個夏天的蟬鳴比哪一年都聒噪，教室窗外枝椏瘋長，卻總也擋不住烈陽。」

附中明理樓頂層的大課間向來吵鬧，高二A班的學委從走廊飄移進教室，叫道：「報——咱班要進人了！」

「敬事房的小太監又來騙人了。」有人揶揄。

「你他媽才小太監，我說真的。」

「又不是期中又不是期末的，進什麼人？」

「轉校生啊。」

這話一說，教室裡醒著的人都來了精神，「男的女的？保真？」

「千真萬確！我剛看見了，男的，白白淨淨挺帥。」學委思索了一下，補充道：「不知道哪個老師不做人，把別人家校草拔來了。」

教室裡響起一片起鬨的鬼叫，幾個女生趁亂瞄向最後一排的角落。

那裡有個趴在桌上補眠的男生，一隻手罩著後腦杓，長指微彎，腕骨突出。周圍實在太吵，他抓了抓短髮，側頭換了個方向。

女生們收回視線，聲音頓時輕了許多，「從哪裡轉來的？」

學委報了個學校名。

「什麼玩意兒？周圍有這間學校？」

「我也沒聽過，但肯定也是個省重點吧，不然也不可能轉進咱班呀。」

「等下，我查查。」說話的男生做賊一樣從桌肚裡摸出手機，快速說道：「沒老師過來吧？幫我盯著點。」

他手速飛快地搜了一下，搜完呆若木雞，「操！」

「怎麼了？」

那男生握著手機展示了一圈，剩下的人也傻了。

半晌才終於有人回過神來，「他外省的？外省的上完高一轉學來江蘇？參加高考啊？那帥哥腦子被門夾啦？」

腦子被門夾了的盛望正在教務處聽候發落。

蟬在濃蔭裡嘶聲長鳴，他離開窗邊又塞上耳機才聽清他爸新發的語音。接連三條，每條長達一分鐘，是盛明陽一貫的風格。

「你小陳叔叔剛給我打電話，說你自己上樓了。怎麼不等他一起走？新地方新同學，有人帶著比較好……」

「學校氛圍怎麼樣，跟之前的一中相比差別大麼？雖說都是省重點，但畢竟不是一個省……」

「你見到老徐沒……」

政教處的空調有點舊，只能局部製冷，適合中老年朋友。盛望站在出風口，頭髮末梢的輕微汗濕被吹得冰涼。他手指點著螢幕，每段語音只聽個前情概要就掐斷，聽一條翻一個白眼，翻到第三個的時候有點懵。

小陳叔叔他當然知道，那是送他來報到的司機。教學區不讓車進，停車場又離得遠，盛望多走一步都嫌費勁，乾脆讓他先回去了。

那麼……

「老徐是誰啊？」盛望按著發送鍵說。

「你又掐我語音了？」盛明陽秒回。

盛望拎著領口給自己搧風，假裝斷網了。

盛明陽一通電話追過來，語氣很無奈：「老徐是政教處主任，個頭不算太高，長得挺端正，可能有點嚴肅。按理說他該接你的，見到沒？」

盛望順著他的描述回憶，「沒吧。接我上樓的老師挺和藹的，一直在笑，就是長得像大嘴猴。」還矮，打眼一看剛夠到盛望的肩膀，說話得仰著臉。

他把盛望安置在這裡就去了樓下，說是找人拿新教材。

盛明陽卡了一下殼，「噢，差不多，那就是他。」

盛望：「……」他想了想說：「爸，那你看我長得端正嗎？」

盛明陽想打他。作為一個生意人，他見人說人話、見鬼說鬼話的工夫爐火純青，唯獨在兒子這裡繃不住。

門外傳來人聲，盛望探頭看了一眼，「猴——不是，徐主任來了，我先掛了。」

盛明陽加快了語速，「行，好好表現，第一天爭取給老師留個好印象，別瞎取外號。」

「噢——」盛望拖拖拉拉地應聲。

「晚上讓小陳去接你，我那個時候差不多也能到家了，帶你……」

他遲疑片刻，又故作輕鬆自然地說：「我們一起請你江阿姨吃個飯，就是上次爸爸跟你商量的那事，行吧？」

盛望抿了一下嘴唇。

江阿姨名叫江鷗，有個兒子。他沒見過江鷗真人，只看過兩張照片，還看得相當敷衍。這個名字他斷斷續續聽了快一年，頻率從兩三個月一次到近乎每天都出現，他真的快要習慣了。不得不說盛明陽在把控節奏上是個高手，挑不出什麼錯，以至於盛望就連發脾氣都找不到一個合適的切入點。

上個月，盛明陽說他下半年會翻倍地忙，在家待不了幾天，又說江鷗那邊出了點變故，房子沒法住了，所以他想讓江鷗搬過來，既有落腳的地方，又能幫忙照看盛望。

其實照看是假，打掃做飯都有專門的阿姨。變故也不一定是真，不過就是找個突破口罷了，真住在一起了，難道還能走麼？

這件事說是商量，實則沒等盛望點頭，家裡已經開始出現新的用品了，一切都在為迎接那個女人做準備，哦，還有她那個兒子。

今晚這頓飯吃不吃，都只有一個結果。

遲遲聽不到盛望的應答，盛明陽在電話那頭叫了他一聲。

那位長得像大嘴猴的徐主任恰巧走進門，盛望動作頓了一下把電話掛了。

畢竟是新生報到，政教處徐主任還能保持基本的慈祥，「跟家裡打電話？沒關係，不用急著掛電話，說一聲應該的。」

盛望轉過頭來，笑裡帶著少年氣，「謝謝老師，本來也說得差不多了。」

徐主任指著他對身後的老師點點頭。他剛剛在樓下就說過，這新來的轉校生雖然長了一張能禍禍小姑娘的臉，但一看就是個乖學生，不會出格。

「來，坐。」徐主任指著新搬來的一小摞書說：「這是這學期理論上要用到的教材，你可以翻一翻。」

什麼叫理論上？盛望一時沒明白這話的意思，他拿著最上面的化學翻了兩頁，跟之前學的內容還算銜接得上，差異不大，學起來應該問題不大。

「我看過你之前的資料，轉過好幾次學？」徐主任說。

盛望點了一下頭，「嗯，轉過幾次。」

基本都是跟著盛明陽跑。小學是在江蘇念的，初一到高一期間轉過兩次，這是第三次。拜這些經歷所賜，他對哪兒都沒什麼感情，在哪兒都留不長。

「成績單我也看過，很優秀的學生，考試基本沒掉出過年級前三。資質肯定是夠的，就是兩邊學校在課程安排順序和進度上，可能有點小小的差別。」徐主任用手指比劃著不到一公分的距離，寬慰道：「轉學多多少少都會碰到這類問題，稍微用點心就能補上，別怕。」

盛望同學一路順風順水，還真沒在學業上怵過誰，怕是不可能怕的，但他不能表現得太不謙虛，只得把翹起來的尾巴放下，「來之前做過心理準備，我努力跟上。」

徐主任更慈祥了，「高一有過預分科麼？」

盛望說：「沒有，學校試過一學期走班制。」

「哦。」徐主任點點頭，「其實我們也是走班制，就是特別一點。」

盛望有點懵，「特別？怎麼特別？」

「你馬上要加入的A班是高二理化強化班，我們半個學期走一次。不是有期中和期末兩場大考嘛，每次大考的最後三名退到B班，再挑排名最高的三名補進來。就是這種走班制。」

盛望：「……」簡而言之，人家那是選課的走法，他們這是滾蛋的走法。

徐主任嚇唬夠了小朋友，終於決定做個人。

他帶著盛望穿過花廊往明理樓走去。

在路過一面榮譽牆的時候，盛望忍不住多掃了幾眼，因為那一牆面無表情的「證件照」實在太像通緝令了。

這學校審美絕了，他心道。

徐主任卻踮了一下腳，原地表演孔雀開屏，他頗為驕傲地說：「高一競賽數量不算太多，但我們表現還是很不錯的，這面牆上的絕大多數人都將成為你的同班同學，你可以提前認一下。」

盛望臉盲，對提前認同學沒什麼興趣，他就記住了其中一位。一來這位重複率過高，憑一己之力把榮譽牆弄成了連連看；二來他姓江，叫江添。

重點在二來。盛望自認如果當皇帝一定是個昏君，愛搞連坐。小肚雞腸就小肚雞腸吧，反正他最近看姓江的都不順眼。

徐主任第一千次欣賞這面牆，卻突然拉起了驢臉。他湊近那位江添的照片，伸手抹了兩下，怒道：「誰在榮譽牆上瞎畫愛心，沒規沒矩！」

盛望在旁邊嗯嗯添堵：「還不止一個人畫。」

學校的攝影師不是科班出身，但照片裡的人依然存留有某種特質，用徐主任的話來說，就是可以滿哪兒禍禍小姑娘，但盛望覺得這種冷調的男生十有八九會是 Bking。他祈禱今後的日子能離這位遠一點，免得哪天一個看不下去打起來。

結果這願望許下去沒過五分鐘，他就被徐主任壓在了真人版 Bking 旁邊。理由是，剛開始追進度會有點吃力，最好的辦法就是有問題找同桌。

徐主任說：「放眼整個年級，估計找不到比江添更合適的同桌了。」話音剛落，全班四十幾雙眼睛紛紛投來窒息的目光。

盛望乾巴巴覷了大嘴猴一眼，心說，我可去你的吧。

「老師，有人找。」某位女生叫了徐主任一聲，指了指窗外。

壓在盛望肩上的手終於撤開，徐主任對窗外找他的人點了點頭，說：「開會是吧？就來。」

他直起身，指著盛望沒摘的耳機說：「對了，今天報到算個例外。明天起，手機、耳機、PSP這類東西就不要出現在教室了，一旦讓我抓到，誒——」

他豎著食指點了兩下，然後以迅雷不及掩耳之勢掏向前面那個男生的桌肚。

「我操！」男生立刻彈起來，捂書包的速度之快活像摸了電源箱。

「捂就有用啦？第二次了啊高天揚。」徐主任舉高了手，晃了晃新鮮繳獲的手機，對盛望說：「看見沒，這就是反面教材。另外，紀律委員呢？」

第一排的女生探出頭，「在。」

「玩手機，文明分扣三分，說髒話，扣一分。」

「噢。」

徐主任幹了票大的，帶著戰利品心滿意足地走了。

盛望近距離目睹了抓捕現場，表情有點懵。那個名叫高天揚的男生看著他，眼神逐漸幽怨。幾秒鐘後，盛望終於反應過來默默摘了耳機，連同手機一起塞進書包，免得刺激人。

高天揚依然看著他。

盛望想了想，禮貌性地安慰說：「節哀順變吧。」

「操。」高天揚沒繃住，哭笑不得地抹了把臉說：「還行，也不是第一次了。反正每隔一段時間都要查一次手機，在座的誰沒中過招啊。」

「哦。」盛望點了點頭，又納悶道：「那你看我幹什麼？」

高天揚：「就很好奇。」

盛望：「啊？」

「你進教室之前我們正說著，我還百度了一下你原來的學校。年紀輕輕有什麼想不開的呢，高二轉學來江蘇？」

盛望乾笑一聲，說：「問我爸去。」

高天揚摸著自己的圓平頭，還想再八卦幾句，無奈鈴聲突如其來。歪七扭八聊天打屁的同學都坐正了，幾個睡了一節大課間的人也紛紛抬頭，抻了抻胳膊、脖子，從桌肚裡掏出一疊考卷。

當所有人回到座位不再擠作一團，盛望的突兀感就很重了——因為這個班所有人都是單．人．單．座！只有他，桌子跟另一張併著，有個睡得像屍體的同桌。

——我他媽……

盛望剛把新教材掏出來，拎著書包放也不是，不放也不是。

萬分尷尬之下，他只能扭頭瞪江添。

這位疑似Bking的同桌可能通宵做了賊，連鈴聲都沒聽見。他支著的手臂掩住了大半張臉，只能從間隙裡看到下頷骨的線條。白色的圓領T恤裹出了肩背弓起的輪廓，隨著呼吸輕輕起伏。

這架式是要睡到放學麼？盛望心說。

前座的高天揚突然想起什麼似的轉過頭來，伸手迅速推了一下江添，低聲道：「醒醒嘿，添哥，自習了。」

他指著江添衝盛望解釋說：「剛讓我上課叫他，免得睡過了。」

盛望挑起眉，倒是有點意外。他以為這位同桌就是來表演天天睡覺、門門滿分的呢。

高天揚叫了兩次，江添終於醒了。

他「嗯」地低低應了一聲，覆在後腦的手指蜷曲了幾下，黑色短髮從指縫間支棱出來。拇指捏在食指關節上，發出咔的一聲輕響，這才抬起頭。

坐直身體後，他又搓了一下臉。肉眼可見醒得有多艱難。

「我的天，你昨晚幹麼了睏成這樣？」高天揚忍不住問。

「一點破事。」江添顯然不想多提，眉宇間除了睏意就是不爽。他從桌肚裡摸出一瓶礦泉水，瓶身上蒙著的冰霧在手指間化開一些，他擰開喝了一口，餘光終於瞥到了盛望。

他皺著眉轉過頭來。可能是剛喝了冰水的緣故吧，嗓音語氣都很涼：「你誰，坐這幹麼？」

聽聽這鬼話。

盛望本來就因為姓江連坐了他，被這種語氣一激，就更沒什麼好印象了。他少爺脾氣上來了，用下巴指了指桌上的新教材說：「我新來的，就坐這了怎麼著吧。」

帥哥互懟可能挺吸引人的，前面幾桌同學紛紛扭頭。

高天揚一看氣氛不對，第一個衝出來打圓場，解釋說：「不是，剛剛你補眠不知道，老師把他壓這兒的。」

「哪個老師？」江添問。

「還能有誰，大嘴唄。」高天揚笑著說：「他不是一向喜歡瞎排座位麼，上次一句話把我課桌拎講臺旁邊，第二天自己又給忘了，問我為什麼好好的教室不坐，非要上講臺跟老師擠，我就日了狗了。」

盛望正冷著臉跟江添對峙呢，聞言扭頭盯著高天揚，臉上明晃晃刷了一排譴責的大字：剛剛大嘴猴在的時候你怎麼不說？

旁邊突然響起哐啷啷的拖動聲，盛望聞聲看過去，就見江添已經站了起來，拎著椅子，把自己那張單人桌往後拉了一段距離。

「你幹麼啊？」高天揚納悶地問。

「調座位。」江添看也沒看，衝盛望的方向偏了一下頭，說：「他矮一點坐這，我坐後面。」

盛望：「誰矮？」

江添已經在新位置上坐下了，他從桌肚裡抽出厚厚一疊考卷丟在桌上，這才往椅背上一靠，抬眼看向盛望，「不然你比我高？」

「……」至此，盛望對這人的印象是徹底好不回來了。

他把自己面前的單人桌往左挪了一些，跟整排對齊，又把書包塞進桌肚。

剛坐下來，高天揚用筆頭在他桌上敲了敲，扭頭低聲囉囉嗦嗦：「欸，哥兒們。」

「嗯？」盛小少爺不爽的時候針對性很強，不會對著無關人士亂擺臭臉。

高天揚用手掩著嘴，用更低的聲音說：「你別往心裡去，他平時不這樣。這兩天可能是遇上什麼事了，心情不大好。」

盛望出於禮貌「哦」了一聲，心裡想的卻是關我屁事。

比起後面那位冰雕瘟神，他更關心教室裡的其他人，因為放眼望去，整個教室只有他一個人桌面上放著教材，其他人都是一疊一疊的考卷。而且上課鈴打這麼半天了，也沒見哪個老師來。

這學校什麼毛病？

他掃視一圈，還沒來得及把疑惑問出口，高天揚這位貼心小棉襖就主動開口了：「今天週六，又是補課期間，一天都是自習。你……沒帶點考卷啊？」

盛望沒好氣地提醒他：「我今天剛來。」

「哦，那你拿什麼複習啊？」高天揚戳了戳嶄新的教材，說：「課本啊？」
「複習？」盛望重複了一下：「你說複習？」
「對啊。」
盛望突然有了不祥的預感，他乾巴巴地問：「為什麼要複習？」
高天揚說：「因為明天考試啊。」
盛望：「啊？明天幹什麼？」
「考試。」
盛望用一種「你在說什麼夢話」的目光看著他，「考什麼？高一的內容？」
「那是上一次期末考試的事，現在考什麼高一的內容啊。」高天揚指著盛望今天剛領到的教材說：「考這個。」
盛望：「……」你再說一遍？
可能他凝固的樣子有點萌，高天揚笑趴了。
盛望指著教材，用毫無起伏的聲音說：「徐主任告訴我，這是你們這學期的新教材。」
「理論上是。」高天揚說：「但是我們已經學完了啊。今天八月八號對吧？我們七月十號放的暑假，就放了十天，然後就來上課了，前兩天學完了。」
「哪門？」
「反正數理化都學完了，語文進度稍微慢一點點，英語本來也不按課本來。」
「是。」
盛望一陣窒息，「所以我明天要考五門完全沒學過的東西？」
「我能請假麼？」

「應該不能。」高天揚故作滄桑地說：「朋友，任重道遠，好自為之。等畢業了，找人打徐大嘴一頓就對了。」

這件事過於刺激，以至於一天下來，盛望同學始終處於精神上微醺的狀態，簡稱「很醉」。還是司機小陳叔叔打他手機，他才反應過來自習已經結束了。教室裡的人走得七七八八。高天揚臨走前似乎還跟他打了聲招呼，後面那位討人嫌也沒了蹤影。

他在半路接到了他爸盛明陽的電話。

親爹畢竟是親爹，一個「嗯」字就聽出了不對勁。

「怎麼？碰上事了？」盛明陽問。

盛望腦袋抵著車窗，懶嘰嘰地癱在後座，麻木地說：「有個需求麻煩滿足一下。」

「說。」

「我想退個學。」

「……」盛明陽愣了一下，沒忍住笑了出來，「哎呦，這還是我兒子麼？」

盛望從小到大都是孔雀開屏的性格，也就小時候撒潑耍賴才會說「不行」，大了就再沒聽過。冷不丁聽見這口氣，盛明陽還有點感慨，語氣都柔和不少：「來給爸說說，受什麼刺激了？」

盛望「呵」了一聲，正準備把一肚子吐槽往外倒，卻聽見盛明陽身邊傳來一句模糊不清的聲音，是一個女人的低聲問話，盛明陽的聲音也突然變悶，應該是捂著手機回了她一句。

盛望愣了一下，忽然興味闌珊。

「沒什麼，隨便說說，我掛了啊。」他扯著嘴角說話，語氣聽起來挺歡快。

「噢，那你到哪兒了？」盛明陽問。

盛望轉頭往窗外看了一眼，車正駛過青陽大街，依稀可以看到不遠的地方有岔道可以拐進去，再開一小段就是白馬巷了。巷子口停著幾輛賣小吃的車，不知蒸煮著什麼東西，薄薄的煙霧在巷口牆邊暈開。

白馬巷裡有他家老祖宅，他只住到五歲就搬走了。八歲之前，偶爾會跟媽媽回來兩趟，八歲之後媽媽去世，就再沒來過了。

這裡的變化其實很大，他幼年的印象也並不很深，但在看到那片煙霧的時候，他居然生出了一絲懷念。

小陳把車開進院子的時候，盛明陽已經站在那裡等著了。

天色灰青泛著暗，有的房子已經亮起了燈。

盛望悶頭從車裡出來，就聽見他爸溫聲叫了小名：「望仔，這是你江阿姨，這是江阿姨的兒子江添，比你大一點點，叫哥。」

江誰？盛望愣了一下，猛地抬起頭。

稀落的燈火在院子裡分割出明暗，江添就站在那片影子裡，身量很高，有著少年人特有的俐落輪廓，又不過分單薄。他單肩背著書包，拇指勾在黑色的包帶上，一直偏頭看著別處，直到盛明陽把兒子拉過去，他才轉過臉來，接著便是一副吃了餿水的模樣。

看到對方這麼不開心，盛望爽了一點。

「怪我，作為長輩真的太失職了。我居然才知道小添也在附中念高二，你倆一個班啊！」

盛明陽摟著兒子的肩膀，把試圖釘在原地的盛望往前拔了一步，問：「這麼說，你們今天白天就已經見過了？」

他跟親兒子互動還不夠，還要抬頭去看江添，好像江添會回答他似的。

江添當然不會理他。

片刻的工夫，江添已經收了表情恢復冷臉，看盛望的模樣就像在看一個陌生人。

「小添。」有人輕輕叫了一聲。

聽到女人溫和的聲音，盛望這才想起來，除了江添，其實還有一個更重要的人在場呢……

江鷗就站在兒子身邊，打扮得簡單清淡，跟想像中的風格天差地別。她在女人當中算得上高䠷，卻依然比江添矮一大截。這樣的對比顯得她毫無攻擊性，甚至透著一股柔弱的親切感。

她拉了一下兒子的胳膊，輕聲說：「小添？盛叔叔問你話呢，你跟小望是同學，今天已經見過了吧？」

江添轉開頭，眉心飛快地蹙了一下，那一瞬間的表情中透著本能的不耐煩和抗拒，但他最終還是沒能扛住親媽的目光，僵持片刻又轉回頭來，不冷不熱地扔了一句：「睡了一天，沒注意。」

盛望心說放屁，你這個騙子。

這話再續下去只會更僵，盛明陽及時出來打圓場。他笑了一聲說：「第一天做同學，沒記住臉的太多了，正常，以後相處久了慢慢就熟悉了，來日方長嘛。」

江添面無表情地看向他，拇指在書包帶上滑了一下，將包往上提了提。那架式，似乎下一秒就要抬步離開了。

果不其然，他張了口低聲說：「我先……」

「先陪媽媽吃完飯好嗎。」江鷗聲音溫和中透著一絲小心翼翼，聽起來幾乎像懇求。

江添：「……」

盛望彷彿看到這人皮囊下的靈魂猛烈掙扎兩下，又憋屈地躺了回去。

他看熱鬧看得有點幸災樂禍，但下一秒又樂不出來了，因為江鷗搞定了兒子，轉過頭來衝他笑一下。

這是盛望第一次看清這個女人的正臉，在她笑起來的瞬間，他忽然發現對方的長相和他媽媽有五分相似。

也許是燈光模糊了線條輪廓，也許是嘴角都有一枚淺淺的梨渦。

又或者是時間太久了，不論他怎麼鞏固，記憶裡的人都無可逆轉地退了色，已經沒那麼清晰了，甚至開始和某個陌生人漸漸重合……

「小望？」江鷗不大確定地叫了他一聲。

盛望怔愣一下回過神，他突然連敷衍都沒了心情，咕噥了一句：「爸我胃疼，先上樓了。」

「欸，別跑，晚飯呢？」盛明陽想拽他沒拽住，「不是說好了麼，這點面子都不賞給你爸？」

盛望拎著書包往門裡鑽，頭也不回地說：「你兒子明天考試，五門課一門都沒學過，有個屁的時間吃飯。」

家裡阿姨遞來拖鞋，他趿拉著上了樓，走到拐角時忍不住朝窗外看了一眼。他們還在樓下院子裡，盛明陽正跟江鷗說著什麼，無非是解釋他這個兒子如何如何少爺脾氣，開開玩笑就過去了，別往心裡去。

江添還被他媽媽抓著手臂，走不掉。他漠然站在暗處，空餘的那隻手握著手機，低頭滑著螢幕。沒滑幾下，他似乎發覺了什麼，驀地抬頭朝樓上看過來。

盛望驚了一下，扭頭就走。

他往握把上掛了個「不准敲門」的牌子，便反鎖了房間，又塞上耳機把音樂聲音調大，大到外面打雷都聽不見，這才坐下。

新教材在桌上排成一排，他窩在椅子裡轉筆。旁邊擱著的手機螢幕一會兒亮一下，一會兒亮一下。他攢了好幾個，才伸手去解鎖。

給他發微信的是上一間學校的同桌，考試不大在行但人很仗義，天生有股好漢氣質。盛望常常覺得他不是來上學的，是來上梁山的。上到高三下到高一，只要是活人都跟他有交情。

八角螃蟹：高二的期末考試數理化考卷？你要這個幹麼？大佬不是吧……才剛剛放暑假就開始預習啊？

八角螃蟹：也不對啊，預習你要期末考卷幹麼？

八角螃蟹：大佬？你回我一句。

八角螃蟹：盛哥？

八角螃蟹：班長！行吧，不發試卷圖你都看不到消息。

盛望轉著筆單手戳字……

罐裝：我剛看到。

八角螃蟹：裝，你再裝。你就是懶，多打一句話都嫌費勁，每次幾條消息攢一塊兒回。

八角螃蟹：看，又開始攢了。

八角螃蟹：行吧，你帥你說了算。試卷我幫你要到了，數理化三門各一份是吧？語文英語你怎麼不要呢？怎麼還搞學科歧視。

罐裝：你才歧視，一晚上哪做得了那麼多，得會取捨。

八角螃蟹：什麼玩意兒？一晚上？您幹麼呢這是？還有你平時不是懶到能發語音就絕不打字麼，今天怎麼了？居然手打了兩句話。

盛望懸著手指「嘖」了一聲，終於放棄打字，發了一段語音過去：「因為我今天剛來這倒楣學校，明天就要週考，考高二上學期全部內容，我不臨時抱個佛腳明天就要五門零蛋了。語文、英語來不及了靠緣分，數理化三門還能垂死掙扎一下。」

八角螃蟹回了他八個黑人問號表情包，然後二話不說把三張考卷傳過來了。還附帶一條語音：「不是，我沒弄明白。你一門做一張考卷掙扎不了幾分吧？人家也不可能考這幾張考卷上的原題啊。」

盛望：「誰跟你說我要做考卷了。」

八角螃蟹：「那你要幹麼？」

盛望：「照著考卷按照分值比例畫重點。題目各省千差萬別，但重難點還是有點相似的。我看看哪幾個模組分最高，今天晚上集中抱一下，性價比高一點。」

八角螃蟹：「還能這樣？」

盛望：「都說了，垂死掙扎。」

八角螃蟹：「那其他怎麼辦？」

盛望：「看命。」

回完這句話，小少爺突然生出一股子心酸感來。

他混跡江湖十六年半，居然還有考試看命的一天。

他想了想，又問螃蟹：「那個蒙題口訣是什麼來著？」

八角螃蟹：「哎你等等，我記在筆記第一頁了，我拍給你。我的天，還有看到你用蒙題口訣的時候，普天同慶。」

夜裡十二點多。

盛望捋完了化學和物理，眼睛澀澀的有點酸，不過更酸的是胃——他快要餓死了。

他在房間裡轉了兩圈，摸了三個儲備零食的地方，都沒摸到餘糧，不得已只得打開門。

意料之中，門上貼了一張便條紙，上面寫著：冰箱裡有洗好的紅葡萄，松茸雞絲粥在廚房溫著，其他夜裡不要吃，燒胃。

這是家裡阿姨留的，盛明陽經常不在家住，沒家長盯著，盛望三餐總是不大規律。每次敲不開門，阿姨就會留點適合半夜吃的東西，方便他下樓覓食。慢慢的就成了某種約定俗成。

以盛明陽的作息，這時候肯定已經睡了。

盛望拖鞋都沒穿，穿著襪子悄無聲息下了樓。他剛打開冰箱把腦袋伸進去扒拉吃的，就聽見玻璃外的露臺傳來盛明陽低沉的說話聲。

他愣了一下，抱著紅葡萄摸過去。盛明陽正在跟人打電話，一手握著電話，一手捏著眉心，看上去也是睏倦極了，但語氣卻非常溫和。

盛明陽對電話那頭的人說：「學校宿舍我問過，正式開學之後才可以申請。小添他想住過去，恐怕暫時也不行。」

「對，還是先住過來吧。」

「其實長久住在這邊我更高興，後天早上我帶小陳去給妳搬東西。妳可以跟小添說，這間院子兩邊是對稱的，各有臥室、客廳、衛生間，他可以當我們兩家合租，廚房共用一下而已。」

盛望一口葡萄噎在喉嚨裡，耳朵尖都噎紅了。

他有預料到這頓飯後，那兩人很快就會正式搬進來，但沒想到這麼快，快到他這一晚上連做了三個噩夢。夢見被空白的考試卷追、被狗追、被江添追。

附中的週考安排相當變態，一天考五門，從早上七點開始，一直考到晚上九點。

第一門就考數學，可能是想幫他們醒醒腦子。

監考老師站在前面數考卷，按組分成了幾份，讓第一桌的同學往後傳。

前排的高天揚抽了一張考卷，把剩下的遞給他，順便問了一句：「你打算怎麼辦啊？」

盛望乾笑一聲說：「涼拌，實在不行選擇全填C，好歹能賺幾分保底。」

「你……」高天揚看了他一眼，欲言又止，在監考老師的盯視下默默閉嘴坐正了。

我什麼？盛望有一瞬間的納悶，不過下一秒，他就知道高天揚為什麼那副表情了，因為他匆匆掃了一眼考卷發現……數學．根本．沒有．選擇題！

就在他麻木靜坐的時候，肩膀突然人戳了兩下，江添低低的嗓音從背後傳來：「你也可以試試十四道填空全填C。」

「……」你神經病啊？

盛望扭頭逼視他，「我想怎麼填就怎麼填，關你什麼事？還要戳我說。」

江添看著他，忽然攤開手掌，「我戳你是想問，你打算把我的考卷扣到什麼時候？」

盛望一呆，「……噢，忘了。」

這是有史以來最漫長的一場考試。

離結束還有三十分鐘，盛望的筆繞著食指轉了兩圈，擱在了桌上。這動靜很輕，卻還是引來了不少目光——好奇的、八卦的、同情的，還有隨便一瞥的。

十來歲的時候，傳言總是跑得飛快，少年人沒有祕密，每一件事都能變成眾所周知。

一夕之間，眾所周知，強化A班新轉來的帥哥五門考試都要開天窗了，分數估計得奔著個位數去，真是慘絕人寰！就連被抽來監考的別班老師都忍不住多看了他幾眼。

鈴聲踩著最後一秒響起來。

監考老師拍了拍手說：「好了時間差不多了，筆放一放。欸，那個第一組靠窗的男生，別寫了。都是A班的人了，還在意這十幾、二十秒的？給別班同學留點活路吧。」

眾人一陣低笑，那個男生滿臉通紅地放開了筆，搓著手上急出來的汗。

「看給你緊張的，不就最後一道題麼。人家新轉來的都比你淡定。」他後座的同學踢了他一屁股，順嘴開了句玩笑。眾人又朝盛望這邊看過來。

這種調笑談不上善意，也不算惡意。

只是因為陌生，字裡行間會下意識把新人排在團體之外。

這幾乎是每場轉學必經的開端，盛望見怪不怪，還順勢笑著接了一句：「就是。」

眾人沒想到他會這麼回，當即一愣。

「別貧了，每組最後一位同學把考卷從後往前收。」監考老師說完，教室裡一陣椅子響。

江添拎著考卷站起身，兩根手指尖在盛望桌上篤地敲了一下，示意他交卷。

盛望瞥了他一眼，正要把考卷塞過去，高天揚趁亂扭頭問：「你還好嗎？」

「還行。」盛望說。

「哇，居然還能笑。」高天揚衝他伸出拇指，「這心態可以，要我碰到你這情況，我可能就自閉了。」

寫錯題不算什麼，至少一直在動筆。什麼都不會還得硬熬兩小時，那才折磨人。

好幾個同學轉頭瞄過來，想看看盛望的考卷究竟有多白。好奇心正常人都有，就連高天揚也不例外。不過無人成功，因為有個沒耐心的真‧冷面學霸在旁邊杵著。

沒等他們看見什麼，江添就把考卷抽走了。盛望說著話呢，手裡忽然一空，再抬頭看過去，江添已經在敲高天揚的桌子了。

「給給給。」高天揚慫得不行，灰溜溜把考卷交了。

總算熬過一門。盛望抻著手臂伸了個懶腰，然後拿起水杯站起身。

「同學你幹什麼呢？」監考老師懵逼地看著他。

盛望比他還懵，「去後面接杯水。」他說完環視一圈，突然發現全班人都老老實實坐在位置上，他是唯一一個準備休息的。

監考老師把收上去的那疊考卷擱在講臺左邊，又拿起右邊一個牛皮袋說：「還沒考完呢，還有一張考卷呢，你忘啦？」

——啥？

盛望跌坐回去，監考老師拆了袋子開始發新考卷。

高天揚朝後一靠，背抵著他的桌子說：「哦對，你是不是不知道？我們數學兩張考卷，先考正卷，兩小時收，然後是一張附加題，再考半小時。當然，正式考試會提前五分鐘發。」

他說完沒得到回音，轉頭一看，就見盛同學仰在椅背上，臉已經綠了。

「我就問一句，你們數學多少分？」盛望的語氣已然了無生趣。

「理科生二百分，高考總分才四百八十，你感受一下這個占比。」

「……」他仰了幾秒，頭頂被人用手指抵了一下。

江添的聲音又出現了：「從我桌沿起來，接考卷。」

頭頂被人碰到的感覺很奇怪，盛望脖頸汗毛直豎，詐屍似的坐直。他抽了自己的考卷，把最後一份往肩後丟過去。

有數學這門奇葩打底，後面的考試就都不是事兒了。

眨眼間，已經是晚上九點。

「江添，吳老師喊你去辦公室。」剛交卷，一個靠窗的女生接了話傳過來。

盛望轉頭看了一眼，就見那瘟神正打算拎書包走人，聞言皺了一下眉，「現在？」

「對啊，剛剛打鈴的時候過來說的。」女生指著窗戶一角說：「讓你考完就去。」

江添像是要趕時間，表情不是很高興，但還是丟下書包出了門。

學校夜裡有班車，送走讀的學生往市區各處，刷校卡就可以，發車時間跟著高一、高二、高三的放學時間調整。像今天這種考試的日子就是九點二十分發車，學生們交完考卷收拾好書包再走到停車處，時間綽綽有餘。

「我跟校車走，你呢？」高天揚問。

盛望站在教室後面的飲水機旁接水，「我等人。」

「那行，明兒見。」他操著不知哪裡學來的兒化音，拎著書包走了。結果出門沒一會兒，又退回來說：「哥兒們，去趟前面辦公室，老何找你，我剛出門就碰到她了。」

「哪個老何？」盛望喝了一口水，問。

「班主任啊，還有哪個老何。」高天揚說：「哦對，你來好像還沒見過她。她昨天有事不在學校，今天又被分配去別的班監考，估計這會兒剛得空。」

高天揚傳完話便走了。

盛望放下杯子，給來接他的小陳叔叔發了一句語音，這才往辦公室走。

高二年級有個大辦公室，主要任課老師都在裡面，因為一個老師往往不止帶一個班，但A班例外。徐大嘴帶他認過路，A班的幾位主科老師不帶別的班，所以有一間單獨的五人辦公室。

盛望沿著走廊往前走。

明理樓是附中高二的地盤，一共四層，每層都有好幾個班，除了頂樓。頂樓這層只有A班，A班的教師辦公室、廁所，以及兩間小黑屋。小黑屋門口沒掛標牌，這兩天又鎖著門，盛望也沒看出來那是幹麼用的。

他快走到辦公室時發現走廊上有人。那兩間小黑屋沒亮燈，門前一片昏暗，有兩個人站在那裡，正靠著走廊欄杆說話。背對著他的一看就是江添，那另一個想必就是吳老師了。

盛望沒有窺探別人私事的癖好，但畢竟離得不遠，有些話還是落進了耳朵裡。

「行，考試的事就這麼說，我明天給徐主任一個答話。」這是吳老師在說話。

「嗯。」江添應得很簡單。

「那你爸……」

吳老師剛開口，江添就打斷了他，「我的事跟他沒關係。」

他說這句話的時候，聲音驟然冷下來，透著一股難以言喻的厭煩感。就連跟他結了梁子的盛望，都從沒聽見過這麼差的語氣。

「老師還有別的事麼？」江添問得很直接。吳老師沒多說，拍了拍他的肩。

「沒了，就這些。」

「那我先走了。」

他說完這句硬邦邦的話，轉頭就要走，卻跟盛望撞上了視線。那個瞬間，盛望難得生出一絲微妙的心虛。

想也知道，這種對話內容並不適合讓人聽見。盛望幾乎立刻說道：「何老讓我來辦公室。」

江添漆黑的眼珠盯著盛望，也不知道信沒信。他在那裡站了幾秒，又面無表情地抬了腳。經過盛望身邊時，他忽然低下頭，搭著盛望的肩膀語氣冷淡地說：「何老師三十剛出頭，還不至於被叫成『何老』。」說完頭也不回地走了。

盛望原地愣了一瞬，轉頭看回去的時候走廊已空無一人。他在心裡「嘖」了一聲，抬腳踏進了辦公室。班主任的位置就在第一個，座位上有名牌，寫著「何進」。

正如江添說的，班主任看起來三十歲剛出頭，鵝蛋臉戴著眼鏡，皮膚很白，捲髮披肩，稍稍打扮一下就能很漂亮。唯一的缺點是太瘦，顯得有一絲病氣。

對，何進是位女老師，教A班物理。

盛望想起自己剛剛口誤的那句「何老」，食指刮了刮鼻尖。怪就怪高天揚那個二逼，居然管這樣的班主任叫「老何」，怎麼想的。

「來啦？」何進的眼睛在鏡片後面彎起來，溫和親切。

盛望也衝她笑了一下，「老師找我有事？」

「其實也沒什麼，就是昨天沒能在學校迎接新同學，有點過意不去。」她對盛望說：「還有就是課程進度的問題。」

她衝身後抬了抬下巴，說：「我們從老徐那邊聽說了，你現在每門進度落後一本書，怪我昨天沒在學校，不然幫你打個申請，今天的週考就可以不用勉強。」

盛望笑著在心裡嘔了一口血，心道：妳不早說！

何進看出了他笑意下的崩潰，被逗樂了，又說：「今天這十多個小時有點難熬吧？」

盛望謙虛地說：「何止是有點。」

其他幾位老師也跟著樂了，包括剛剛跟江添談話的老吳，「沒事，我們知道你的情況，這次的成績就不當真了，五分、十分都正常，不要有壓力。」

「等等啊，別的我不管，語文要是也五分、十分就有點說不過去了吧？」

「英語也有點說不過去。」

老師七嘴八舌地開玩笑，辦公室裡的氛圍一下子輕鬆不少。何進看了盛望一眼，似乎在觀察他緊不緊張，結果發現這位新學生是真的心大。

於是她也不鋪墊了，直說道：「這次考試不當真，但進度差這麼多確實是個問題，而且問題不小。A班課程走得很快，我們要在上半個學期把整個高中的內容結束掉，沒法停下來等你一個人。所以……可能需要你自己想辦法，在跟大部隊同步學新課的同時，把缺掉的部分補上來。」

這在盛望的預料之中，他點了點頭。

何進又說：「好好利用課餘時間，困難是肯定的，但咬咬牙也能過去。最近暑假期間，自由安排的時間還比較充裕，晚自習只上到八點，而且考試前一天晚上連晚自習都沒有，直接放假。」

盛望第一次聽說這也叫放假，乾笑了一聲。

幾位老師又跟著笑了。

何進擺手說：「別這麼乾巴巴的，好了，繼續說正事。這次考試我們不當真，但是下週又要週考了，讓我看到你的進步可以嗎？」

「當然可以。」

何進跟其他幾個老師對視一眼，點點頭說：「我們估算了一下一週可以拉多少進度，給你訂個小目標吧。」

盛望答得乾脆：「行，多少？」

「物理、化學兩門卷面分一百二十，一週後希望你能達到五十以上。數學撇開附加題不算，卷面一百六十，爭取到七十。語文和英語兩門就不訂了，機動。」

何進說著說著，發現這位新生表情有一點點怪，問道：「怎麼了，有點難？」

「不是。」

「那怎麼？」

盛望「唔」了一聲，說：「沒事，先這麼訂著吧。」

幾位老師納悶了一整天，結果到了第二天晚自習，週考考卷批出來一看，這位考試前一天才拿到教材的新生分數如下：

物理、化學一門六十二、一門六十八，數學八十三，語文和英語兩門比A班平均分還高一截。

〔Chapter 2〕

考卷和面子，總得選一個

恰逢週一，又碰到課程微調，學委晚自習前去了一趟辦公室，領回一張嶄新的課程表，張貼在了公告欄上。

盛望瞇眼看了幾秒，拍著高天揚問：「為什麼晚上那兩欄還寫著學科名？」

「嗯？哪邊兩欄？」高天揚正悶頭在桌肚裡回人微信，沒反應過來他在問什麼。

「公告欄上的課程表。」盛望轉著的筆一停，筆頭朝那個方向點了點，「今晚上寫著物理。」

「課程表？」

「對。」

高天揚抬頭看向前方，凝固了大概三秒，猛地扭頭問：「你他媽坐倒數第二排，能看清課程表上的字？」

「能啊。」

「您顯微鏡長臉上了？」

盛望緩慢清晰地說：「滾。」

「不是，我就是表示一下震驚。你可以環視一下，你是咱們班唯一不近視的，你沒發現嗎？」高天揚說。

盛望頭都沒回，拇指朝背後翹了一下，接著鬼使神差壓低了聲音問：「他也不戴眼鏡，他不是人麼？」

高天揚卻沒反應過來，依然用正常的音量說：「添哥平時不戴而已，你等上課再看他。」

盛望心說：我看個屁，你個二百五那麼大聲幹什麼！

好在江添又在趁課間補眠，什麼都沒聽見。

盛望挺納悶的，這人怎麼天天都跟夜裡做賊似的這麼缺眠，難不成刷題刷的？走神間，前排幾個人嗡嗡炸了起來。

學委的聲音清晰地傳過來，透著一股八卦的氣息：「真的，不知道幹麼了，反正我進辦公室的時候幾個老師都炸了窩，瘋了，特興奮，叭叭說著話。」

「說什麼了？」

「沒聽見，我進去他們就正常了。」

「那你說個鳥。」

高天揚是個活躍分子，聽到學委的話，跨越兩張桌子加入了討論。於是繞了一圈，盛望最初問他的問題也沒得到回答。

不過很快，答案就自己上門了。

晚自習鈴聲響後沒多久，班主任何進夾著一疊考卷進了教室，理所當然地往講臺上一攤，然後熟門熟路地去拉身後的板，她說：「週考考卷批出來了，今晚這堂課我們把考卷講一下。」

至此，盛望算是知道了……這倒楣學校的晚自習壓根不是真自習，而是要上課的！週一到週五每晚一門，安排得明明白白。

那麼問題來了……

白天的課是安排了作業的，數理化三門，簡單粗暴，每門發了一張練習卷。語文稍微有點人性，沒發整套考卷，只印了兩篇閱讀題。唯一饒他們一命的是英語，因為白天沒有英語課。

總之，幾門加起來差不多有八張破紙，晚自習不給上自習，這些破紙什麼時候做？

盛望一陣窒息。

何進講完開場白，拎起面前的考卷抖了抖，說：「都挺想知道自己考得怎麼樣的，是吧？我先說說整體感受吧，我覺得你們放了個暑假可能把自己放傻了。」

眾人沒吭聲，個別人嘴唇動了動，估計在吐槽十天的暑假也好意思叫暑假。

何進：「普遍發揮不如上學期最後的幾場考試，做題速度比以往慢，考卷批下來一看就知道。不是題目不會，而是來不及好好答。哎，有幾位同學最後那個字抖得啊，可憐巴巴的，我都不忍心畫叉……」

她表情放鬆了一些，沒好氣地說：「所以我直接扣了分，順便減了兩分卷面成績。」

教室裡有人沒憋住，「嘤」了一聲。

何進說：「嘤什麼啊，撒嬌啊？撒嬌有用嗎？」

四十多個人拖著調子回：「沒用，嘤——」

盛望：「……」這是壓力過大，憋出一個班的神經病啊？

何進也被氣笑了，但見怪不怪的，一看就不是第一次了，「我知道這是你們的老毛病了，回回放完假都這樣，我不想說了，你們自己心裡稍微有點數行嗎？」

全班又拖著調子說：「行——」

何進指著他們說：「一群騙子。」

班上笑成一團。

「有臉笑！」何進又說：「這次班級平均分比上一次考試低，個別同學在拉低分數這件事上真的出了大力氣。」

班上大多數人是默契的，這種時候不會去看誰，關係再好也得留點面子，但也有些按捺不住的，伸著脖子亂瞄。

那一瞬間，盛望感覺有聚光燈打在自己頭頂，起碼五六個人在看他。

何進扶了一下眼鏡，說：「亂瞄什麼呢？拿到考卷了麼？就往新同學那邊瞄！我正想說這件事呢。盛望，週六剛進咱們班，考試的內容一概沒學過，但是按照以往比例換算下來，他理化兩門都進了B等級，語數外三門總分過了三百。放在高考裡面，他本科已經夠了。做到這些，他總共只花了一天。」她豎著一根手指，目光落在盛望身上，衝他笑了笑。

教室裡靜寂了三秒鐘，然後全瘋了。四十多顆腦袋同時轉過來，八十多隻眼睛看著他，盛望感覺自己被掛了。

他扯著嘴角乾笑一聲，轉著筆的手指故意挑了一下，打算戰術性掉筆。藉著撿筆的工夫，他能彎腰耗到所有人轉回去。

結果他不小心挑了個大的，原子筆掄了兩圈，飛到了後面。

要完，砸著瘟神了。盛望訕訕回頭，卻愣了一下。

上課期間的江添，鼻梁上居然真的架著一副眼鏡。

鏡片很薄，以盛望有限的瞭解，感覺度數不會太深。煙絲色的鏡框細細繞了一圈，擱在別人臉上會增加幾分文氣，江添卻是個例外。頭頂的冷白燈映照在他的鏡片上，給眼珠籠了一層沁涼的光，就是個大寫的「我不高興」。

那枝原子筆滾落在桌面上，他擱在桌上的手臂被筆劃了一條歪扭的線，在冷白皮膚的襯托下，特別扎眼。

他抬起眼，透過鏡片看了盛望幾秒，然後拿起筆蓋上筆帽。

「謝謝。」盛望以為他要遞過來，道完謝就準備道歉。

誰知他剛張口，就見江添把蓋好的筆重重擱在了自己面前，一點兒要還的架式都沒有。

「你幹麼？」他問。

江添已經目不斜視地看向了黑板，說：「免得你再手欠。」

盛望：「啊？」

「怎麼了？」何進在講臺上問了一句。

盛望做不出向老師告狀這麼傻逼的事情，只得轉回來衝何進笑了一下說：「沒事，老師。徐主任讓我多跟江添請教請教，我就請教了一下我什麼時候能及格。」

班上同學頓時鬨笑起來，不那麼直直盯著他了。

何進也跟著笑出聲，「確實，要按照卷面分數算，數理化三門離及格線還差一點，但也不遠了，稍稍鞏固一下就行。一晚上就到這個水準，說明你學習能力非常、非常強。」

她用了兩個「非常」來誇他，盛望在心裡臭不要臉地附和道：妳說得對。

「不過數理化這些學科其實都是這樣，基礎分好拿，但到了一定層面要想再往上提，每一分都很難。」何進一邊說，一邊把手裡的考卷按組分好，遞給了每組第一位，讓他們找到自己的考卷再往後傳。

傳到盛望手上又只剩下兩張——一張他自己的，一張江添的。

他一天的成果所證明的學習能力足以在老師和大部分同學面前孔雀開屏，但看到江添的分數，他又把尾巴閉上了。

因為江添滿分。

盛望無聲嘀咕了一句，然後拎著考卷衝江添說：「考卷要麼？你把筆給我，我把考卷給你。一手交錢一手交貨。」

江添掃了考卷一眼，「沒錢。」說完，這位滿分人士摘下眼鏡，從桌肚裡掏出白天指定的那堆考卷，順手拿著扣下的筆做作業去了。

盛望憋得慌。

講解考卷對老師來說比較煩，但對學生來說沒那麼難熬。A班的學生出了名的不老實，幾乎每個人桌面上都攤著兩份考卷，一份是考完了剛發下來的，另一份是作業。

何進在上面講題，下面的學生來回折騰兩枝筆。他們聽到自己錯的地方會拿起紅筆訂正、記筆記，其餘時間都在悶頭做作業。兩件事情切換得相當嫻熟，可見都是老油條了。

盛望掃視一圈，嘴裡嘀咕著「假如生活強迫了我」，然後把手伸進桌肚掏出了作業。

晚自習八點下課，高天揚他們就像占了天大的便宜似的，高呼一聲「爽」，然後拎著書包往外流竄。

盛望把書包拉鍊拉上，正打算給小陳叔叔打電話，卻先接到了盛明陽的來電。

「幹麼？」盛望納悶了片刻，忽然想起來，今天是盛明陽給江鷗和江添搬家的日子。也就是說，從今晚開始，白馬巷那間偌大的祖屋院子裡要多兩個人了。

果不其然，盛明陽隔著電話哄了兒子兩句便直奔主題，「晚自習結束了吧？小陳已經快到校門口了，你把小添帶上一起回來。」

呸。小少爺「啐」了一聲，心說：要帶自己來帶，關我屁事。一個大活人了，還特地叮囑一句，搞得就像他會長腳跑了似的。

這電話聽得心煩，盛望不爽地說：「他就坐我後面，有什麼事你自己找他。」說完他轉頭把手機遞向後桌，卻見後桌空空如也，那個叫江添的王八蛋居然真的長腳跑了。

「喂，是小添嗎？我是你盛叔叔。」手機那頭的盛明陽以為已經換了人，頓時客氣了不少。

盛望環視一圈，嘴裡應道：「盛叔叔好，我是你兒子盛望。」

盛明陽：「……去你的。」盛明陽沒好氣地問：「你不是說把電話給小添麼？」

「我遞了啊，但是他人沒了。」

「什麼意思？」盛明陽明顯一愣，「什麼叫人沒了？」

「反正不在教室裡。」

那邊盛明陽拿開手機跟人低語了幾句，又對盛望說：「等一下再掛，我讓你江阿姨問一問。」

盛望翻了個白眼，把手機扔回桌上。

之前有幾個同學往這邊走，似乎想跟他聊幾句考試的事，看到他在打電話便刹住了步子，打了個招呼先走了。短短幾分鐘的工夫，教室裡只剩下盛望一個。

他百無聊賴地撩著書包帶子，聽著嘈雜人聲退潮似的漸漸遠了，從走廊到樓梯，然後消失不見，整個頂樓便安靜下來。

他看著持續顯示「通話中」的手機螢幕，忽然想起小時候有一陣子也是這樣。那時候他媽媽剛去世，可能是怕他亂想，盛明陽堅持每天去學校接他。

生意的關鍵期總是又忙又亂，盛明陽常常遲到，盛望邊寫作業邊等。每每作業寫完了，其他學生走空了，盛明陽才能趕到，幫他拎著書包「望仔」長「望仔」短地道歉。

後來有了司機小陳，盛望就很少需要等了。

再後來他抗議過好幾次，盛明陽也很少叫他「望仔」了。

走廊裡突然響起篤篤篤的高跟鞋聲，盛望回神看過去。就見一位留著長直髮的人影從窗邊掠過，光是看儀態也知道是他們的英語老師楊菁。

盛望來這三天了，沒上過英語課，卻對這位老師印象最深，因為A班這幫老油條談「菁」色變，一聽見「菁姐找你」這四個字，能慫到臉色發白。

光聽口述，盛望以為給他們上英語課的是個夜叉。後來見到人，發現並不是。楊菁高銚清瘦，五官不算多漂亮，顴骨還有點高，但往人群裡一站，她絕對是最顯眼的一個。

篤篤篤。楊菁走過去又退回來，抬著下巴敲門。

「菁——」盛望被洗腦已久，差點兒脫口而出「菁姐」，好在刹住了車，「楊老師。」

「嗯。」楊菁問：「還沒走？幹麼呢？」

她語速快又總是微抬下巴，好好的話從她口中說出來就很像審問。

不過盛望向來不怕老師，笑了一下說：「等人呢。」

「哦。」楊菁朝他課桌瞥了一眼，「膽兒挺大啊，手機就這麼放我眼皮子底下？」

盛望一呆，抓起手機默不吭聲遞過去。

小少爺裝乖是一絕，楊菁高高挑起細長的眉，先是掃了一圈空蕩蕩的教室，又打量了他一番說：「給我幹什麼，我又不是姓徐的，自己送政教處去。」

說完，她便踩著高跟鞋走了。

盛望把手機擱回桌上，正要鬆手，裡面的人「喂」了一聲。

「在呢，說。」盛望應得很敷衍。

「江鷗給他打電話了。」

「給誰打？」盛望差點兒沒反應過來，又跟著「哦」了一聲，「江添啊，他帶手機了？看不出來膽也挺肥的。」

盛明陽沒好氣地說：「嘀嘀咕咕擠兌誰呢？以後叫哥。」

「不可能，別想了。」沒有旁人在，盛望回得很直接。

盛明陽應付自己兒子倒是得心應手，盛望不肯叫，他先改了稱呼，「江鷗說你哥被老師叫去辦公室了。」

我……盛望用口型爆了一句粗。

「你不出聲我就不知道你想說什麼啦？」盛明陽逗他，「行了，你先跟著小陳叔叔回來吧。」

「哦，又不用等了？」盛望涼涼地問。

他隱約聽見江鷗在那邊小聲說：「可能是競賽或者別的什麼事，以前也經常這樣，到家都得十一點。快別讓小望乾等了，趕緊回來吧。」

哪位老師這麼能啊，跟他耗到十一點？盛望拎上書包，一邊納悶一邊往門口走。

「那行，你先回吧。晚點我再讓小陳跑一趟。」盛明陽說著，又叮囑道：「走前記得去跟你哥打聲招呼。」

——做夢。

盛望啪地拍滅教室燈，二話不說掛了電話。

下樓的路必經辦公室，他嘴上說著做夢，經過的時候還是紆尊降貴地朝裡瞟了一眼。

就見辦公室裡五顆頭全都悶著，面前不是攤著考卷就是攤著教案，至於傳說中被叫到辦公室的江添，那是影子都沒有。

盛望步子一頓，滿腦門問號：某些人說鬼話之前都不跟人串通一下嗎？不怕被戳穿？還是……確實不在這個辦公室，而是去了別的？

他左右看了一圈，本想問問老師，但小陳叔叔已經發來了簡訊，說他就在校門口，那邊不能長時間停車，於是他遲疑幾秒，還是下了樓。

市內省重點並不只有附中一所，但大多坐落於郊外，遠離市區遠離人群，一副恨不得遁入空門的架式。

附中是少有的例外。它建校早，愣是在城區中心找了塊風水寶地，一落座就是一百三十年。後來周邊愈漸繁華，它沿著教學和住宿區圍了一大片林子，把喧鬧隔絕於外。學校給那片林子和花花草草取名「修身園」，學生管它叫「喜鵲橋」。

紅塵裡的成年情侶是手牽手壓馬路，廟裡的早戀小情侶為了躲避圍追堵截，只能在林子裡壓爛泥。到了夜裡，那真是鬼影幢幢。盛望來這三天，被那幫鬧鬼的嚇了好幾回。

學校大門外就有幾片住宅區，居民成分特別簡單，無非三種：本校教職工、本校學生，以及租房陪讀的。

盛望沿著鬧鬼路走出校門，看見小陳叔叔搖下車窗衝他打了個手勢。

他站在校門邊等小陳調轉車頭，忽然聽見不遠處的公寓樓下傳來人聲。那處的燈暗得像壞了，還忽閃不停。

盛望隱約看見兩個影子一前一後從單元樓裡出來，往另一條路拐過去。

「路燈有點接觸不良，挺黑的，要不我跟你一起過去吧。」

「不用。」

他依稀聽見了這樣的對話，但隔著社區圍欄和車流人聲，並不很清楚，只覺得應答的人音色很冷，乍一聽有點耳熟。

「小望。」小陳叔叔叫了他一聲。

盛望應了一句，抬腳往車邊走。

餘光中，公寓樓下的人影似乎回了一下頭，不過也可能是樹影遮疊的錯覺。盛望坐在後座，腦袋抵著車窗想打個盹兒。

視野裡燈光模糊成片的時候，他忽然想起來那聲音為什麼耳熟了，因為有一點像江添，但又不大可能，江添來這裡幹麼呢？

盛望醒了一下神，又慢慢淹沒進睏意裡，沒再多想。畢竟江鷗也好，江添也罷，雖然住到了一個屋簷之下，那也只是盛明陽的客人，跟他無關。

家裡住進新人，其實沒有大變化，變的都是些細節。

盛望進門的時候，盛明陽和江鷗站在門口，一副早早等著的樣子，反倒是平常都在的保母阿姨已經走了。

他眼皮都沒抬，拉開鞋櫃，卻見最底下多了一排陌生的鞋——一部分是和他差不多的運動款，還有一部分是女鞋。

從他媽媽去世後，家裡已經很久沒出現過這樣的東西了。

「你鞋在這裡呢。」盛明陽彎腰拎起他的拖鞋遞過來，「剛就給你拿好了。」

盛望垂著眼在鞋櫃前站了一會兒，又把櫃門合上，悶頭蹲在地上解鞋帶。

「電話裡還好好的，怎麼進門又不理人了？」盛明陽拍了拍江鷗的肩膀，拉了一下褲子布料，在盛望面前半蹲下來，問：「我今天跟老徐，哦，就是你們政教處主任通過電話。他說我兒子在學校表現挺棒的，班上幾個老師都很喜歡你，還聽說你昨天的考試考得不錯？」

聞言，盛望換鞋的手指一頓。他抬頭看了盛明陽一眼，直起身把書包搭在肩上說：「是挺好的，三門沒及格。」說完他越過兩人，抬腳就上了樓。

盛明陽和江鷗面面相覷，尷尬地僵了一會兒。

「我就說我別站這裡比較好。」江鷗說。

「總得有個適應的過程。」盛明陽聽見二樓臥室門砰地關上，嘆了口氣說：「這小子嘴硬心軟，誰是好心誰是壞意分得清，也不是針對妳，他就是……」

「就是想媽媽了，我知道。」江鷗說。

她朝廚房看了一眼，對盛明陽說：「粥我就不端了，你給他吧。」

「這會兒肯定還氣著呢，不會給我開門的。」盛明陽乾笑了一聲，說：「你以為那小子門上那個『不准敲門』掛給誰看的？粥溫著放那兒吧，他餓了會下來吃的。」

「我覺得你跟小望的相處有點問題……」江鷗忍不住說。

「哪有，都這樣相處多少年了。」盛明陽沒好氣地說。

江鷗不大放心地往上面看了一眼。

「別看了，沒哭都是小事。」盛明陽信誓旦旦地說。

江鷗：「啊？」

二樓臥室裡，盛望對他爸的言論一無所知。他從零食櫃裡翻了一包瓜子出來，窩在桌邊，一邊嗑一邊聽螃蟹在語音裡大放厥詞。

八角螃蟹：「那孫子滿分啊？滿……滿分怎麼了，你以前滿分少嗎？等你把書好好過一遍，滿分輕輕鬆鬆！」

盛望拍了拍手上的瓜子皮，回道：「你別結巴，好好說。」

「好好說？」螃蟹嗚咽一聲，「我哪輩子能考個滿分我就去給祖墳磕頭。不過你才看了一天就拿了這麼多分，要是看一週那還得了？」

「你喝酒了？」盛望問。

「沒啊。」

「那你說什麼醉話。」盛望道：「我拿到的都是基礎分，把教材過一遍誰都能做的那種，要是看一個禮拜就滿分了，我還上什麼學啊。」

「我怎麼沒發現基礎分有這麼多呢。」螃蟹委委屈屈地說。

「你瞎。」

「行吧，還要什麼考卷麼？我再去找那幫高二的問問。」螃蟹給人幫忙向來積極。

盛望翻了一下帶回來的作業，說：「目前不用了，我買了幾本習題本，先刷著吧。」

他趁著晚自習做完了語文兩篇閱讀以及數理化三門的基礎題，剩下的那些打算晚上連學帶磨慢慢嗑，結果一嗑就嗑了兩個小時。

螃蟹估計也在刷題，有點不甘寂寞。他戳盛望問：「盛哥，怎麼樣了盛哥，是不是感覺天人合一六脈俱通行雲流水一氣呵成？」

盛望呵了一聲，說：「嗑不動。」

螃蟹：「啥？怎麼可能？」

盛望也在鬱悶。他自學效率一直很高，這麼說雖然臭屁，但他很有自知之明。

桌面上攤著三樣東西，左邊是教材，中間是考卷，右邊是習題本。他總是先看考卷題做，劃出考察的知識點在哪一塊，然後把教材裡相應部分快速擼一遍，再去右邊挑兩道類似題型練練手感，再做考卷。這一套下來，再舉一反三一下，以後碰到同類題目就都能上手了。

他用這種方式很快解決了大部分作業，唯獨物理最後一道還空著，因為他找不到對應題型。

「真假？不會吧？」螃蟹說：「你把題目拍給我看看？」

「幹麼，你幫我做？」

「開什麼玩笑！」螃蟹豪氣地說：「我去求助場外觀眾。隔壁宿舍住著倆挺厲害的學長，我去問問他們。」

盛望拍了照片給他，自己乾脆開了電腦在網上搜。

過了差不多半小時吧，螃蟹灰溜溜地回來了：「學長開了電筒趴一起算去了，一邊算一邊罵我，說我跟他們有仇。要是今晚做不出來，他們就睡不著覺了。」

盛望正咬著嘴皮瞪電腦螢幕，沒回覆。

螃蟹又接連發來三條，最後乾脆一個語音撥過來。一接通他便問：「怎麼樣了？」

盛望乾巴巴地說：「找著一道有點像的。」

螃蟹說：「哦！那不就行了，做唄！」

「做個屁，競賽題。」

螃蟹：「……你們家庭作業這麼牛逼？」讓一個書都沒學的人去做競賽題，是不是有點過於變態了？

「我先掛了，我下去喝點冰水冷靜一下。」盛望說著，切斷語音咕咕噥噥下了樓。

客廳裡已經暗了下來，只留了一盞玄關燈。他瞄了一眼鐘，這才意識到已經十一點了。他從冰箱裡翻出一瓶冰水上了樓，靠著窗子灌了兩口。正準備回桌邊繼續嗑題，突然瞥見院子外的路燈邊站著一個人。

那人肩上搭著個書包，正在接電話。

也許是路燈夠亮，也許是視力夠好。隔著窗玻璃和院子，盛望都能看到對方臉上的厭煩和不爽。跟誰打電話呢？氣成這樣。

盛望有一點好奇，他看見江添在螢幕上點了一下，冷著臉把手機扔進了褲子口袋裡，但他沒有立刻進院子，而是在外面獨自站了好一會兒，然後轉頭朝小樓看過來。

盛望條件反射拽過窗簾擋住自己，拽完他才反應過來，這動靜更大。

算了，太傻逼了。他想了想又把窗簾拉開，大大方方透過窗戶看過去，卻見江添已經轉過身去，要往相反的地方走。

「誒？」盛望愣了一下。等他反應過來的時候，他已經拉開了窗戶，朝院子外的人喊了一聲：「去哪裡啊？院門不會開嗎？」

這動靜有點大。他說完，樓下的臥室窗戶也打開了。

盛明陽探頭看向他，「你跟誰說話呢？」沒等盛望回答，他又立刻反應過來了，「江添？」

「不然呢？賊麼？」盛望說。但他很快就後悔了。

兩分鐘後，本打算離開的江添被他媽和盛明陽拖進客廳，围困於一二樓的交界。

盛小少爺把門打開一條縫想看戲，剛露出一隻眼睛就對上了江添凍人的目光，他想了想，又默默把門給對上了。

一番折騰下來已是半夜。

不知道盛明陽和江鷗用了什麼法子，反正江添算是被留下了。盛望貼在臥室門上聽得不明不白，但他結合之前所見猜測了一下，估計還是靠江鷗賣慘。只要江鷗露出那種小心翼翼又略帶懇求的神情，江添就說不出太絕的話。

腳步聲零零碎碎往樓上來了，盛望靠著門，聽見盛明陽說：「小添，你住這間吧。」

盛望的房間對面是獨立衛生間和書房，他爸口中的「這間臥室」就在他隔壁。

這棟房子雖然年歲不短，但被全面翻修過，隔音效果其實不差，可房間挨在一起還共用一堵牆，多多少少能相互聽見些動靜。盛望有種私人領地被侵犯的感覺，惱怒中夾著一絲微妙的尷尬。

手機突然震了兩下，盛望沒精打采垂眼劃拉著，螃蟹還在即時更新那倆學長的進展。

八角螃蟹：好消息，他們終於解出了第一問，我隔著牆都感受到了亢奮，然後他們就被宿舍巡邏老師警告了。

八角螃蟹：嘿，還醒著麼？

八角螃蟹：？？

盛望把手機拿到唇邊，「這才幾點，醒著呢。」

八角螃蟹：十二點半了哥。你呢？你算得怎麼樣了？

罐裝：「沒顧得上算。」

八角螃蟹：啊？那你這半天幹麼呢？

罐裝：「圍觀家庭倫理小劇場。」

螃蟹畢竟是他前室友，關係又挺鐵的，多多少少知道他家的情況。震個不停的手機忽然安靜了好一會兒，半晌之後，螃蟹小心翼翼問道：怎麼個情況？

盛望按著語音，幾秒後又鬆開了，改成打字。

螃蟹收到個空的語音，發來一長串問號。

盛望沒管，斜倚著門悶頭敲九宮格：一個即將成為我後媽的人和她兒子一起住進來了，他兒子就住我隔壁，我……

我什麼呢？這話跟別人說沒什麼意思，也有點兒矯情。主要是有點兒矯情，跟他帥氣的形象不相符。

盛望這麼想著，又把打好的字都刪了，用語音說：「沒什麼，就是有個孫子要暫住在我隔壁，出於禮貌我還得叫哥。」

這話說得模棱兩可，螃蟹以為是哪個極品遠親，頓時不擔心了。

八角螃蟹：那你叫了麼？

罐裝：「不可能，我一向沒有禮貌。」

八角螃蟹：哈哈哈那就轟他。

罐裝：「挺想轟的。你不是有養條狗麼，回頭借我，我拉去那間房裡滿屋子尿一遍，看誰還住得下去。」

八角螃蟹：我操，別形容，我都聞著味了。

盛望樂了。他過了把嘴癮，卻忽然想起江添一個人站在院外的模樣，路燈把他的影子拉得老長，挺傲的，又有點……孤獨。

小少爺「嘖」了一聲，又道：「算了，煩人。只要他別跟我說話，別影響我看書就行，眼不見為淨。我嗑題去了。」

八角螃蟹：誒？等等。

八角螃蟹：說到嗑題突然想起來，既然讓你叫哥，隔壁那孫子應該比你大吧？

八角螃蟹：起碼高二以上？你要不把最後那題給他看看，做得出來剛好，做不出來還能噁心噁心他。

這腦回路實在有點騷，盛望被他驚得一呆，毫不猶豫回覆道：「你這噁心我呢。」罐裝：「我下了！」

最後這句話有點凶巴巴的，八角螃蟹慫了一下，果然安靜了。

盛明陽安排好江添，腳步猶豫片刻又走到盛望門外，低聲叫道：「兒子？」他聲音不大也沒敲門，像是怕吵到誰。

盛望其實就站在門後，父子之間只隔著一層門板，他聽得清清楚楚卻沒有應聲。

「兒子？」盛明陽又叫了一聲。盛望依然沒應聲。

過了一會兒，他聽見盛明陽低聲對江鷗說：「一個多小時了，估計已經睡著了。」

「真睡了？」江鷗有點遲疑。

「應該是。」盛明陽估計看了一眼掛鐘，咕噥說：「都快一點了，先下去吧。」

刻意放輕的腳步聲離房間越來越遠，沿著樓梯向下。盛望隱約聽見他爸說：「明天我趕早班機，妳照應一下。」

直到樓下的動靜徹底消失，盛望才走回桌邊。他掃開書坐在桌面上，腳踩著椅子沿，考卷就鋪在曲起的膝蓋上。就這麼悶頭看了十分鐘，腦子裡一團亂絮毫無思路。

他抬起頭，上身微微後仰。從這個角度，可以看到隔壁房間半拉窗戶。專屬於檯燈的光透過窗簾映在玻璃上，看這架式，江添肯定也在趕作業。不知道物理寫完了沒……

應該寫完了，晚自習就看他在那兒刷考卷了，這麼久做不完枉為學霸。

萬一他最後一題也不會呢？

可人家滿分。盛望腦子裡可能住了個螃蟹，吱哇吱哇地跟他辯論。

考卷和面子，總得選一個。盛望手裡的筆飛速轉了N圈，終於拍在桌上：我選面子。

五分鐘後，小少爺帶著他崩了的面子站在隔壁門前，抬手三次，終於不情不願地敲了門。

「誰？」江添的聲音在門裡響起，冷冷的。

這人哪怕「寄人籬下」，也絲毫沒有小心畏縮的意思，一聲「誰」問得理直氣壯，差點兒把盛望問回房間去。他左腳動了一下又收回來，扶著門框戰略性裝聾。

沒得到應答，江添趿拉著拖鞋走過來。把手咔噠響了一聲，門打開半邊。

他顯然沒想到來人會是盛望，當即愣了一下。可能是記著自己被拖進門的仇吧，他的表情並不友善。看著像是牙疼或是別的哪裡疼。

「你這什麼表情？」盛望說。

「有事說事。」江添顯然不想多聊。

盛望張了張口，伸手道：「把筆還我。」

江添面無表情看了他兩秒，轉頭進了房間。

見門前一空，盛望扭頭拍了自己嘴巴一下。

慫嗎帥哥，就問你慫嗎？他在心裡瘋狂自嘲一番，又在江添走回門邊的瞬間，恢復成了懶嘰嘰的模樣。

江添把筆遞出來，又問：「還有別的事麼？」

「就這個。」盛望說。

江添點了點頭，二話不說把門關上了。

「……」盛望低頭盯著筆看了幾秒，衝著房門緩緩伸出一根中指，然後滾回房間繼續跟物理考卷對峙。

他這種一路順風順水過來的學生，錯題肯定有過，但這種無從下手的感覺還是頭一回。這種學生都有個毛病，不把考卷有邏輯地填滿根本睡不著覺。

他換了幾種思路，每次都是解到一半直接叉掉。考卷做多了的人都會有這種直覺——正確答案不一定寫得出來，但一看就知道哪些是錯的。

盛望陷在錯誤的漩渦裡，抓心撓肺二十分鐘，終於把筆一扔。

剛剛注意力都在小球、水珠、黏滯力上，等他站起身時才隱約聽見門外有動靜，不知道江添出來幹麼。

做題做瘋了溜達一下？盛望猶豫片刻，再次走過去擰把手。

門一開，潮濕的空氣撲了過來。盛望被撲得一愣，這才發現江添正從對面衛生間出來。他換了一身寬大的灰色短袖，黑色短髮半乾不乾地被他耙梳向後，一看就是剛洗了澡。

他手裡拿著毛巾，搖頭晃了一下耳朵裡的水，這才抬眼向盛望看過來，問：「還有事？」

盛望腳尖一轉，直直朝樓梯走去，「下樓喝水，洗你的澡去。」

他從冰箱裡掏了一瓶冰水，擰開蓋子，發現並喝不下，只得灰溜溜拎上樓，鑽回房間。

盛望冰水貼著額頭，在桌前趴了一會兒，趴到睏意都快上來了，終於自己說服自己——肉眼可見他們要同室共處一段日子，也不能一直這麼尷尬，總得有個臺階緩和一下。

這道物理題就是臺階。

盛望第三次站起身，這次乾脆拿上了考卷，一不做二不休。

他都做好了心理準備去隔壁敲門了，誰知門一開，江添就斜靠在牆邊。他左手抓著毛巾有一搭沒一搭地擦頭髮，右手握著手機，正垂眸劃動螢幕，一如既往地沒表情。

「你站我門口幹麼？」盛望嚇一跳。

「守株待兔。」江添說著，終於從手機螢幕上抬起頭。

盛望：「……」要不是他表情不大高興，盛望都懷疑他在開玩笑。

江添把手機放回口袋，問道：「忙進忙出好幾次了，你究竟想幹麼？」

盛望把手裡的考卷撇到身後，半天沒憋出一句話，最終說了句「跟你有關係麼」，然後把門給關上了。

男人的面子大過天。

盛望第一次深切體會到了這句話，他終於放棄了那道題，在抓心撓肺中倒上床。臨睡前，他忍不住回想起關門的一瞬間，江添好像垂眼掃了一下他的手指，也不知道看沒看到考卷。

◆

盛望六點十分被叫魂的鬧鐘吵醒，從床上艱難爬起來。

他的房間自帶衛生間，不用去對面和江添搶位置，所以洗漱、換衣服沒費多少時間。等他收拾妥當拎著書包下樓的時候才發現，他居然是起得最晚的一個……

以往他起床的時候，家裡移動的活物只有他和保母阿姨。今天冷不丁多了人，他有點反應不過來，起床氣在臉上是一個大寫的「懵」。直到江鷗端著碗從廚房出來，他才回神。

彼時江添已經站在了玄關，正蹲在地上換鞋，看起來起得比雞早，估計是為了減少不必要的碰面，免得要跟盛望一起上學。

其實盛望自己也是這麼想的，早上刷牙的時候還琢磨過怎麼跟江添錯開進校時間。可對方真這麼幹了，他又有點微妙的不爽。他混跡江湖十六年，因為頻繁換地方的緣故，深交不算多，人緣卻一直很好。這麼嫌棄他的，江添是頭一個。

愣神間，江添擱在鞋櫃上的手機接連震了幾下，他直起身撈過手機看了一眼。

那個瞬間，他的表情有了微妙的變化，似乎是僵硬又似乎有點遲疑。接著，他手指飛快點了幾下，一邊穿鞋一邊頭也不抬地說：「季寰宇給我匯款了，我轉妳了。」

盛望愣了一下才反應過來，江添這句話是對他媽說的。

江鷗給盛望舀粥的手停了一下。

她抬頭看了一眼掛鐘，訝異地問：「今天幾號？他六點多給你匯錢？」

江添動作一頓，盛望看到他眉心皺起來，似乎極其排斥這個話題。

「沒，我只是隨口一說。」江鷗覺察到兒子的不高興，立刻改口道：「你現在就去學校？不等小望一起麼？」

「嗯，有事。」江添睜眼說著瞎話，頭也不回地走了。

盛望受了起床低血糖的影響，反應有點慢，還停留在「季寰宇」那句話上。不知為什麼，他覺得這名字有點兒耳熟，似乎在哪兒聽過。

直到他條件反射地接過碗，被第一口粥燙了一下舌頭，他才猛地想起來。盛明陽很早以前提過一句，江鷗的前夫叫季寰宇。那不就是……江添的爸？

聽盛明陽說，江鷗和前夫當初離婚離得很平靜，沒有特別激烈的矛盾，也沒有難堪的撕扯。兒子年紀雖然小，但穩重得幾近早熟，連阻止都沒有阻止過。

於是共同生活十三年的人就那麼分成了兩路，之後季寰宇和朋友去國外創業，江鷗帶著兒子，再沒什麼交集。

盛望不清楚具體情況，至少現在看來，季寰宇還記得給兒子定期匯錢，江鷗也沒有什麼怨懟不平，那確實算是不幸中的幸運了。

但是看江添的反應，他好像很不喜歡他爸麼？甚至有點……厭惡？

但這歸根結柢跟盛望無關，他只囫圇想了一下，便扔到了腦後。

他本意不想接受江鷗的親近，但他又做不出伸手打笑臉人的事，於是一頓早飯吃得彆彆扭扭，難熬得就像斷頭飯。

他好不容易把粥灌下，悶頭打了一聲招呼便出了門。

小陳剛巧送完盛明陽回來，掐著時間點接上了盛望。他在前座納悶地問了一句：「盛哥讓我把你和小江都送過去，他呢？」

「早跑了。」盛望翻了個白眼，催促道：「叔你快開，我還有一道題沒做，等著救命呢。」

附中高二的早課開始於七點，但大多數學生都會提前二十分鐘左右到教室，補作業的補作業，對答案的對答案。

盛望在以前的學校從來都是踩著鈴聲進教室，今天頭一回這麼積極。

教室裡鬧得像個菜市場，沒有一個人老實待在座位上，不是跟前後座頭湊頭，就是越過桌子去找更遠的幫手，更有過分的拎著考卷四處遊走，吃的是流水席。

盛望前座的高天揚就是流水席一員，目前正流竄於最遠的一組。盛望的後座就算了吧。

總之，他沒有可以頭湊頭的對象。

就在他捏著考卷發愁的時候，背後江添的椅子突然響了一下，接著一個高個兒身影站起來，經過他身邊的時候，手指在他桌上篤地敲了一下。

幹麼啊？盛望一愣，江添卻連步子都沒頓一下，從前門繞出徑直去了辦公室。

直到對方身影從走廊消失，他才發現自己桌面上多了一張巴掌大的便條紙，紙上寫著一堆公式和計算過程。

盛望昨晚死嗑了幾個小時，此時一眼就能看出來，這是物理最後一道題的解題過程。只是除此以外，便條紙的最下端還有一句話，字跡瘦而潦草：下次麻煩不要再多嘴管閒事。

我不就是關鍵時刻喊了你一嗓子麼，至於麼，還記上仇了。

盛望瞪著最後那行字看了一會兒，想把便條紙直接扔回去，但出於對知識的尊重，他抬起手又放下，把揉成一團的便條紙重新鋪平，掏出手機對著解題過程拍了一張照。

他剛把手機塞回桌肚，江添就從辦公室回來了，手裡還拿著一本厚重的書。書名是什麼沒看清，盛望只瞅準了他回到座位的那一刻，把手裡的紙團扔往身後。

江添站在座位上，高高的個頭投落下一團影子。他把書順手丟在桌上，拿起那團便條紙展開一看，就見下面多了一行新寫的內容——我稀罕你這點答案麼？

他掃過這筆狗爬破字，把紙揉了丟進桌肚裡，然後拉開椅子坐下，衝某個後腦杓不鹹不淡地說：「那你掏什麼手機？」說完，前面那人白皙的耳朵尖緩慢變紅。

操。盛望在保持風度的前提下閉了一下眼，覺得自己裡子面子都崩沒了。

萬分尷尬的時刻，總有那麼一兩個天使來解圍。

天使名叫高天揚，他剛吃完流水席回來，一溜小跑衝到江添桌前說：「你可算回來了，快，物理最後一題借我看看！我這一路下來對出三種答案了，最後一問大家都不大確定的樣子。」

他這一嗓子嗷出一群人，前赴後繼往江添這裡撲。

A班的人做題正確率普遍很高，甲不會的乙會，乙算錯的甲肯定對。總之，一般情況下兩個學生拿著考卷一對，就能湊出一張標準答案來。

像這種一群人都拿不定主意的題目，那就是真的太難了。

但盛望還是從他們的話裡感受到了差距……

以前的老師也出過競賽題，做出來的終究是少數人，盛望就是少數人之一。可在這個班上，他們嚷嚷的都是最後一題，這就說明至少前兩題大多數人都做得很順利。

盛望挪了一下椅子，給蜂擁而至的同學讓開一條路，心說不愧是物理平均分一百零四的A班。

剛感嘆完，這幫A班學子就哀嚎起來，「我操……不是吧，第四種答案了！」

高天揚拎著考卷在那兒糾結，「那我改還是不改？」

「隨你。」

雖然江添很牛逼，但全班四十多個人，只有他一個算出了這種答案，錯的機率實在很高。能進A班的學生，隨便扔一個去別班都是學霸，多多少少有點自負，要他們輕易否決自己的答案還是有點難。於是，人群漲潮似的湧過來，吱哇吱哇爭論片刻，又退潮似的跑了，改答案的人不到十個。

江添並不在意自己的答案被不被認同，但他顯然不喜歡被人圍著。人群散去，他皺著的眉終於鬆開一些。

高天揚退回座位前瞄了一眼他手裡的書：「《抒情文寫作指導》？你買的啊？」

「我買這個幹什麼。」江添翻都沒翻就塞進桌肚，「辦公室拿的。」

高天揚納悶片刻，恍然大悟，「哦，招財給你的？」

他口中的「招財」是個微胖的圓臉女老師，教A班語文，因為長了一張笑唇，很像招財貓，便得了個這麼富貴的外號。

「她給你這個幹什麼？」高天揚問。

江添毫無聊天興致，三個字終結話題：「不知道。」

高天揚「哦」了一聲，老老實實回到座位。

他們這個年級上午、下午各有五節課，這天早上A班兩節數學、一節化學、兩節語文。下午則是物理、英語，中間夾了一節體育。

除了已經上過晚自習的物理，其他幾門基本都是在講週考考卷。

前三節課裡，盛望和江添兩人出盡了風頭，前者是因為超強的自學能力，後者是因為真的牛逼。這次週考裡，江添數理化三門一共才扣了三分——化學不定項選擇漏了一個選項，數學少了一個「解」。

兩位老師逮住機會就誇，愣是灌了一百三十多分鐘的迷魂湯，直到語文老師招財上線，這種局面才得以扭轉。

主要扭轉了江添那一半。

招財讓每組第一位同學把考卷往後傳，自己扶著講臺總結這次的週考情況，「語文一百六十分的總分，我們班這次平均分是一百零九，什麼概念知道嗎？就是只比你們一百二十分的物理高五分。你們跟我開玩笑呢？」

全班安靜如雞。這群在數理化上張牙舞爪的學霸一旦碰上招財和楊菁，就只有灰溜溜的份。

其實A班作為尖子班，偏科並不嚴重，否則總分說不過去，但相較而言，他們語文和英語的成績沒其他三門那麼驚豔，時不時還能把老師氣出青煙。

「是，這次考卷確實難一點，作文容易偏題，第二篇閱讀整個年級的得分率都很低，詩詞鑑賞……算了，詩詞鑑賞我對你們也沒什麼指望，但你們也不能瞎掰吧？」

「這裡重點表揚一下新同學。人家雖然剛轉過來，進度不一致，但基本功非常扎實。詩詞鑑賞和閱讀我記得他一分沒扣，作文也寫得很漂亮……」

帥哥誰都喜歡，成績好的帥哥更是如此。招財誇起人來毫不吝嗇，一說就是一大段。

盛望靈魂在舞動，但臉上保證了基本的矜持和淡定。他靠在椅背上，夾在中指和無名指間的原子筆一翹一翹的，輕輕點著卷面。

他正被誇得通體舒暢呢，招財忽然轉向他補了一句：「就是你那個字啊，最好還是練一練，也不用練得多漂亮，就是盡量讓它們站著，別爬。」

盛望：「……」

班上男生鵝鵝鵝地笑起來，女生略微含蓄一些，好幾個低頭笑得臉紅，然後藉著喧鬧偷偷回頭看他。

招財拍了拍桌子，「笑什麼呢？有臉笑？就這次這個作文，我敢說全班只有他和課代表兩個人的拿出來能算高分，其他那都是些什麼玩意兒？還有個別同學注意一下，題目要求你寫抒情文，能不能稍微感性一點？不要寫得像公式推導一樣乾巴巴的，您加點水行嗎？我就不點名批評了，是吧江添？」

盛望忽然想起早上江添拿回來的那本《抒情文寫作指導》，一個沒忍住笑了起來，班上又是一陣鵝鵝鵝。

他偏頭看了一眼，被批評的江同學本人情緒穩定，也不知道是真高冷還是抹不開面子裝高冷。

招財精準打擊了十分鐘，終於開始講試卷，哪怕講的過程中，也不忘把某些同學拎出來再懟一遍。講到閱讀題的時候，她抬眸掃了一圈，點道：「江添。」

盛望聽見椅子嘎啦一聲響，身後的人站了起來。

「你看看第一題，應該選什麼？」招財問。

一堂課下來，盛望已經知道這位老師的風格了，誰錯點誰。

也許是出於對那張便條紙的回應，也許只是單純的孔雀開屏，盛望鬼使神差把自己的考卷往左挪了一些。

他這篇閱讀全對，江添垂眼就能看見答案，只要他不瞎，就知道第一題應該選C。

盛望朝江添瞥了一眼，剛巧碰到對方的視線。他倏然坐直，心裡卻放心了點——這說明江添看見了考卷。

結果下一秒，他就聽見江添說：「A。」

盛望：「啊？」

招財果然瞪起眼睛，「選A？你再看看究竟選哪個？」

盛望把考卷又往左邊挪了一點，結果就聽江添冷靜地更改道：「D。」

他忍不住轉頭看了一眼，這貨考卷上打叉的是個「B」。

盛望：「……」您故意的吧？

〔Chapter 3〕

人生很艱辛的，你感受一次就知道了

上午的課過得飛快。招財講到最後一篇作文範文時，高天揚突然朝後一靠，背抵著盛望的桌子小聲說：「招財不拖堂。」

「嗯？」盛望前傾身體，納悶地問：「不拖堂，然後呢？」

「然後我們可以踩著準點去食堂。」高天揚道：「友情提醒，你先認一認食堂的方向，鈴聲一響撒腿就奔。這樣還能搶到食堂唯二能吃的菜。」

盛望臉上緩緩冒出一個問號，「為什麼要跑？昨天不是走著去的麼？」

「你也說了，那是昨天。」高天揚嘆了一口氣，「今天起，好日子到頭了。因為高一的也開學了，搶飯的人多了一倍。」

高天揚故作深沉地搖了搖食指說：「人生很艱辛的，你感受一次就知道了，那幫高一的牲口跑得比狗還快。」

沒等盛望回話，招財突然敲了敲講臺，「高天揚！」

盛望摸著鼻尖立刻坐直身體，前座的人已經訕訕地站了起來。

「跟我搶戲呢是吧？」招財毫不客氣地問：「剛剛叭叭說什麼吶？還非要拉著盛望陪你。」

高天揚撓著頭髮說：「也沒什麼。」

「哄鬼呢？」招財撐著講臺一抬下巴，說：「反正快到點了，來，把你剛剛說的話跟我們分享一下。」

高天揚動了動嘴唇，活像蚊子哼哼。

「牙疼啊？」招財說：「複述三遍！什麼時候說完什麼時候下課，不說我們就耗著。」

四十幾顆腦袋刷地轉過來，高天揚中氣十足地說：「我說那幫高一的牲口跑得比狗還快！」

招財：「……」

盛望心說，這懲罰也是絕了。

招財指著高天揚說：「閉嘴坐下，你給我把今天講解的三篇範文抄一遍，晚自習交過來。然後……下課！」

說完，微胖的女老師敏捷地側開身讓出一條路。就聽班上哐哐一陣椅子響，還沒等盛望站起來，教室基本空了。

A班學子山呼海嘯順著樓梯俯衝下去，衝到大半的時候，下課鈴響了，更多人加入隊伍，浩浩蕩蕩往食堂狂奔。

這是什麼餓狼傳說的場面哦？

盛望目瞪口呆，就聽招財吊高了嗓門說：「哎？你倆怎麼沒跑啊？」

「我……倆？」盛望轉過頭才發現背後那個「倆」。

江添非但沒有拔足狂奔，他甚至還在寫考卷。

招財看到試卷一角，禁不住有點感動，「喲，今天太陽打西邊兒出來了啊，你居然訂正考卷訂正得這麼認真！我看看，你在記哪題的答案呢？寫這麼久，有不會的？」

「沒有。」江添曲著左手食指刮了刮鼻尖，右手的筆卻沒停，寫字速度更快了。

據有關專家說，摸鼻子代表心虛。盛望悄咪咪伸頭一看，嘿，物理卷。

招財走下講臺，江添剛好代入化簡完最後一個式子。

他筆尖在末尾打了個點，麻利地把考卷送進桌肚，在招財過來之前站起身說：「老師，我先去吃飯了。」說完，他抬腳就出了教室門。

盛望「唔」了一聲，也衝招財擺了擺手說：「老師，那我也下樓了。」

「哦行，快去吧。」招財被他們弄得一愣一愣的，眨眼的工夫，兩個少年一前一後拐出了門。

「見了鬼了跑那麼快？」她咕噥著，走到江添座位旁瞥眼一看，桌肚裡的考卷露了一角出來，上面是他剛寫完的那句結語：可知小球受力平衡，以 v-t 的速度保持勻速直線運動。

招財：「……」她一個弓箭步衝到後門口，怒道：「江添！晚自習給我滾到辦公室來面談！」

少年人寬大的校服在樓梯拐角一閃而過，沒影了。

教室裡冷氣格外足，盛望蹭蹭下到樓底，這才意識到自己跑得太快，校服外套都沒脫。語文課上寫物理考卷的人又不是他，也不知道他跟著虛心個什麼勁。

剛剛下樓還不覺得，這會兒烈陽一照，汗意後知後覺蒸騰出來，盛望一刻也忍受不了，脫了外套抓在手裡。

江添快他幾步走在前面。這人彷彿不會出汗似的，校服沒脫，只把袖子擼到了手肘。長年伏案的學生稍不注意就會駝背，他卻一點兒毛病都沒有，筆直俐落，像太陽底下一根行走的冰棒。

帥哥在哪兒都是受人矚目的，更何況一次來倆。好幾撥女生在路過的時候都看了過來，相互推搡悶笑，有兩個沒注意，被起鬨的同伴鬧得差點兒撞上盛望。

盛望側身讓了一下，在一連串的「對不起」中衝她們笑笑，然後兩步趕上了江添。

「喂，有紙麼？」他抹了一下額前的汗意，問道。

學校廣場上的噴泉沒開，江添順著噴泉臺階往下走，充耳不聞。

「跟你說話呢。」他又說。

江添依然選擇性耳聾。

盛望「嘖」了一聲，不滿道：「我是被你牽連才一路小跑下來的，你連張紙都不肯借？」

這會江添終於有了回應，他說：「先學會怎麼叫人，再跟我要紙。」

盛望不滿地看著他的後腦杓，嘴唇無聲嚅動了幾下，最終還是不情不願拖著調子說：「江添同學，麻煩借我一張紙。夠禮貌嗎？」

江添這才從校服口袋裡拿了包面紙扔給他。盛望伸手接住，抽了一張出來擦汗。

「我們這種速度，真的還能吃上飯麼？」盛望四下裡看了一眼，在匆忙來去的人群裡，他倆真的是泥石流。

其實他並不想跟江添吃飯，肉眼可見江添也不想帶上他，那場面光是想想就尷尬到窒息，但男生的好勝心總是莫名其妙無所不在，這種情況下，好像誰先跑誰就輸了似的。

盛望不想當慫的那個，便硬著頭皮跟江添肩並肩……

兩分鐘後，他發現自己離食堂越來越遠。

「你等等，食堂在那邊，你是不打算吃飯了嗎？」盛望問。

「這個點去食堂，你可以吃到盤子。」江添瞥了他一眼，「想吃自己去。」

盛望當然不想吃，他跟著江添繞過籃球場和小半片修身園，進了西門旁的一家校內便利商店。

❦

附中校內有三家便利商店，一家緊靠食堂，一家在宿舍樓邊，還有一家就是這裡了。

便利商店名叫「喜樂」，看門額配色應該是仿照的「喜士多」，從內到外透露著一種隨時要被執法人員取締的山寨感。

這家店跟食堂反方向，離教學樓也不算近，所以中午沒什麼學生。

老闆叫趙肅，是個中年男人，又高又瘦，眼珠微凸像隻螳螂。他從厚重的眼鏡片上方看過來時，帶著一股精明相。

「食堂沒飯啦？」趙老闆問道。

盛望點了點頭說：「去晚了。」

「喏——」趙老闆衝櫃檯一旁努了努嘴，「飯菜、點心、關東煮都有，自己看著挑吧，我騰不開手。」

他桌上擺了個大籃子，裡面是洗乾淨的水果黃瓜，旁邊是一摞剛拆封的一次性紙盒，還有一卷保鮮膜。

在他桌對面，窩坐著一個長相奇怪的人。那人看起來有五十多了，又瘦又矮，上半身佝僂著，像隻弓起的蝦，儼然是個駝子。

他穿著白色的背心，背後有兩個蟲蛀的洞。下面是灰藍色的棉布短褲，露出來的胳膊腿被曬成了古銅色，筋骨嶙峋。

他似乎羞愧於自己的模樣，盛望進門的時候，他朝貨架後面縮了縮，可能怕嚇到人，但他看到江添的時候，卻咧嘴笑了一下，嘴裡發著無意義的聲音，兩手一頓比劃。

盛望心裡輕輕「啊」了一聲，知道這是個啞巴。

江添衝啞巴點了點頭，並沒有多熱情，但啞巴還挺開心的，又衝趙老闆一頓比劃。

他的動作一看就不是標準的手語，純粹是按照本能瞎比，反正盛望看得一竅不通，趙老闆卻看得懂。

他說：「是是是，是長挺高的，現在小孩竄起個子來不得了。你別比劃了，先把手套戴上，我這乾等半天了。」

啞巴立刻老實下來，認認真真戴上手套。趙老闆挑好黃瓜放進盒子，他就繃著保鮮膜幫他包。不算多靈活，但也是個幫手。

盛望在旁邊圍觀了一個來回，感覺江添要麼常來，要麼原本就認識這個趙老闆和啞巴。出神間，江添突然對他說：「你就在這吃吧，我走了。」

「什……你不吃嗎？」

盛望還沒反應過來，便利商店的玻璃門叮咚響了一聲，江添的身影已經消失在門外。

「他不在這裡吃。」趙老闆往後隨手一指，「他去校外。」

盛望更納悶了。附中白天出校門需要假條，他沒看到江添讓哪位老師簽過假條啊。

「校外哪裡？」他問。

「員工宿舍那邊。」趙老闆說話帶著一種長輩式的刻薄，「幹麼，你一個人還不能吃飯啦？管他幹什麼。你們午休時間也不長，吃了趕緊回教室去。」

盛望想到自己還有一堆考卷要做，不再多言，挑了兩樣菜便端著餐盤坐下了。

麻雀雖小五臟俱全，這店雖然看著山寨，但便利商店該有的它都有，最主要的是飯菜居然挺好吃的。

盛望難得沒挑食，老老實實吃完了。他把餐盤放進回收區，心裡對江添有了一絲改觀。至少他帶盛望來了這家店，不用人擠人，也不用餓肚子。

「吃飽啦？」趙老闆把手套摘下來，問他：「味道怎麼樣，是不是比食堂的手藝好？」

盛望誇起人來毫不吝嗇，捧場道：「比家裡也不差。」

趙老闆哈哈笑起來，被哄得很開心。

笑完，他伸出手對盛望說：「給錢。」

「哦對，差點兒忘了。」盛望哂笑著去摸口袋，笑著笑著臉就綠了。

趙老闆警惕地問：「怎麼了？」

盛望乾笑一聲，說：「沒帶錢。」

他沒有現金，手機又塞在桌肚的書包裡，身無分文。

趙老闆當即抓住了他的手說：「那不行，不給錢不讓走。」

「要不你先記上，我明天午飯一起給？」盛望提議道。

「不行。」趙老闆拒絕。

「那我現在跑回教室拿一下？」

趙老闆又道：「不行。」

「通融一下。」

「不。」

「你怎麼這麼摳門！」眼看著午休要結束了，跑不掉的盛望很崩潰。

老闆想了想說：「急啊？那行吧。」

他掏出手機翻找到某個號碼撥過去，又順手按了擴音擱在桌邊。

提示音響了好半天，電話終於被接通，江添的嗓音透過手機傳過來，「趙叔有事？」

趙老闆說：「有，帶錢過來一趟，把你那個吃霸王餐的小男生贖回去。」

江添默然片刻，然後啪嗒掛了。

趙老闆收起手機一抬頭，就聽見吃霸王餐的那位認真地說：「你撕票吧。」

老闆樂了，「那不行，我小本買賣，撕不起這一票。」

盛望仰頭「啊——」地長嘆一聲，抱腦袋蹲地上了。

他不樂意出門曬，皮膚是不輸江添的白，但凡有點血色就異常明顯。

趙老闆看他後脖頸到耳朵尖全紅了，更想笑，「哎，至於麼？」

盛望「呵」了一聲，齉聲齉氣地說：「我臉皮薄。」

這話得虧沒讓螃蟹之流聽見，不然得狠狠啐他一口。這帥哥臉皮厚的時候無人能敵，需要的情況下可以面不改色撒潑耍賴，「臉皮薄」這三個字按他頭上本身就是一種臭不要臉，但他這兩天尷尬的頻率確實有點高。想來想去，還是怪江添。

那十來分鐘的等待時間活像一個世紀那麼久，趙老闆踢了踢盛望的鞋說：「可以起了，交錢的人來了。」

盛望聞聲立刻站起來。

他伸頭望了一眼，看見江添從修身園小路上拐過來。

玻璃感應門叮咚一聲打開來。盛望靠著櫃檯垂下眼裝凝重，脖子耳朵上的血色早在他起身的時候退了下去，裝得還挺像那麼回事。

「你可真行。」他聽見江添說。

盛望抬頭看著他，乾笑一聲，「出門太著急，沒想到手機和腦子一起落教室了。」

他一貫秉承著「只要認錯夠快，就沒人忍心懟我」的宗旨，加上這張迷惑性極強的臉，多年以來從未翻過車。

誰知江添不吃這套。

聽完他真誠的自嘲，江添刻薄道：「我也沒想到別人吃飯我還得負責接送。」

盛望：「……」他張嘴就想懟回去，卻見江添越過他，站在收銀臺前掃碼付錢。他還套著校服，袖子擼得很高，顯得手長腿也長。

趙老闆問他：「還要別的東西嗎？」

他瞥眼看向盛望。

盛望：「啊？」

他比盛望高一些，坐在教室裡沒什麼感覺，但這樣近距離站著，尤其當他目光從眼尾向下掃過來的時候，那幾公分的差別就變得特別明顯。

江添看上去快沒耐心了，「問你還拿不拿東西。」

盛望想了想，平移到旁邊的冰櫃，伸手撈來兩瓶水恭恭敬敬放在櫃檯上，「謝謝。」

江添：「……」

喜樂便利商店到他們教學樓挺遠的，走路需要十分鐘。江添看了一眼時間，把手機擱進口袋，走得不緊不慢。

盛望一時間沒反應過來，也跟著他不慌不忙地往明理樓走回去，結果一進教室就跟數學老師大眼瞪小眼。

數學老師姓吳，就是上回晚自習把江添叫去談話的中年禿頂男子。

附中高二的午休一共一個半小時——前半小時吃飯、後半小時午睡，中間夾著的半小時歸老吳所有。他每天中午掐著點過來發練習卷，專門練習數學附加題，三十分鐘做完就收。

老吳看了一眼教室後牆的掛鐘，問盛望：「還有十五分鐘，你是打算揭竿起義還是怎麼的？」

「草，忘了。」盛望一臉懵，下意識說道。

「草忘沒忘我不知道，我只知道你估計是來不及了。」老吳說話帶口音，每一句都像慢悠悠的戲文，他還伸出食指隔空點了盛望一下，那視聽效果真的絕了。

全班哄堂大笑。

盛望一手拎著水，一手擋著臉，麻溜滾回座位。王八蛋江添跟在他後面依然不緊不慢。

「你故意的吧？」他坐下來便轉頭瞪著對方。

江添在他的逼視下，用筆指了指上方。

盛望順著筆頭看過去，掛鐘又走了兩小格，還剩十三分鐘。

——我操。

盛同學寫字雖醜但快，可數學畢竟不是抄課文，他忙成了蜜蜂，最終還是只做了大半。

鈴聲一響，老吳拍了拍手叫停，讓最後一個同學往前收卷。

江添拎著自己的考卷站在盛望面前，等了他五秒，看他垂死掙扎寫完那道題最後一個數字，然後毫不留情地把那破紙抽走了。

「你等一下。」盛望一臉嚴肅地說。

江添腳步停了一下，以為他有什麼正事，結果這貨伸爪就來扒他考卷，嘴裡還咕咕噥噥：「為了坑我你真是下了狠心，傷敵一千自損八百，我倒要看看十三分鐘你能寫幾題。」

扒的結果令人絕望，江添這個變態居然做完了。

「你是掛吧？」盛望忍不住說。

大概是他表情過於呆滯的緣故，江添拎著高天揚的考卷笑了一下，但過於短促，很難斷定那是不是嘲笑。

老吳又完成一次虐菜行動，抱著練習卷心滿意足地走了。

餘下的同學收拾著紙筆，在桌面上掃出一片空白，紛紛趴下準備睡覺。他們早就適應了這種時間分配，幾乎形成了生理時鐘，有些人剛趴下去就打起了很輕的呼嚕。

盛望側身敲了敲後桌，聲音輕得像爪撓。

江添正把筆袋往桌肚裡放，聞聲抬起眼低低問：「又幹麼？」

「微信號給我。」盛望小聲說。

江添：「啊？」

「還錢。」盛望立刻解釋了一句，他鬼使神差頓了片刻，才補充道：「要不給支付寶帳號也行，你挑一個，快點。」

江添看著他攤開的手掌沒說話，似乎在思考給哪個更合適。任何原因導致的等待，都會給人一種忐忑的錯覺。盛望的手掌在他桌上攤了一會兒，莫名有點不大自在。他又看了一眼掛鐘，動了動手指催道：「快點，我還要睡覺。」

江添重新掏出筆寫了一串數字，順手把便條紙拍在他手心。

盛望「嘖」了一聲，咕噥道：「黏我手上了。」他轉回身，把便條紙揭下來。那串數字一看就是手機號，微信、支付寶都能用。

盛望撇了撇嘴。他跟著其他同學一起趴下去，額頭抵著桌面，兩手卻在桌肚裡擺弄手機。他在兩個圖示之間猶豫了一下，點開微信搜了那串手機號。下一秒，介面上跳出了搜索結果。

這人的微信暱稱只有一個句號，冷淡和敷衍撲面而來，一看就是江添本人。不過他的頭像倒沒那麼冷淡，是一隻趴在院牆上低頭看人的貓。

盛望挑了一下眉，點了添加好友。他等了大概兩分鐘，沒等到對方通過的結果，忍不住扭頭一看，那王八蛋已經趴著睡著了。

江添睡覺的姿勢很固定，總是右手繞到腦後，瘦長的手指自然彎曲，搭在後脖頸上。

班上同學已經睡了大半，剩下的也都意識迷糊。教室裡呼吸聲和輕微的鼾聲並不同步，混雜在空調運轉的低低嗡鳴裡，並不是悄寂無聲，又比什麼都安靜。

這種安靜的環境容易讓人發呆，盛望看著江添的手指走了好一會兒神，忽然發現他後脖頸有一塊疤。

那應該是很久以前留下的痕跡了，圓圓一塊，那一處的皮膚不大平整，像是被什麼燙出來的，而他垂下的手指剛好擋在那裡。

盛望愣了一下，立刻收回視線。

他又重新把額頭磕回桌面，悶頭玩了一會兒手機，然後在臨睡前點開支付寶，再次輸了一遍江添的手機號，把中午的飯錢和兩瓶水錢轉了過去。

剛轉完，背後的桌肚裡傳來「嗡」的一聲響。

盛望：「……」他僵著脖子回頭，發現江添沒醒，頓時鬆了一口氣。他從桌肚的兩瓶水裡抽出一瓶，擱在了江添手邊，然後輕手輕腳趴回桌上，低聲罵了一句傻逼APP。

不知道為什麼，之後的大半天，盛望腦子裡總會閃過江添的那塊燙疤，明明跟他也沒什麼關係。直到夜裡躺回臥室的大床上，那個畫面才被別的事情短暫趕走……

彼時他正抓著手機，企圖在睡前爭分奪秒玩一把遊戲。手機突然震了一下，連帶著他的手指有些麻。上面的通知欄裡顯示微信有新消息。

半夜兩點多了，哪個不睡覺的鬼給他發微信消息？螃蟹也不是這個作息啊？盛望納悶地點開微信，發現那通知並不是因為有人說話，而是因為有人通過了他的好友申請。

對話方塊最頂上多了一個人，介面裡顯示「您和。已經成為好友，可以開始聊天了」。

盛望是個不愛聊微信的人，因為打字真的很麻煩。像這種「好友添加成功」的提示介面，他連點都不會點開，更不會真的發一條訊息過去「開始聊天」。因為真正關係好的不講究這些程式，而關係一般的，一旦開了話頭，後續流程可想而知……

先得發倆表情熱個場吧，然後就一系列近況寒暄幾句，再沒事找事扯兩句皮以顯親近，扯到尬無可尬了，還得發倆表情才能禮貌退場。

這一套走下來，少則十幾二十分鐘，多則小半天，他在盛明陽那裡見得多了，光看著都累。

這會兒是北京時間淩晨二點二十三分，傻逼才選擇在這時候尬聊。

盛望這麼想著，順手抹掉了微信介面，重新切回遊戲開了一局。也許是手感被干擾了，也許是到了睏點，才打三分鐘他就祭了天。

盛望沒了繼續玩的興致，又不想立刻放下手機，便百無聊賴地切著 **APP**，跟皇帝出巡似的。常用 **APP** 巡了一輪，不知不覺又輪到了微信。

隔壁那位句號的對話方塊還霸著最頂上的位置，點進去卻空空如也。

皇帝趴在被子裡咬嘴皮，他琢磨片刻，伸手戳開了表情欄，挑了好一會兒沒挑到合適的，又興致缺缺地把表情欄給關了，改為戳頭像。

江添的個人資料很簡單，暱稱只有一個標點，微信號還是原始的亂碼，朋友圈更是一條都沒發過。簡單得像個廢號，一眼就看完了，有點無趣。

皇帝打了個哈欠，正準備關介面睡覺，手機突然嗡地一下，通知欄吐了個舌頭，顯示「。給你轉了一筆錢」。

盛望：「嗯？」

睏意被這突如其來的一下給震沒了，盛望點開支付寶一看，不是眼花，隔壁那位大半夜不睡覺，真的給他轉了錢。

他一咕嚕坐起來，瞪著那堵共用牆看了幾秒，點開了微信。

罐裝：你幹麼？

隔壁隱約有趿拉著拖鞋走動的聲音，應該是從桌邊走到了床邊。盛望的手機又震了一下，對話方塊裡又多了一條。

。？

罐裝：你大半夜幹麼突然給我轉錢？

。：水錢。

罐裝：什麼水錢？

盛望一時沒反應過來，一臉疑惑地看牆。隔壁的腳步聲停了，不知江添正站在某處看消息還是單純有點無語。

。：你放我桌上的水。

盛望在輸入框裡敲著：一瓶水而已，還用得著還錢？我

回覆敲到一半他又停住了。他忽然意識到他跟江添其實並沒有多熟，在學校裡，他們剛同學四天，前三天都沒給過對方正眼。至於在家……那就更尷尬了。不論從哪方面來說，都不是可以默認對方請客的關係，還錢理所應當。

盛望把打好的字又刪了，回道：哦。

然後他看見對話方塊頂端顯示「對方正在輸入……」。他換了個盤腿的姿勢，手肘架在膝蓋上等著。

對方輸入了十幾秒吧，這個顯示消失了，而對話方塊裡並沒有蹦出新回覆。

罐裝：？

。：？

盛望盯著這兩個問號，覺得自己可能有病，但隔壁那位也沒好到哪裡去。他翻了個白眼，一字一頓地敲道：算了，沒什麼，我睡覺了。

聊天框頂上又出現了「對方正在輸入……」

盛望心道：要再輸入半天屁話沒有，我就敲你門去。

又過了好幾秒，聊天框裡終於蹦出了一條新的。

。：嗯。

盛望想打人。

他把空調又調低三度降燥氣，這才趴回床上抱著手機繼續弄他的皇帝出巡。巡到臨睡前，他終於還是沒忍住，點開隔壁那位的微信資料，給他把備註名改成了「江添」。

那貨頂著個標點符號聊天，比他平時說話討打一百倍。

第二天早上，盛望是活活凍醒的。

吹了一晚上十八度的空調，小少爺腦瓜是疼的，鼻子是塞的。他連打四個噴嚏，頭髮亂翹，鼻尖發紅，裹著被子愣是在床上懵坐了五分鐘，才狠狠朝隔壁啐了一口。

他破天荒主動套了校服，按掉了吱哇亂叫的手機鬧鐘，抽了兩張紙巾往樓下走。

盛明陽的生意出了點小麻煩，出差還沒回來，但大清早的，家裡居然很熱鬧。

盛望從二樓伸出頭看下去……

保母孫阿姨今天來得早，正戴著手套跟在江鷗身後，兩人在廚房進進出出，時不時簡單聊兩句。盛望聽了兩句，好像是孫阿姨正在教江鷗做什麼東西。

江添正站在沙發旁邊，把考卷和筆袋往書包裡放。

盛望正要抬腳下樓梯，就聽見廚房哐噹一聲響，有什麼東西打碎了。

接著江鷗低低「嘶」了一聲。

「哎呦呦，趕緊用冷水沖一下。」孫阿姨的聲音傳過來，「這個很燙的。妳先沖著，我去給妳拿點藥膏。」

江添扔開書包，大步進了廚房。從盛望的角度，可以看到他半側背影。

他聽見江添問道：「起泡了麼？」

江鷗笑說：「不至於，就沒注意蹭了一下。我沒做過這個，之前孫阿姨還提醒我別用手碰，我走神了一下，給忘了。」

「突然焗這個幹什麼？」江添奇怪地問。

「也不是突然，就是之前跟你媽媽順口聊到，小望特喜歡吃這個，以前……」孫阿姨拿著一個小圓罐匆匆過來，說：「來，塗點這個。這藥很有用的，我都隨身帶，哪裡燙了一塗就好。」

她一邊給江鷗塗著藥，一邊小聲說：「小時候他媽媽老給他做這個，鷗姐說想學一學。」

江鷗有點尷尬，哎了一聲說：「我不大擅長這個，有點學不來。」

盛望下樓的腳頓了一下，又縮回來，站在樓梯頂上有點愣。那一瞬間他的情緒有點複雜，說不上來是什麼滋味。

背後臥室的門敞著，攢了一夜的冷氣溜出來，從後包裹上來。他忽然覺得有點空落落的。

緊接著，江添的聲音從樓下傳上來，「幹麼要學別人。」

孫阿姨的那句話不知戳到了他哪個點，他的語調聽起來又冷又倔。

江鷗愣了一下：「啊？」

「我說……」江添眉頭緊皺，肩背線條繃得很僵，光看側影都能感受到他有多不高興。

說完這兩個字，他頓了一下，垂在身側的手指捏了幾下，發出咔咔的聲響，顯露出幾分煩躁。

又過了片刻，他說：「算了，我去學校了。」

江鷗拍了拍他的肩，有點訕訕的，又轉頭衝孫阿姨眨了一下眼睛，試圖緩解尷尬。

江添垂著眼，大步走到沙發邊，拎起書包便往玄關走。換鞋的時候，他餘光瞥到了樓梯這邊，繫鞋帶的動作停了一下。

盛望套著外套站在那裡，寬大的校服裹在白色T恤外，挽起的袖子堆疊出空空的褶皺，顯出少年人抽條拔節時特有的高瘦單薄來。

江添抬眼看了他片刻，又收回視線，嘴唇抿成了一條直線。下一秒，他站起身，拎著書包徑直出了門。

這座城市八月的天氣陰晴不定，電光忽閃幾下就能下一場瓢潑大雨。

盛望聽見屋外隱隱有悶雷的聲音，他揉了一下鼻尖沿著樓梯往下走，感覺自己又要生病了。

大清早，教室裡瀰漫著一股食物的味道。

學委埋頭改完最後兩道數學題，聳著鼻子四處找，「哪個死不要臉的偷渡了炸雞進來？還讓不讓我們安心學習了！高天揚，是不是你？」

高天揚嘿嘿壞笑起來，從桌肚裡慢慢掏出一整盒炸雞顯擺，說：「餓嗎？想吃嗎？拿英語練習卷來換。」

「我靠！」周圍一片叫罵：「差點兒忘了還有英語！」

「快快快，來個好心人！」

昨天英語老師楊菁給他們留了三張練習卷當家庭作業，一共一百五十道選擇題。不少人沒熬完就睡過去了，今早在這裡鬼哭狼嚎。

「我就知道你們幾個肯定沒寫。」高天揚抱著盒子轉過頭說：「我也知道我們盛望大帥比英語那麼牛，肯定寫完了，所以我連賄賂金都準備好了。」

他嚷嚷著轉過頭，卻見後桌的盛望趴在桌上，慣常擼到手肘的校服袖子放了下來，老老實實箍到手腕。

全班大半的人都在流竄作業，他卻好像睡著了。

「欸？」高天揚拎著炸雞盒在盛望周圍晃了一圈，「兄弟？早課還沒開始呢，你怎麼就睏了？兄弟，你先救個命再睏？」

盛望依舊趴著，只騰出一隻手在桌肚裡摸索，片刻後掏出三張考卷拍在桌上。

「謝主隆恩。」高天揚把炸雞盒擱在他桌上，說：「這是小的孝敬的早飯，你要嘗嘗麼？」

盛望悶聲悶氣地說：「撐著呢。」

「你幹麼了，鼻音這麼重。」高天揚學老吳拿腔拿調，捏著嗓子慢悠悠地說：「難不成是在哭？」問就算了，還翹著蘭花指點了盛望一下。

盛望默默抬起頭，面無表情地看著他，「哭你姥姥。」

他這一抬頭，高天揚收了作妖的手指頭，「臥槽！你臉色好差啊，生病啦？」

「好像有點，晚上空調忘記調高了。」

「就你這樣還好像？」高天揚沒好氣地說：「病氣全寫臉上呢，你要不要去醫務室配點藥？」

「醫務室在哪兒？」盛望問道。

教室人多，冷氣一貫打得很足。他早上出門就不舒服，在這趴了一會兒越發嚴重，聲音懶腔懶調透著沙啞。

高天揚說：「學校西門那邊有個坡，沿著臺階上去就是醫務室。」

盛望：「西是哪兒？」

「……」高天揚抓了抓耳朵，正巧看見有人從身邊經過，便撈了一把，「添哥，西是哪兒？」

江添早課前被叫去辦公室是常事，找他的老師總是很多，大家習以為常。他把辦公室帶來的一疊考卷放在學委桌上，轉頭問高天揚：「什麼西是哪兒？」

盛望瞥了他一眼，恰巧和江添垂下的眸光撞上了。

也許是受早上那件事的影響，兩人的視線一觸即收。

高天揚對於這種微妙的細節渾然未覺，還在跟江添說話：「東西南北的西唄。我剛跟盛望說到學校西門，結果他問我西在哪兒，直接給我問懵了。」

盛望沒再抬眼，垂著眼皮一副睏懨懨的模樣。生病的人總是興致不高，這點在他身上表現得尤為明顯。

教室外悶雷滾滾，天是陰黑的。教室裡面開著燈，江添的影子投落在他桌上，是一團重疊的深灰色。

「西在……」高天揚伸著手，試圖指向那個方位。

沒等他找到準確位置，盛望就聽見江添說：「喜樂那個門。」

他說話一貫音量不高，低低沉沉的，帶著變聲期尾聲殘餘的一點啞，從頭頂落下來。

盛望「哦」了一聲，點頭表示知道了。

倒是高天揚沒反應過來，「什麼喜樂？」

過了幾秒，他又恍然大悟，「啊想起來了，對，西門那邊那個便利商店叫喜樂，不過不常去，也就體育課會在那邊買兩瓶水，那裡離操場近一點。你知道啊？」

盛望像是又要睡著了，過了幾秒才道：「在那裡吃過飯。」

「那裡還能吃飯呢！我怎麼不知道？」高天揚作為體育委員一向跑得賊快，雖然時常抱怨高一那幫牲口占了食堂，但他每天都能虎口奪食，並沒有感受過被擠去便利商店的辛酸。

「嗯。」盛望應了一聲。

這下，連高天揚這種粗神經都覺察到不對勁了。他趁著盛望沒抬頭，偷偷指了指他的腦袋，用誇張的口型對江添無聲說：好像心情不好，不知道哪個傻逼惹著他了。

說完，他發現江添並沒有要跟他對著比劃的意思，只面無表情看著他。

高天揚繼續誇張地「說」：你怎麼也拉著臉？是我比劃得太醜了？

沒等江添有反應，他忽然福至心靈：不會……是你惹的吧？

要死，他罵了江添傻逼。

高天揚的臉色立刻變得精采紛呈，他覷著江添的臉色，試探道：真是你惹的？

以高天揚對江添的瞭解，真是他惹的他一定會點頭，不是他惹的也一定會說「跟我有什麼關係」。但這次，江添只看著盛望，沒吭聲。

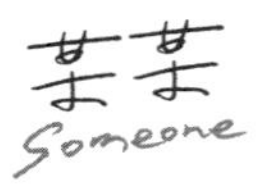

見了鬼了！高天揚咕噥著，沒敢多話。

他戳了戳再度昏昏欲睡的盛望，「都知道西門在哪兒了，一會兒抽空去趟醫務室吧？」

「太遠了，不去。」盛望吸了吸鼻子，堵著不通氣的感覺讓他煩躁地皺起眉。

他把校服領子翻起來，又拽過敞著的前襟，把拉鍊一路拉到頭。

附中校服的領子那截是深藍色，完全立起來後，掩住了他鼻尖以下的小半張臉，襯得皮膚一片蒼白。

他叼著領口的拉鍊頭，拽著袖子重新趴回到桌上，含含混混地說：「上課叫我。」

然而高天揚和江添兩個王八玩意兒，上課並沒有叫他。

早上兩節是英語課，講的是昨晚的一百五十道練習題。英語老師楊菁本來個子就高，還喜歡踩高蹺，蹬著細高跟往講臺上一站，全班四十多個人的即時動態盡收眼底。

楊菁一眼就看到了盛望，食指叩著講臺高聲說：「幹麼呢？那位趴著的，英語分數高就恃寵而驕啊？」

聞言，全班同學都看了過去。

高天揚頂著無數目光舉了一下手，楊菁衝他一抬下巴，「講。」

「他生病了。」高天揚解釋說。

「哦。」楊菁點了點頭，「那行，趴著吧。等他醒了麻煩跟他說一聲，午休來找我面談。」

高天揚：「……」跟楊菁面談那是開什麼玩笑呢？這位女士凶起來校長都怕。

上上禮拜週考，放英語聽力的時候廣播壞了，白耗了學生二十分鐘的時間。副校長和政教處的徐大嘴負責巡看高二，兩位中年男子愣是被楊菁堵在走廊上生懟了十分鐘，一句話沒插上，汗都被懟出來了，還是跟窗邊的A班班長借的紙巾。

高天揚後悔了，說：「那要不還是把他叫起來吧。」

楊菁挑起眉說：「你敢叫。」

高天揚縮進校服裡說：「算了、算了。」

菁姐脾氣向來不按常理出牌，A班同學對她又怕又愛，沒人敢惹。

楊菁衝前排一個男生伸出手說：「來，考卷給我。」

那個男生叫齊嘉豪，A班的英語課代表，好面子，生得人高馬大，看體型絕對不該坐前面，但他視力實在太差，跟班主任磨了一個月，終於把自己磨到了第一排。

楊菁上課評講考卷不喜歡用例卷，每次都拿課代表的考卷講，A班的同學早就習以為常了。

對齊嘉豪來說，被楊菁徵用考卷是件極其刺激的事，因為所有的錯誤都會暴露在她眼皮子底下，懟起來那叫一個不客氣。

但從另一方面來說，他又覺得自己受到了特殊待遇，忍不住有點兒驕傲。

齊嘉豪把考卷遞過去，楊菁掃了一眼又忽然改了主意，說：「算了，今天放你一馬，換個人徵用一下。」

眾人頭皮一緊，紛紛低下頭，生怕菁姐在人群中看自己一眼。

這位女士每次講考卷碰到錯難題，必然要把齊嘉豪拎起來懟，光懟他還不夠，還要一個一個點人起來講語法和答題思路，講不出來就站著。全班四十多個人，在她的課上能站三十多個，換誰誰不慫？

她抬起頭，目光繞著盛望轉了兩圈，最終落在他後桌，「江添。」

全班先是鬆了一口氣，又整齊劃一地看過去。

江添倒永遠是那副臉，一點兒也不犯怵。他拿起桌上的考卷，正要抬腳，就聽楊菁說：「把你前面那位的考卷遞給我。」

江添瞥了一眼前桌盛望的頭頂，說：「考卷在桌肚裡，他擋著呢。」

楊菁說：「哦，那掏一下。」

「……」江添不是政教處出身，沒練過掏人桌肚的本事。他撐著桌子看著前面人事不省的那位，有點頭疼。

他看了看楊菁，走到盛望旁邊往桌肚裡伸出手。

盛望那件校服看著擋得嚴嚴實實，其實邊緣都是空的，江添手臂擦過布料褶皺的時候，腦中倏然冒出一個沒頭沒尾的念頭來——這人真的有點瘦。

他在桌肚裡摸到那三張考卷，正要抽出來，卻突然被人抓住了手腕。

就見趴在桌上的人動了一下，從右手手肘處抬起頭。他額前的頭髮被壓得微亂，眼睛半睜著，眼裡含著一彎淺淺的光。

「你幹麼？」盛望問，沙啞睏倦的嗓音中透著一絲被吵醒的不耐煩。

江添手指蜷了一下。

他瞥了一眼講臺上的楊菁，低聲衝盛望說：「上課了。」

說完，他抽出手直起身，把考卷遞給了楊菁。

盛望悶頭趴了三秒，忽然蹭地坐了起來，一手捂著臉慢慢靠上背後的桌子，含混地輕聲問：「上多久了？」

江添的聲音從耳後傳來，壓低了聲音也改不了那股冷調的質感，「四十分鐘。」

盛望一臉懵逼。

直到楊菁抖了抖他的考卷，說：「一般課代表的話，這種練習卷錯四到五題，不知道盛望同學能不能比肩一下。」

齊嘉豪朝這邊的方向瞟了一眼。

楊菁說：「好，我們來看第一題。」

盛望消化了半晌，終於明白這是剛開始上課的意思。他繃著臉坐了片刻，摸出桌肚裡的手機，調出江添的微信號給他發了五十個白眼。

罐裝：您是不是缺少毒打？

楊菁拿著考卷講了五分鐘，一抬頭，發現生病的那位正支著頭轉筆、轉尺子、轉橡皮。反正手邊能拿到的東西，就沒有他轉不起來的，這大概是十幾歲男生的通病。

她瞄了幾眼，終於想起來，「盛望？」

「嗯？」被點名的那位按住筆。

「我差點兒忘了，你是不是沒有考卷可以看？」楊菁說。

盛望乾笑一下，心說妳不是差點兒，妳就是忘了。

楊菁以前徵用齊嘉豪的考卷，從來不用管售後，齊嘉豪會自己挪著凳子跟旁邊的同學合看，帶枝筆、帶個本子就行。

A班這幫學生分為兩派，一邊是「考完到處對答案」派，另一邊是「考完管它去死」派。齊嘉豪屬於前者。

這一派系的成員都有「過目不忘」的本事，只要是他們親手做的題，從流程到答案都能背出來，包括作文。像英語這種選擇題為主的練習卷，背起來更是小菜一碟。

所以就算看的是別人的考卷，齊嘉豪也知道自己哪題對、哪題錯，即時訂正在本子上就行。

至於盛望……一看就知道是「考完管它去死」派。

楊菁見不得學生閒著，答對了也不行。於是她下巴一挑，指使盛望說：「找個人合看一下。」

盛望「噢」了一聲。

找人合看還不簡單？他站起身，拎著椅子就要往前挪，卻聽見楊菁補充道：「你搬著椅子去後面，跟江添湊合一下，行吧？」

不行。盛望心說：後面那位還欠我一頓毒打，並不想湊合。

但楊菁的理由很充分，「我估計你跟江添的正確率差不多，湊合一下剛好。至於高天揚……你就給他留點面子吧，啊。」

菁姐上課必懟懟高天揚，已經是日常了，簡直防不勝防。

盛望拖著椅子來到後排，坐在江添右邊。雖然他並不記得自己的答案，但還是裝模作樣帶了一枝筆。

起初他還是收斂的，坐得離桌子一尺遠，看考卷還得傾身。

江添瞥了他好幾眼，最終還是沒忍住說：「桌上有釘子扎你麼？」

「沒有啊。」盛望心不在焉地隨口一回。

又過了兩秒，他才反應過來對方在嘲諷他的坐姿。

盛望斜睨著他，把椅子往前挪了一步。

有一有二就有三。

在接下來的五分鐘裡，盛望一會兒挪一下、一會兒挪一下，很快就兩手都上了桌。

楊菁講題速度不慢，但畢竟有三張考卷一百五十道題，錯題多的人著實很忙碌，而錯題少的就非常無聊。

因為生病的緣故，盛望本就有點頭暈腦脹，再加上江添的考卷幾乎挑不出錯，他聽了一會兒便犯起了睏。整個人越伏越低，手臂占據的地盤也越來越大。

他兩手抵著下巴，在瞌睡中左點兩下頭、右點兩下頭，忽然胳膊一滑，小臂碰到了另一個人。溫熱的體溫貼著皮膚傳導過來，盛望迷迷瞪瞪靠了片刻，一個激靈驚醒了。

十六、七歲的年紀總是容易尷尬，某句話、某個眼神、某次接觸都會讓人收斂起來，不明就裡，不知緣由。

盛望縮了一下手肘，江添也換了個動作，靠近他的那隻胳膊乾脆撤下了桌。對方避得太明顯，小少爺又有些不痛快了，心說碰一下會毒死你麼？讓得那麼快。

楊菁恰巧講到第二張考卷的末尾，渾身不自在的盛望終於挑到了一道錯題。

他總算找到了一件可做的事，拔了筆帽在考卷上畫了叉，熟練訂正起來，還記了一排筆記。

盛望給最後那個g畫了瀟灑的大尾巴，畫完一抬頭，就見江添捏著紅筆盯著他，表情非常一言難盡。

盛望：「幹麼，牙疼啊？」

江添說：「我的考卷。」

盛望：「……」他垂眸看向考卷，那筆狗爬字因為格格不入而顯得張揚醒目，存在感極強，還斜著往上飄。

盛望訕訕地蓋上筆帽，「噢」了一聲。因為生病的緣故，他的模樣極具欺騙性，垂下眸子的時候會顯出一絲孤零零的氣質，但實質上，那只是在百無聊賴地發呆而已。

他剛呆了沒幾秒，忽然聽見桌面沙地一聲輕響。

抬頭一看，推出去的考卷居然又回到了他面前。

江添把紅筆丟到桌邊，整個人向後靠上椅背，一副放棄聽講的模樣。

他從桌肚裡抽出一本英語競賽題庫來，眼也不抬，對盛望說：「寫吧，免得你閒得慌。」

楊菁時間把控得很好，兩節課剛好講完所有題目。

盛望紆尊降貴地幫江某人打叉訂正，並手欠地給他算了個分。一百五十道題錯了五道，換算成一百二十的滿分，總共只扣四分。

江添刷完一頁競賽題，對完了答案，又在頁面上折了個角。他從書本裡一抬頭，看見自己的練習卷卷首多了一個鮮紅的數字：一一六。

這醜東西不用看也知道出自誰的手，江添抿著唇移開眼，把盛望偷拿的紅筆抽走，衝前桌比了個手勢，請他滾蛋。

盛望拖著椅子回到座位，楊菁正在總結陳詞。她掏出自己的紅筆，伏在講臺上給盛望批考卷，一邊劃拉一邊說：「總體做得還可以，錯了七八道吧，放在正式考試裡，正確率還是拿得出手的，但離頂尖還有點距離。」

班上同學縮了縮脖子，就這次的難度，只錯七八道已經很牛了，起碼在A班內部能排到前五。

楊菁收起紅筆，朝課代表齊嘉豪抬了抬下巴，問：「你呢，錯幾道？」

齊嘉豪從盛望那邊收回目光，衝老師笑了一下說：「四道。」

「噢。」楊菁又問：「江添呢？」

「五道。」

「還行。」

齊嘉豪挑了一下眉，坐直了身體。

楊菁朝他瞥了一眼，對眾人說：「我一會兒去印點考卷，課代表下午記得去辦公室拿今天的作業。好了，下課。」

鈴聲一響，高天揚蹭地轉過頭來，他拎著自己的考卷對盛望說：「不對啊！」

盛望正準備繼續補眠，聞言敷衍地問：「什麼不對？」

高天揚說：「你哪有錯七八道？」

盛望沒太在意，「菁姐不是說了麼。」

「我一百五十道全抄你的，剛剛跟著評講對完了，根本沒錯七八道。你牛逼大發了你……」

高天揚還想繼續說，突然聽見身後高跟鞋噠噠靠近。他扭頭一看，楊菁正拿著盛望的考卷朝這邊走來，這貨頓時沒了音，衝盛望一頓擠眉弄眼，老老實實坐回去了。

「喏——給你。」楊菁把考卷拍在桌上。

盛望接過來一看，就見三張紙上劃了三道長勾，一個叉都沒有。

全對？盛望愣了一下，終於明白了高天揚嚷嚷的原因。可是既然全對，為什麼楊菁要說他錯了七八道？

正納悶呢，楊菁拍了拍他的肩膀，說：「趁著大課間，跟我去一趟辦公室。」

〔Chapter 4〕

他們都覺得我跟你很熟

附中的大課間在上午兩節課後，一共三十分鐘。禮拜一是升旗兼批鬥大會，禮拜二到禮拜五是跑操場，週末兩天則是自由活動。

這天的大課間天公不作美，悶雷滾了一早上，終於化成了傾盆大雨。跑操場作廢，這三十分鐘就成了自由活動時間，樓上樓下的學生活像老鼠進米缸，撒歡瘋鬧，引得好幾位老師追出去訓。

盛望進辦公室的時候，裡面只有楊菁一個人。她在辦公桌邊坐下，又伸腳勾了個方凳過來，對盛望說：「坐。」

「看清練習卷的成績了？」楊菁問。

盛望點頭，「看清了。」

「納悶麼？明明是滿分，我卻說你錯了七八道。鬱悶麼？」

「說實話嗎？」

「不然呢？」楊菁沒好氣地說。

盛望說：「那就不鬱悶，少抄好幾道錯題呢，我幹麼鬱悶。」

楊菁挑眉看著他，又忽地笑起來。她挑眉的時候有種盛氣凌人的感覺，笑起來卻截然相反，「行，這心理素質可以。那你知道我為什麼要說你錯了七八道麼？」

窗外好幾個學生呼嘯而過，追打著往廁所跑。

盛望看了一眼，又收回視線，想了想說：「差不多知道。」

楊菁有些意外，「你知道？說給我聽聽。」

「我剛轉過來幾天，還沒融進這個班，關係不錯的也就高天揚和……」盛望卡了一下殼。

「和什麼？」楊菁問。

盛望接著說：「沒，差不多就高天揚吧，但這關係好也是因為他自來熟，好相處，不代表我就被這個班接納了。其實大多數同學看我跟看外人差不多，就像看熱鬧。我如果考得太差，會跟這個班格格不入，如果考得太好占了一些同學的位置，又會被排斥。所以，配得上A班但不冒尖是最好的。對吧老師？」

楊菁愣了片刻，再次認認真真地打量他，「看不出來啊，你還會想這些？」

盛望吸了吸鼻子，「沒，就剛剛現想的。」

「行吧，差不多就是這個意思。」楊菁說：「強化班的生態說簡單也簡單，說複雜也複雜。因為水準差不多，所以有不少惺惺相惜的朋友，但朋友之間呢又有競爭。大多數同學還是挺單純的，但有一些好勝心過強，防備心就會比較重。」

盛望點了點頭。

楊菁又說：「我跟老何、老吳他們幾個都聊過，你有三門課落了進度，平時免不了要找同學幫忙。如果激起了一些人的防備心，那你可能很難得到幫助。所以呢，就像你剛剛說的，保持在一個優秀但不令人嫉妒的狀態是最好的。像剛剛那張考卷，你自己知道你多厲害就行了，在其他人面前先保留一點實力，低調一點，你覺得呢？」

盛望乾笑了一聲，「我覺得您說得對，但是……」

楊菁：「但是什麼？」

盛望「唔」了一聲，說：「剛剛那套考卷可能低調不起來。」

楊菁：「嗯？」

「早課前被同學傳過。」

「幾個人？」

盛望回想了一下高天揚的輻射範圍，保守估計，「十一、二個吧。」

「……」楊菁一陣窒息，心道浪費了老娘的心思。

果不其然，一個大課間的工夫，全班都知道盛望英語卷一百五十道題拿了滿分。

雨下得太大，走廊地面被打濕了一半，在外浪蕩的學生瞬間沒了蹤影，紛紛回巢，唯獨盛望想出去透口氣。

他待在座位上，感覺自己像動物園新進的猴兒，遊客從四面八方湧過來，把他圍得嚴嚴實實。

高天揚就是那個導遊，「一百五十道題啊，你還是人嗎？」

他坐在自己的課桌上，嗓門自帶擴音器，嚷嚷得全班都能聽見。

那幫間接抄了他作業的人奔赴在第一線，紛紛應和道：「就是，別說全對了，錯十個以內我就滿意了，真的。」

「十個對我都是高要求了。二十個，一百五十道題錯不到二十個我能笑死。」

「出息！」

「天下苦英久矣——高考只要去掉英語，清華、北大搶著要我！」

「啐，做你的春秋大夢去！」

這幫人一個比一個不要臉，牛皮吹得學委宋思銳聽不下去了。他扒開人群擠進來懟人，懟完他又對盛望說：「草，商量個事。」

盛望連打兩個噴嚏，抽了張紙巾不解地問他：「你罵我幹什麼？」

宋思銳被噎了一下，哭笑不得地說：「不是，你來那天，我說徐挖了棵校草來，我叫人一般叫單字，就這麼順口一喊。」

盛望乾笑兩聲，「想法挺別致的，能換嗎？」

宋思銳：「可以，那就盛。」

「我還腰子呢。」高天揚拍了他一巴掌，又壞笑著說：「你就叫望吧。」

「滾你媽的，你才狗。」宋思銳罵完高天揚，一臉委屈地看盛望，「你怎麼叫這麼個名字。」

盛望被逗笑了，說：「對不起啊，現在也來不及改了，你湊合喊吧。」

「盛哥，盛哥總行了吧？」宋思銳說。

盛望正抱著水杯灌水，聞言咧了一下嘴說：「你這樣我有點飄。」

「A班法則第一條，誰成績好誰是哥，不問出身。」宋思銳隨手一指，「就比如你後面那位，誰見了不得叫聲哥。」

盛望側靠在位置上，喝水的動作沒停，眸光卻朝眼尾瞥了一下。餘光中，後桌空空如也。江添不知去了哪裡，大課間過去二十來分鐘了，始終不見他的人影。

宋思銳叫了他幾聲哥，開始苦口婆心說正事，「下回別把考卷給高天揚這貨行嗎？咱班主任說了，讓我盯住大家，杜絕抄作業的不良風氣，見到一個舉報一個。」

「那你舉報了嗎？」高天揚笑得特別賤。

「我都記本子上了，按季度舉報，你給我等著。」

宋思銳個子不高，放哪個班都得坐在第一排。擼著袖子訓話的模樣特別像細腳貴賓犬，A班不分男女都喜歡逗他。

他也沒個架子，說要告誰的狀從來沒成功過。

宋思銳衝盛望囉囉嗦嗦了半天，就聽對方「嗯嗯」幾聲，片刻之後倏然回神問他：「你剛剛說什麼？」

「……」宋思銳跳樓的心都有，「盛哥，你玩我呢？」他崩潰地問。

盛望從後桌收回目光，抱著水杯誠懇道歉：「對不起，走神了一下。」

宋思銳一屁股占了高天揚的椅子，長嘆一聲說：「學習委員這個位置我是待不下去了，誰愛待誰待，熬完這個季度我就卸任。」

盛望一臉愧疚。

高天揚用口型說：老毛病了，隨他說。

宋思銳每隔幾天都會放一次類似的狠話，但每到換屆選舉，除了他自己，所有同學都會選他，愣是把他死死按在了學委這個位置上，跑都跑不掉。

高天揚人緣不錯，宋思銳也是。他們帶著一票狐朋狗友在盛望耳邊聊了一整節大課間。

盛望聽著聽著，又想起菁姐的話——強化班說單純也單純，說複雜也複雜。他覺得就自己目前所見，這群同學都挺單純的。

大課間快結束的時候，盛望周圍的人散完了。

他頭依然很暈，鼻子又堵得難受，不想刷題也不想看書，便悶頭抵著桌子，兩手藏在桌肚裡玩手機上的智障小遊戲。剛玩兩關，桌邊經過了一個人。

他餘光瞥到了熟悉的鞋，旁邊是垂下的折疊傘，水珠順著傘尖淅淅瀝瀝滴下來，在地面匯集成一條水線。

盛望還在控制螢幕上跑酷的小人，就聽見高天揚問說：「添哥你去哪兒了？下這麼大雨你還往外跑？」

那雙鞋停住了，江添的聲音就響在他身側，「去了一趟醫務室。」

盛望手一頓。醫務室？

他默默抬起頭，發現江添一隻手拎著傘，另一隻手裡是打著醫務室LOGO的白色塑膠袋。袋口很窄，看不清裡面有什麼東西。

「你去醫務室幹麼？」高天揚納悶地問。

是啊，你去醫務室幹麼？盛望斜睨著那只塑膠袋，心裡冒出一些很荒謬的想法。

不怪他亂想，主要江添活蹦亂跳肯定沒病，而他早上剛跟高天揚聊過醫務室，兩者撞在一起，實在有點巧合。

……不會吧？盛望仰臉看向江添。

其實這兩天相處下來他能感覺到，這人表面是個愛答不理的臭脾氣，內裡還挺容易心軟的，至少對他媽是這樣。沒準……對別人也是？

如果，盛望在心裡暗暗想：如果江添真的是去買藥了，下回盛明陽再按頭讓他叫哥，他可以勉為其難給點面子。當然，僅限於場面話。

也許是生病無聊的緣故，盛望這會兒心理活動極其豐富。他正構設場景呢，就聽塑膠袋稀裡嘩啦一陣響。

江添撒開一邊袋口，給好奇心過於旺盛的高天揚看了一眼，回說：「我媽早上燙了手，去弄了兩罐藥膏。」

盛望朝袋子裡瞄了一眼，果然躺著兩只墨綠色的小圓罐，跟早上孫阿姨給江鷗抹的那種一模一樣。他愣了片刻，心裡「噢」了一聲，構設到一半的場景倏地跑了個乾淨。

高天揚又跟江添扯了幾句，盛望沒太注意聽。

沒多會兒，江添把袋口重新收好，轉頭要往自己座位上走。他抬腳的瞬間，視線莫名瞥了一下，跟盛望對上了。

目光接觸的下一秒，盛望垂下眸子。手機裡的小人早就摔死了，他點了重新開始，兩隻拇指在螢幕上來回滑動。

外面天色陰黑，教室裡開著冷色調的白熾燈，在手機上落下幾處方形的光斑。螢幕半邊是小人在斷裂的山崖間無聲跳躍，半邊倒映著旁邊的人影……

江添保持著那個姿勢站了兩秒，才回到後面的座位上。

這之後的大半天裡，盛望的手氣始終很差，什麼弱智小遊戲都即玩即死，氣得他直接關機，把手機扔進了書包最裡面。

晚自習依然是八點下課，學校裡多了一個年級的人，夜晚變得熱鬧許多。

班主任何進掐著下課的點進教室，匆忙通知了新的校車時間表，等她出去的時候，高二這棟樓的人已經跑得差不多了。

盛望收好書包正要起身，高天揚突然拍了拍他說：「欸，晚上有事麼？」

「寫考卷，怎麼了？」盛望說。

「除了寫考卷呢？沒了吧？」

盛望點了點頭。

高天揚打了個響指說：「那跟我走唄，老齊他哥在北門外開了一家燒烤店，今天正式營業，打算喊一票人去熱熱場子。反正今晚考卷不多，難得可以放鬆一下，去不去？」

受感冒的影響，盛望其實沒什麼食欲，但他最近正處於不大想回家的狀態裡，今天尤為嚴重，主要是怕見江鷗。

對方的示好讓他有些無措，駁人臉面給人難堪的事他做不來，可讓他接納對方甚至親近對方，他更做不來。

於是他想了想，對高天揚說：「行，那就去唄。還有誰？」

高天揚隨手一劃拉，教室裡磨磨唧唧沒走的人就都拎上了書包，「我、你、學委、班長、老齊、猴子、大花……」

「可以了。」盛望沒好氣地說：「再往後報我也對不上號。」

「湊一湊十二、三個吧，剛好一張大桌。」高天揚說。

宋思銳規規矩矩背著雙肩包走過來，問：「走嗎？」

「走。」高天揚招呼了一聲：「齊嘉豪他們去廁所了，從那邊走吧，等他們一起。」

盛望把書包搭在肩上，朝某個空位看了一眼，問道：「你不是跟江添關係挺好？沒叫他？」

高天揚說：「不是挺好，是相當好，我倆那是發小。」

盛望第一次聽說，「發小？」

「對，小時候住一個員工宿舍區的。」高天揚說：「像這種活動他向來不參與的，他事情太多太忙了。」

他說著又挑起眉，道：「不過你居然會問到他，我還挺意外的。」

「意外什麼？」

「剛來第一天你倆不是結了梁子麼？這兩天除了菁姐摁頭合看試卷，也沒見你們說幾句話，我以為你跟他完全不熟，巴不得他不去呢。」

盛望點了點頭，說：「確實不熟。」除了晚上會進同一扇門以外，真的不熟。

他一邊跟高天揚說著話，一邊把手機開機。螢幕剛解鎖，微信接連跳出好幾條通知。

高天揚沒想太多，伸頭過來說：「你要不要先跟家裡人說一聲？」

盛望抿了一下嘴唇，他向來不用跟家裡人說什麼，只需要跟司機小陳叔叔說一聲就行。

他點開微信正準備翻找小陳，就見最頂上的對話條上有個紅點，顯示有新訊息。對話條的備註名寫著：江添。

盛望下意識點開一看，這才發現江添給他發過兩條訊息，就在晚自習下課之前。

江添：我今天晚點回家。

江添：問的話就說競賽補課。

可喜可賀，某人終於知道要提前串供了，而旁邊的高天揚已經嚇死了。

一看高天揚要張嘴，盛望一把勾住他的脖子，捂著嘴拖到教室外，低聲威脅道：「不許嚷嚷，叫出來你就完了。」

高天揚消化了差不多有一個世紀吧，點了點頭。

「那我鬆手了啊。」盛望低聲說完，抬頭朝教室裡的人彎眼笑笑，其他人不明就裡，只以為他們在玩鬧。

高天揚又點了點頭，盛望這才鬆手站直。

高天揚被嚇了一大跳又被悶了半天，看起來需要吸氧。他一臉虛弱地倚著走廊扶手，拎著領口給自己搧風，片刻後才憋出一句：「怎麼回事啊你們這是？」

盛望對自己的家庭狀況沒什麼避諱，有人問起來就是單親，但這不代表他願意把所有事情都說給別人聽，他也不確定江添願不願意。

這個年紀的人往往矜驕又敏感。

盛望自詡是半個典型，至於江添？他覺得這位得double。

於是他思忖片刻，對高天揚說：「這解釋起來有點複雜，你就當我倆在合租。具體的情況你去問江添。」

既然是發小，高天揚對江添家的情況應該多少有瞭解，不至於伸腳踩雷。

就見高天揚半懂不懂地「噢」了一聲，沒去細究「合租」的意思，只追問道：「那你還說你跟添哥不熟？」

他回憶片刻，更覺得自己遭受了欺騙，「我的天，所以你倆晚上住一屋，白天在那裝不認識？幹麼呢？娛樂圈地下戀啊？」

「放屁。」盛望說：「他待他房間，我待我房間。你跟你鄰居關係親嗎？」

「親。」高天揚說：「我跟我爺爺、奶奶住對門。」

「……」盛望想把這胡攪蠻纏的貨扔到樓下去。

「你看你倆還有微信。」高天揚越說越委屈，「我跟添哥認識十幾年了，微信還是前幾年才加上的，你們這才幾天。」

盛望「哦」了一聲。兩秒後，大少爺突然反應過來不對勁，對著高天揚的背就是一巴掌，「微信總共才出來幾年？」

高天揚趴在欄杆上笑死了，他搓了搓被打的地方說：「哎呦，不行，我要告訴添哥去，你怎麼這麼好騙。」

這貨說著還真掏出了手機，盛望兩眼一翻，抬腳就走。

教室裡的人嘰嘰喳喳出來了，一群人邊打邊鬧地往樓梯走，剛好跟廁所出來的兩人匯合。

齊嘉豪剛洗完手，一看到盛望，甩水珠的動作頓了一下。他那一瞬間的尷尬其實挺明顯的，但走廊燈光太暗，大家又推推搡搡在說笑，沒什麼人注意到。

下一秒，他便收拾了表情，彈了高天揚一臉水說：「不錯啊，騙了個學神來！」

其實盛望也就今天的英語一騎絕塵，之前週考數理化三門沒及格，說學神實在太浮誇。這位少爺自我認知非常到位，對正常誇獎照單全收，而這種過於浮誇的吹捧，就有點消化不良了。

他被誇出了一身雞皮疙瘩，悄悄抖摟了兩下，又聽齊嘉豪對高天揚說：「就拐了這麼一個啊？還叫了哪些人，我添哥呢？」

盛望剛抖掉的雞皮疙瘩又如雨後春筍般冒出來了。

——還「我添哥」，高天揚都沒這麼掛嘴上。

他心裡暗暗吐槽了一句，覺得齊嘉豪同學說話有點油膩。

高天揚說：「別你添哥了，你添哥向來不參與這種浪蕩的活動。」

「真不來？你一會再問問？」齊嘉豪說。

「再說吧。」高天揚道。

盛望覺得自己洞察力很強，三兩句話的工夫就把這群人的關係親疏理明白了，比如高天揚和江添是真的關係好，齊嘉豪和江添就有點套近乎。

幾輛校車一走，教學區的人頓時空了一大半，但依然有幾間階梯教室燈火通明。

盛望跟著他們往北門走，其間回頭看了幾眼，問道：「晚自習不是到八點麼，那邊怎麼還有人在上課？高三的？」

「主要是高三的，也有高二、高一的，少一點。」宋思銳伸手指了一圈，解釋道：「那邊三間階梯教室是高三的，這邊這間是高二，最小的這間是高一。這些都是住宿生，要比咱們多上一節晚自習。」

停頓了一下，接著說：「現在是補課期間，咱們八點下課，他們九點。等到了正式開學，咱們九點半，他們十點半。」

附中在市區內，目前還沒實行封閉式教學，住宿生比其他學校少很多，反正校車來回也方便。

「珍惜吧，最後一年了。等到了高三，老師會挨個兒談心，建議你住學校這邊。到時候大半會選擇住宿舍，還有一些就住在那邊。」高天揚用下巴朝校門外的住宅區指了指，「喏，那裡快成校外宿舍了，全是陪讀的和補習的。」

「那怎麼晚自習在階梯教室上？」盛望問。

「因為每個班住宿舍的人數不一定嘛，有的多、有的少。像咱們班，目前還沒有住宿生，樓下B班一共就四個人，晚自習怎麼上嘛。所以政教處那邊就下了規定，住宿生的那節晚自習全部去階梯教室，一個年級都在那兒，各科老師輪值給解答問題。」

盛望若有所思地點了點頭。

高天揚說：「不是，盛哥，我怎麼彷彿在你臉上看到了心動呢？你別告訴我你想住宿啊？」

別說，他真的有點想。

初三和高一兩年他都是住宿的。本來回老家住祖宅，他以為盛明陽在家待著的時間會多一點，才選擇了走讀。沒想到對方出差更勤了，只留了他和江鷗、江添在家六目相對。

如果住宿舍，那所有的尷尬、為難和糾結都不復存在，輕鬆得多。

「要住宿的話，什麼時候申請？」盛望問。

「正式開學前吧，會有通知的。這個你問小鯉魚就行。」高天揚指了指身邊那個紮著馬尾的女生，「她班長，這種通知她都是第一個知道。」

班長叫李譽，像個男生名，實際是個名副其實的嬌俏小姑娘，考試成績雖然拚不過江添他們那幫變態，但勝在乖巧認真，不會氣老師。

天知道在A班找個真正乖巧的學生有多難，所以她成了班長。

「好啊，我接到通知提醒你。」李譽忍不住說：「我們都挺怕住宿的，肯定不如家裡方便，你真的想住啊？」

盛望隨口扯了個理由：「熱鬧啊。自己對著考卷發愁多無聊，要是周圍有百八十個人比你還愁，是不是就好點了？」

高天揚「嘶」了一聲，「好像有點道理。」

其他人頓時笑罵成一團，說他牆頭草，易洗腦，唯有齊嘉豪嚴肅地說：「不一定熱鬧的，咱們班有特權。」

盛望看向他，「什麼特權？」

「徐大嘴說了，A班不用去階梯教室，可以留在自己班上自習。」齊嘉豪說：「可能比較信任咱們的自制力吧。」

他語氣壓得很平，聽起來就像隨口一提，又透著一絲藏不住的優越感。

李譽是個老實姑娘，一臉擔憂地說：「咱們班有自制力嗎？想想你們藏在桌肚裡的手機和PSP，這是徐主任查得少，不然一抓一個準。」

在場所有人包括盛望在內，都默默把手機往口袋裡塞了塞。

齊嘉豪又道：「查得少也因為是A班嘛。」

高天揚說的那家燒烤店離得很近，就在北門的住宅區。老闆買下臨街一樓的兩套房，打通了做大廳，門口擺了露天桌椅，張燈結綵挺熱鬧。

「都是小齊的同學是吧？」老闆是個年輕男人，五官長得挺端正的，收拾收拾能稱得上帥哥，但他穿著白色工裝背心和米色的大褲衩，趿拉著拖鞋還叼著菸，吊兒郎當的模樣，帥字當場就沒了一半。

他在煙霧裡瞇著眼，大手一揮，豪氣地說：「來捧場的都是朋友，小齊叫我一聲哥，那你們就都是我弟弟。」

三個女生表情抽了一下。

他又補充說：「和妹妹，主要我上來就叫妳們妹妹顯得我很流氓，還是叫丫頭吧。」

「喏──給你們留了絕好的位置，今天酒水我請，隨便喝。菜單桌上有碼，掃一下就行。」老闆首比了個請，他可能想表現一下紳士，但背心和大褲衩拖累了他，「那個誰，小黑，給我這幫弟弟們和小丫頭先來點喝的和涼菜。」

他嘴裡含著菸，邊說邊噴著煙霧，像個人形香爐。盛望本來就生著病，被這香爐一熏，瞇著眼扭頭悶咳了好一會兒。

「哎，對不住。」老闆把菸拿下來，「我忙開業兩天沒睡了，靠它提神呢，不是故意熏你。」

他說著，又上上下下打量了盛望片刻，咕噥說：「我是不是在哪兒見過你啊，還挺眼熟的。」

「啊？」盛望認認真真看了他的臉，誠懇道：「對不起，我臉盲。」

老闆哈哈笑起來，擺手說：「沒，我就這麼一說。你們去點菜吧。我這裡人多，怕顧不上，小齊，你招待著一點。」

齊嘉豪抬了一下手，說：「得嘞，沒問題哥！」

他轉頭招呼著同學說：「走走走，去坐。我跟你們說，我這哥哥可牛了，他叫趙曦。趙曦你們聽過吧？」

大夥兒搖搖頭。

「嘖，你們不看政教處樓裡那個榮譽牆麼？歷屆都有的那個。」齊嘉豪說：「裡頭就有他，06屆畢業的吧，拿過好多獎，高考也是市狀元。」

眾人一臉懵逼，聽齊嘉豪吹得就跟他自己得過狀元似的。

「就這，狀元？」高天揚倒不是看不起，是確實太意外了。

「哎，你別看這個呀。」齊嘉豪說：「人之前在國外的，最近剛回國，工作應該談好了吧，反正肯定很牛逼。最近好像是休假，回來幫一個朋友開了這間燒烤店，弄著玩兒的。」

「哦，所以他不是真的老闆啊？」高天揚說。

他們在桌邊坐下，旁邊有弄好的空調管和電扇，座位雖然露天，但既不悶熱也沒有蚊蟲靠近，還能感受感受夜裡熱鬧的氛圍，確實是絕佳好位置。

齊嘉豪跟趙曦並沒有真的熟到那份上，具體也說不出個所以然。眾人便沒再多問，只不斷地感嘆趙曦多厲害。

這個年紀的嫉妒和崇拜都來得很簡單，前者是成績好，後者則是成績太好。

沒多會兒，一個叫小黑的服務生端來了花生、毛豆和一碟缽缽雞，又送來一桌冰啤說：「曦哥請的。」

齊嘉豪一副主人樣，把冰啤分到每人面前。

盛望「哎」了一聲，說：「我就不喝這個了，有水麼？」

「學神你怎麼這樣，那三個女生都沒要水，你先要了。這有點不行吧？」齊嘉豪張口閉口的學神，聽得盛望不大適應。

但他更聽不得「不行」。

高天揚直來直去，懟了齊嘉豪一句：「人生著病呢，你別坑他。」他說著便要把盛望面前的杯子挪走，結果被盛望一爪子攔住了。

「別動，我不換了。」盛望說。

還是那句話，男人的面子大過天，小少爺哪哪都行。他默默算了算冰啤的量，感覺自己可以灌兩杯。

齊嘉豪他們幾個湊頭點著菜，盛望沒事做，握著啤酒杯的把手等食。

結果那位叫趙曦的假老闆去而復返，拿了三罐椰汁過來，對李譽她們說：「喏，給妳們拿了點飲料來。」

李譽靦腆地接過來，分給其他兩個女生。

說話間，齊嘉豪又催高天揚說：「我們先點一波菜，你要不再問一下添哥？看他來不來？」

高天揚咕噥了一句，掏出手機找江添微信。

盛望抱著杯子，視線朝他那兒瞟了一下又收回來。結果就見對面三個女生個個都盯著高天揚的手，其中兩個皮膚白的臉紅得很明顯。

盛望：「……」還挺受歡迎。他在心裡「嘖」了一聲。

高天揚拿手機對著嘴：「添哥，你今晚忙麼？我們在北門這兒吃串燒呢，你來麼？」

下一秒，他手機咻地來了新消息。

盛望瞥了一眼，看見五個字：有事，不去了。

高天揚把手機展示了一圈，「看見沒？」

三個女生肉眼可見有點失望。

「江添怎麼總這麼冷啊。」其中一個女生忍不住說了一句。

正準備離開的假老闆趙曦步子一頓，「嘶」了一聲說：「噢，你們跟江添一個班啊？」

高天揚意外，「你認識他啊？」

「認識，關係還挺鐵的。」趙曦說著，又忽然把視線轉向盛望，他指著盛望「噢——」了一聲，說：「那我想起來了。」

盛望：「啊？」

「你是上次那個吃霸王餐被江添贖回去的男生吧？」趙曦說。

這話說完，整張桌子氛圍都很凝固，說不上來是驚得還是嚇得。盛望就更凝固了，這麼丟人的事被說出來，他不要臉的嗎？

趙曦看到他的表情笑了半天，說：「我去店裡的時候就看見你倆往教學區那邊走了，那店我爸開的。」

趙曦說著，轉頭撥了通電話。

盛望一時間沒反應過來他在幹麼，但沒過兩秒，他就明白了……

就聽趙曦對電話那頭的人說：「江添，你朋友都來了，你真不來？」

「哪個朋友？就上次你帶去我爸店裡吃飯的那個。」

「嗯，在這兒呢，就在我旁邊坐著喝酒呢。」

盛望看了眼自己面前的杯子，默默撒開手。

他有點難以置信，趙曦這麼大個人了，居然亂告瞎狀？

街市外是交織成片的燈火和穿梭往來的人流，電動機車和私家車的喇叭聲在巷角遙相呼應，又轉瞬淹沒在人間煙火裡。

這家燒烤店有個一點也不燒烤的名字，叫做「當年」，透著股酸嘰嘰的文氣。可惜大廳內外的客人卻像是剛下梁山，叫鬧的、拚酒的、大笑的，吵得長街另一頭都能聽見。

趙曦就在這滿場喧囂中打他的電話……

「哦對，我給忘了。行吧，那就放過你這一回。你就會嗯，多說兩個字是不是嘴疼？」

「啊？」

不知道那頭的江添說了什麼，趙曦忽然疑問了一聲，轉頭朝桌邊瞥了一眼。視線掃得太快，盛望不大確定他是看向自己，還是看向這一桌人。

「行，我知道了。」趙曦點了點頭，沒再多聊，「那就這樣吧，先掛了，我還有一群嗷嗷待哺的客人呢，忙死我了。」

這位假老闆收起手機一回頭，就見滿桌子的人都眼巴巴地盯著他，像在等一個結果。

他當即就樂了，夾著菸擺手說：「哎，別等了。他是真有事，確實來不了。」

「啊——」幾個人掃興地拖著長調哀嚎，有一個膽大的女生也跟在裡面湊熱鬧，失望之情溢於言表。

盛望撥了撥面前的花生殼。也許是受了其他人情緒的影響，那一瞬間，他居然也感到有些掃興。不至於到失望的程度，只是忽然覺得這一桌十來個人，好像並沒有他想像的那麼熱鬧。

面前突然噹啷一聲響，盛望倏然回神，抬眼一看，就見趙曦擱了一杯水在他面前。

「聽說你生病了？」趙曦說：「生病喝什麼冰啤酒，老老實實給我喝水。」

盛望一愣，「聽誰說的？」

趙曦抖了抖菸灰，「你說呢？」

盛望想起他剛打的那通電話，「江添？」

趙曦「昂」了一聲。

盛望有一瞬間沒吭聲，說不上來是意外還是別的什麼。

要說江添特地叮囑趙曦別讓他喝酒……那肯定不可能，估計只是順口一提，而趙老闆天生熱情會做人。

盛望想了想，萬分誠懇地對趙曦說：「我跟他真沒那麼熟，那次吃飯也只是……算了，反正是真的不熟。至於冰啤，他人都沒來，還管我喝什麼？」管得著麼！

盛望說完，默默抱住了面前的啤酒杯，一副不醉不歸誰也別攔他的架式。

趙曦哭笑不得。他把菸塞回唇間，瞇著眼含混地說：「行，你們這些小崽子啊，不吃點苦都不長教訓，回頭生病加重別找我負責就行。」

趙老闆拍拍屁股走開，笑著去招呼別的朋友。盛望目送完他一轉頭，發現一桌同學看他的表情都很好奇。

「我臉上長了菜單嗎？」盛望問。

「沒有、沒有。」眾人鬨笑起來，高天揚連忙搖手，叫來服務生把點好的菜給下了。

肉串一把一把往桌上送，帶著剛烤好的香氣，滋滋冒著油星。人的胃口就是這麼神奇，平時明明十串就能飽，這會兒搶的人多了，二十、三十串都打不住。串燒越擼越香，酒越喝越多，嗓門也越來越大，一桌人一會兒笑得拍桌捶腿，一會兒又哐哐碰杯。

盛望從他們這裡聽來了不少八卦，有老師的，也有學生的。

比如，他們的班主任何進和一位專做數學競賽輔導的男神老師是夫妻，兩個都是附中以前的學生，同班還同桌，是當時著名的班對兒。他們大學湊到了同一個城市，畢業後又雙雙回到母校，如今都成了市內有名的風雲教師。

比如，坐在盛望右手邊的男生是班上的生活委員，他戴著一副黑框眼鏡，脾氣溫和，除了吃串燒就是跟著大夥兒一起樂，和他爸的個性截然相反。他爸姓徐，就是人稱「徐大嘴」的政教處主任，看在他爸的面子上，A班同學管他叫「小嘴」。

高天揚藉著酒勁拽著他假哭，問：「小嘴兒，我之前那個手機還鎖在你爸櫃子裡呢，你敢幫我去撬它嗎？」

徐小嘴斯斯文文嚥下肉，又抽了紙巾擦乾淨嘴角說：「不敢，我自己的還鎖裡頭呢。」

高天揚道：「瞧你這出息！」

徐小嘴說：「彼此彼此。」

眾人一頓嘲笑。

再比如，七班有兩位以潑辣著稱的女生，但凡逮住空閒或藉口就往A班跑，有時還拉上一群小夥伴組團來，就為了看江添。

託人帶過小紙條、帶過零食、帶過各種節日禮物，結果江添不是在辦公室就是在補眠，小紙條

不起作用，零食、禮物照單退回，堅持一年了，至今也沒能把冰雕捂化了。

盛望正抱著啤酒杯邊喝邊聽，高天揚這個大喇叭突然拱了他一下，促狹地說：「我昨天在校車上碰見七班體委了，他說那倆女生中的一個，最近有點移情別戀的趨勢，說是看上咱們班新來的帥哥了，你有什麼感想？」

盛望喝完杯子裡最後一口酒，握著把手想了想，「我們班又轉人進來了？」

高天揚：「……」他看了一眼桌沿空掉的啤酒桶，問小嘴：「他喝第幾杯了？」

小嘴比了四根手指。

高天揚倒抽一口涼氣，企圖拿走盛望的啤酒杯，「你生著病呢，哥哥欸！」

盛望沒好氣地說：「知道，沒打算喝第五杯。」

他說話口齒清晰，臉也沒紅，除了眼珠更黑、鼻音更重外，幾乎沒有變化。高天揚一時間有點拿不準。

「你們繼續，我去一下洗手間。」他打了一聲招呼，起身往大廳裡走。

高天揚特地觀察了盛望的腳步，沒看出什麼大問題來，忍不住轉頭問其他人：「他這是醉了還是沒醉啊？」

李譽認真地說：「他挺正常的，就是話變少了。我說實話，你看起來比他醉。」

高天揚沒好氣地縮回了腦袋。

眾人吃得有點累了，三個女生是最先放下籤子的。她們靠在椅背上，耳朵還在聽剩下的人吹牛，目光卻跟著盛望。

這位轉校生長相其實不輸江添，只是類型截然不同。

他眉目清晰乾淨，眼睫和瞳仁顏色很深，被冷白皮膚一襯，是那種濃墨重彩式的好看。笑起來春風拂面，不笑的時候就有點生人勿近的意思。

其中一個女生臉看紅了，拱了一下李譽，三人湊頭說起了悄悄話。

直到齊嘉豪叫了她們一聲：「聽說又要選市三好了，是吧班長？」

李譽打斷話音抬起頭，「你消息這麼靈通啊？昨天開會才通知下來。」

「這次咱們班幾個名額？」齊嘉豪又問。

「三個。」

「怎麼個選法？」

市三好學生這種榮譽在關鍵時刻還是有點用處的，可以豐富高中履歷，申請高校提前招生時能增加幾分競爭力，但作用可大可小，比不上競賽成績，所以有人在意、有人隨緣。

齊嘉豪顯然就是在意的那撥。

李譽說：「學校那邊的建議是，一個名額按成績來推薦，一個從班幹部裡推薦，還有一個不記名投票，看民心所向。」

齊嘉豪笑說：「按成績、按班委名單啊？那我沒戲了。」

「別啊，還有一個投票名額呢。」其他幾人寬慰道。

齊嘉豪立刻哈哈開著玩笑說：「行！就衝這句話，今天這頓我請了，到時候投票幫幫忙，不求贏，只求不要死得太難看。」

他舉手叫來服務生，擺弄手機調出支付寶說：「我剛剛又點了一波菜，麻煩盡快上。」

服務生拿著點菜平板核對，「二號桌是吧？新加的菜已經算進去了，這會兒應該上烤架了。」

「速度夠快的。」齊嘉豪又大手一揮，瀟灑地說：「那幫我結個帳吧，我先把錢付了。」

誰知服務生說：「這桌已經結過啦。」

齊嘉豪：「啊？誰結的？」

說話間盛望走了過來。他抽了張紙巾擦手，在高天揚旁邊坐下。

服務生指著他說：「喏，他剛剛就結完了。」

我……操。齊嘉豪懵在當場，臉色變了好幾變，不過大家在食物的作用下反應有點遲鈍，正發著飯後呆，沒人注意他。

就著新點的那撥串燒，桌上眾人又灌下去一杯啤酒，酒精的效力終於發散開來，好幾個人面紅耳赤，腳底發飄。

離十點還差五分鐘，這群浪蕩子終於決定就此解散，各回各家。

高天揚喝得脖子都紅了，扶著桌子說：「我得去一下洗手間，一會兒車上顛，我怕我撐不到家門口。」

旁邊一個男生壞笑著吹了一聲長長的口哨，被高天揚按住了嘴，笑罵道：「再吹下去，褲子你給我洗。」

他們一個帶一個，準備組團去上個廁所，問盛望要不要一起，被婉拒了。

「我在這坐會兒。」盛望揉著太陽穴陷入沉思。

他作了一晚上死，該來的終於都來了——鼻音重得嚇人，腦袋裡塞了棉絮，腳底還有點飄。感冒儼然加重了。

我圖什麼呢？他邊揉邊閉目養神，酒勁作用下甚至有點昏昏欲睡。

忽然，他感覺支著的手臂被布料擦過，有人在他身邊站定下來。

盛望還沒反應過來，就聽見假老闆趙曦的聲音由遠及近，「哎，你怎麼來了？你不是說起碼要到十點半麼？」

盛望擰著眉消化片刻，轉頭睜開眼。

由於那人站得太近，他平視之下只看到附中熟悉的校服。袖子擼到了手肘。

盛望盯著那人垂在身側的手指看了好一會兒，終於抬起頭……來的是江添。

從坐著的角度仰視過去，能看到他輪廓清晰的下頷以及少年期凸出的喉結。

盛望忽然伸手摸了摸自己的脖子。

江添垂眸看了他一會兒，問趙曦：「你給他酒了？喝了多少？」

「我給他水了！」趙曦沒好氣地說：「他不喝啊，我還能硬灌麼？酒估計沒少喝吧，我看他們桌上的幾個空桶，估計每個人喝了不下四杯。」

盛望收回摸脖子的手，瞥了趙曦一眼說：「錯，每個人五杯。」

江添：「……」

趙曦聳了一下肩，衝盛望的後腦杓比了個拇指，用口型說：我覺得他有點醉，你覺得呢？

這還用覺得？

江添抹了一下額頭。他拇指勾著肩上的帶子，把書包往上提了提，對盛望說：「回去了，站得起來麼？」

「你真當我喝多了？」盛望沒好氣地回了一句，還真好好站起來了。他左右張望了一眼，口齒清晰地問：「高揚天他們呢？掉廁所裡了？」

趙曦挑眉說：「喲，可以啊。我收回剛剛的話，應該沒醉。」

江添一臉麻木，「去廁所的那個叫高天揚。」

趙曦：「……」

江添做事很乾脆，他點亮手機螢幕，調出微信飛速發了一條消息，然後對盛望道：「跟高天揚說過了，可以走了。」

盛望「嗯」了一聲，把自己的書包拎上，挎到單肩後面，然後又說：「去廁所的還有宋思銳、齊嘉豪、徐小嘴……」

江添頭疼，他直接打斷道：「都說了。」

「行。」盛望點了點頭，這才放下心，跟著江添往外走。

假期學生放學早，到了夜裡十點，住宅區這一帶便清靜不少。離開燒烤店的範圍，嘈雜的人聲便像夜裡的霧一樣散遠了。

盛望的步子看不出飄，也沒有在巷道蛇行，只是落腳很輕，走得也慢，始終保持在落後江添半步的狀態，像個來巡查的領導。

領導喝了酒好管閒事，他指著江添右手拎著的塑膠袋，突擊抽查說：「你那買的是什麼？」

江添正叫車呢，聞言從眼尾瞥了一眼自己的手，說：「蟑螂藥。」

領導撇了撇嘴，沒吭聲，看起來不大滿意。

巷子盡頭正對寬闊的街，有公車站和計程車招呼站，再遠一些還有地鐵口。從巷子裡鑽出來的瞬間，夜間往來的車流聲撲面而來。

江添叫的車來得很快，盛望習慣性鑽進後座，在常坐的那個位置待好。他看見江添拉開副駕駛的門，正要跨坐進去，卻又臨時改了主意。

他朝盛望看了一眼，改坐到了後座，不過兩人離得並不近，還隔著一道扶手箱。

夜裡的市區依然燈火通明，冷暖交織成片。

盛望坐著坐著就癱滑下去，像他平時癱在小陳叔叔車上一樣，頭抵著窗玻璃，看上去昏昏欲睡。就在江添以為他已經睡著的時候，他忽然開口說：「他們都覺得我跟你很熟。」

因為感冒的緣故，他嗓音沙啞帶著鼻音，在車內安靜的氛圍裡並不顯突兀。

江添愣了一下，轉頭看向他，「誰們？」

盛望沒坐直，依然那麼懶懶地靠著，曲著手指數，「高天揚、趙曦、還有趙曦他爸。今天那幾個同學勉強也算，因為趙曦當著他們的面說，你帶我去他爸那兒吃飯。」

他頓了一下說：「盛明陽覺得我們可以當兄弟，這些人覺得我們私下特熟悉，結果我們連話都沒說過幾句，是不是挺好笑的。」

他這麼說話的時候，又像是絲毫沒醉。

車窗外的燈光如水流過，在他側臉投落一片移動的光影，輪廓是柔和的絨邊。

江添看了他好一會兒，說：「其實……」

剛說兩個字，就聽盛望又嘟囔了一句：「我病得這麼難受，你連藥都沒給我帶。」

「……」江添薄唇張開又閉上，最終抿成一條板直的線，無話可說。

片刻之後，他把手邊的塑膠袋打開，伸手按亮頭頂的車燈說：「藥這裡有的是，每盒都忌酒，你什麼時候酒勁消了，什麼時候再來談藥。」

盛望轉過臉來，「你不說是毒蟑螂的麼？」

江添：「我說你就信？」

盛望覷著袋子說：「我很金貴，吃藥挑牌子。」

江添：「你吃不吃？」

盛望考慮了兩秒，把一整袋都薅過去了。

〔Chapter 5〕

隔著半個人的距離，
說遠不遠，說近也不近

車子在白馬弄堂口停下。

江添付了錢先下車，卻遲遲不見盛望出來。他繞到另一邊才發現，這祖宗抱著一袋子藥，正安安靜靜坐在裡面等人開門，儼然是被司機給慣的。

江添沒好氣地拉開門，他才斯斯文文伸了一條腿出來，還很有禮貌地笑了一下說：「謝謝。」

他單肩挎著書包，手裡又有藥，下車並不很方便。

江添扶著車門有點看不下去了，伸手說：「藥給我。」

盛望非常客氣地說：「不給。」

江添：「……」他只好換了個提議，「書包背雙肩。」

盛望說：「醜。」

江添服了。

盛望固執地保持著單肩搭包，一手抱藥的姿勢，下了車便自顧自往巷子深處走。他沒有像其他醉鬼一樣拙態百出，要是被附中一些女生看見，可能還得紅著臉誇一句賞心悅目。

……就是有點孤零零的。

有一瞬間，江添有點懷疑這人其實沒多醉，只是藉著酒勁撒潑耍賴，要真醉了，哪能這麼注意形象。結果已經走遠的盛望忽然回頭看了他一眼，又原路退了回來。

江添以為對方是在等他一起走。

誰知盛望衝他一抬下巴說：「你手機呢？」

「幹麼？」

「拿出來拍一下。」

「拍什麼？」江添皺著眉疑惑不解，但手還是伸進了褲子口袋，略帶遲疑地掏出手機。

他劃了一下螢幕，介面跳轉成了照相機。

鏡頭裡，盛望站在路燈下，影子被光拉得很長。他用腳尖踢了踢凹凸不平的地面，說：「這破路坑坑窪窪的，但我剛剛走得很直，你看見沒？」

可能是感冒特有的沙啞鼻音太能騙人。

江添頂著一張「我並不想搭理你」的冷臉，默然片刻說：「看見了。」

說完他回頭確認了一下……謝天謝地，送他們回來的司機早已離開沒了蹤影，整條弄堂就他和盛望兩個，這傻逼對話沒被別人聽見。

「光看見有什麼用。」領導又發話了：「拍下來。」

「……」江添默然無語地看了他好半晌，拇指撥了一下照相模式，嗓音輕低地說：「我信了你是真醉了。」

弄堂口到盛家祖宅距離不過三百公尺，他們走了二十分鐘——某人往返了三次，江添半輩子的耐心都搭在這裡了。

他們進院子的動靜有點大，屋裡的人應該聽見了。

很快大門打開，江鷗披著一件針織衫從門裡探出身，「總算回來了，怎麼兩個人都這麼晚，我還以為……你舉著手機幹什麼？」

「誰知道呢。」江添低嘲了一句，把手機收回了褲子口袋。他應邀跟拍了全程，這會兒多了一人，他實在丟不起這個臉。

「趕緊進來吧，你們怎麼會一起回來？我聽小陳說，小望跟同學聚餐去了。」江鷗側身讓開路，江添和盛望一前一後進了門。

儘管盛望一舉一動都很穩當，除了蹲下換鞋的時候晃了一下，基本看不出大問題，但江鷗還是第一時間聞出了不對勁，她扭頭瞪著江添低聲問：「你帶他喝酒了？」

「可能嗎？」江添說。

「也是。」江鷗對自己兒子再瞭解不過，那種聚餐他連露面都不一定，怎麼可能帶著盛望在那兒拚酒，「他自己喝的？」

「嗯。」

盛望蹲著解鞋帶，他手指乾淨白瘦，看不出醉鬼的笨拙，只顯得過於慢條斯理。裝了藥的塑膠袋擱在他腳邊，江添彎腰要去拿，卻被他眼疾手快捂住了。

「我拿點東西。」江添說。

盛望抬起頭看他。

可能是距離太近的緣故，他只掃了一眼便垂了眸，「噢」了一聲，手讓開一半。

江添從袋子裡翻出兩只墨綠色的小圓罐，直起身遞給江鷗。

之前燙傷的時候，孫阿姨給她抹的就是這個，她印象深刻，一眼就認了出來。她盯著小圓罐看了好一會兒，抬頭溫聲說：「特地買的？」

江添扶著門框換鞋，頭也不抬地說：「順路。」

「嘴硬。」江鷗咕噥了一句，又一臉發愁地看向盛望，「說到藥，早上出門我就說他肯定感冒了，你聽聽他這鼻音。我找了藥呢，但他喝這麼多酒，也不能現在吃啊。」

「算了吧。」江添瞥了一眼盛望，說：「酒醒了再說。」

盛望趿拉著拖鞋站起來，還不忘把袋子拿上。

江鷗看到袋子上附中校醫院的名字，有些訝異地問江添：「你給他買的？」

「他自己買的。」

江添提了提書包帶子，抬腳就要往樓上去。

「誒?別跑啊。」江鷗沒跟他細究，只拽住他說：「把小望帶去沙發上坐一會兒，我去沖杯蜂蜜水。」

廚房裡的東西都是孫阿姨擺的，江鷗剛來沒多久，還不大習慣。她下意識拉開最左邊的櫃門，伸手要去拿蜂蜜瓶，卻發現這個櫃子裡放的是閒置的電磁爐和鍋。

她怔愣片刻，在櫃前呆站了好一會兒。

她其實能理解江添的種種不適應，因為就連她自己都還沒能完全適應這裡。

她十五歲遇見季寰宇，十八歲跟他在一起，二十二歲結婚，三十四歲離婚，然後又過六年才搬離那個住了很久的地方。

那麼多年的生活習慣怎麼可能說改就改。

但她其實又很幸運，離婚只是因為觀念不合，不至於傷筋動骨。江添穩重得幾乎不用人操一點心，盛明陽對她尊重有加，就連季寰宇也依然在盡他作為生父應盡的義務。

至少這四十年她沒有白活。

江鷗在廚房找了一圈，這才想起來孫阿姨提過一句，蜂蜜她放在冰箱頂上了。

廚房裡有晾著的水，她設定過溫度，一直保持在攝氏四十度，原本是留給盛望吃藥用的。她沖了一杯，抽了根長柄匙一邊攪拌一邊朝客廳走。

客廳頂燈沒開，只有沙發邊的落地燈亮著，暖光灑了一圈，那兩個男生就坐在燈下。

江添曲著長腿，膝蓋遠高過沙發和茶几。他躬身從腿邊的書包裡抽出一本書，百無聊賴地翻著，寬大的校服前襟耷拉下來，露出裡面的T恤。盛望就坐在旁邊，隔著半個人的距離，說遠不遠，說近也不近。

他盤著腿，膝蓋上放著隨手拿來的抱枕，一手壓在抱枕上支著頭，另一隻手無聊地揪著抱枕一角。他看著廚房和陽臺交界的某處虛空，正發著呆。

自打他們搬進來，盛望第一次在人前這麼放鬆。

江鷗很有自知之明，她知道這種放鬆絕不會是因為自己，更像是一種下意識的習慣——盛望習慣於這樣盤腿坐在沙發一角，長久地等著什麼人。

江鷗腳步頓了一下，忽然不知道自己該不該走過去了，還是江添餘光瞥到她，抬起了頭。

他垂下拿書的手，問道：「好了？」

「嗯。」江鷗這才又抬起腳，攬著蜂蜜水走過去。

長柄匙磕在玻璃杯壁上，發出叮噹輕響。盛望終於從長久的呆坐中回過神來，他轉過臉來的一瞬間，眼底是紅的。

就連江添都有些錯愕。

「小望？」江鷗輕聲叫了一句。

盛望匆匆垂下眼。他穿上拖鞋，拎著書包和那袋藥咕咕噥噥地說：「我很睏，先上去了。」

「誒？」江鷗還沒來得及說什麼，他就已經上了樓梯，腳步聲忽輕忽重延伸進房間裡，接著門鎖咔噠一響，沒了動靜。

江鷗端著杯子，片刻之後嘆了口氣，「估計想媽媽了吧。」

又過了一會兒，江添才從樓梯那邊收回目光，他嘴唇動了一下，卻什麼也沒說。

「但是蜂蜜水還是要喝的呀，不解酒，明早起來有他難受的。」江鷗嘀咕著：「要不我給他拿上去吧。」但她又有些遲疑。

這個年紀的男生格外在意自我空間，總試著把自己和長輩分割開。門不能隨意進，東西不能隨便碰，樓上樓下是兩個獨立的世界。

她正發著愁，手裡的杯子就被人拿走了。

江添端著玻璃杯，把書包挎在肩上，「我給他，妳去睡覺。」

盛望換了個地方盤著。他坐在床上，盯著敞開的書包和裝藥的塑膠袋看了很久，想不起來自己要幹麼了。就在他盤到腿麻的時候，有東西貼著腿震了一下。

盛望消化了一會兒，從口袋裡摸出手機。微信上多了一條新消息。

江添：。

盛望按著發送鍵，懶腔懶調地說：「幹麼——」

他懷疑對方在確認他是不是活著。

很快，下一條消息又來了。

江添：門鎖沒？

罐裝：「沒有——」

江添：那我進了。

盛望：「啊？」他盯著聊天介面，還沒反應過來，就聽見有人敲了一下臥室門，然後擰開鎖進來了。

這應該是江添第一次進這間臥室，但他沒有左右張望，沒有好奇屋內布置，只徑直走到床邊，把玻璃杯擱在了床頭櫃上。

「把這喝了。」江添說。

也許是夜深了周遭太安靜的緣故，也許是因為離得近，他嗓音很低，卻能清晰地聽出音色中輕軋而過的顆粒。

盛望揉了一下右耳說：「噢，過會兒喝。」

結果江添不走了。

盛望跟他對峙片刻，因為眼皮打架犯睏，單方面敗下陣來。他拿過玻璃杯，老老實實一口一口灌下去。

「這什麼水？太甜了。」喝完他才想起來嫌棄。

「刷鍋水，解酒的。」江添迸出一句回答。

盛望：「啊？」

「算了。」江添伸手說：「杯子給我。」

「不。」盛望讓過了他的手，抓著杯子皺眉說：「你等一下，我還有個事要做。」

「什麼？」

「不知道，想了半天沒想起來。」

「……」

盛望保持著這個姿勢沉思良久，餘光裡，江添伸著的手收了回去，搭在桌邊的椅背上，正耗著不多的一點耐心等他。

盛望忽然輕輕「哦」了一聲，說：「我想起來了。」

「說。」江添抬了一下下巴。

「你之前在車上是不是有話沒說完？」

「有麼？」江添說。

他臉上沒什麼表情，看不出來是不記得了，還是故意反問。

「有。」醉鬼這時候腦子就很好使，還能複述細節：「我說別人都以為我們很熟，實際上我們根本沒說過幾句話，你說了一句其實……然後沒了。」

盛望手肘擱在膝蓋上，杯子就那麼鬆鬆地握在指尖。他看著江添，眼珠上鍍了一層檯燈的光，又給人一種沒醉的錯覺。

「其實什麼？」他問。

江添撐在椅背上的手指輕敲了兩下，他垂著眸子，像在回想。

過了好一會兒他才開口：「我說其實可以試試。」

「試什麼？」

「試試熟一點。」

當天晚上，某醉鬼心滿意足地睡了。

第二天早上，他一個激靈嚇醒了。

手機螢幕上顯示時間為五點三十七分，離日常鬧鐘響起還有三十多分鐘，空調保持著低風嗡嗡運轉，盛望抱著頭坐在床上思考人生。

牛頓有三大定律，社會主義有基本和主要兩種矛盾，他十六年的人生卻只有一件事想不通——人為什麼要喝酒？

他昨晚喝了五杯，這輩子的臉都賠進去了。

想想他都幹了些什麼吧。最要命的，想想他對江添說了些什麼，那是人說的話嗎？這要放在平時，給他一萬張嘴都說不出口。

他想把自己捂死在床上。

結果剛捂了五分鐘，手機突然震了一下。他半死不活地伸手摸索著，撈過來一看——銀行卡入帳通知，匯款人是他爸。

也不知道盛明陽過的是什麼國際時間，大清早沒頭沒尾給他匯錢。

盛望切到微信介面想給他爸發條語音。結果一進去就看見了最頂上的江添，聊天時間停留在昨晚十一點多，聊天內容還是那句「那我進了」。

盛望一個手抖，又切出去了。

最後還是盛明陽先發來了一條訊息，盛望直接從通知欄點了進去。

他爸的訊息是一條中年風味濃重的轉發，說最近天氣反覆無常，年輕人長時間待在空調間裡容易出現各種亞健康問題，是感冒多發的時期。

盛望吸了吸鼻子，覺得他爸可能長了千里眼。

他這會兒感冒加宿醉，嗓子乾得快裂了，心虛得根本不敢發語音，只得老老實實打字。

罐裝：爸你幹麼突然給我匯錢？

養生百科：想起來就打匯。今天這麼早起床？

罐裝：用功。

養生百科：〔大拇指〕

養生百科：那趕緊去學校吧，記得吃早飯。

罐裝：哦。

盛望關了微信，一看手機時間，五點四十五。盛明陽同志給他提供了新思路，他臉雖然沒了，但腳不是還在嗎？趁著時間早，沒人起床，他偷偷溜去學校不就行了麼！

說做就做，盛望當即跳下床衝進衛生間，洗了個戰鬥澡，又用靜音吹風機囫圇烘了一會兒。五點五十三，他抓起校服外套，拎了書包就要走。

手都碰到門把了，他又撇著嘴退到床邊，那只裝了藥的塑膠袋靜靜躺在枕頭旁。

盛望抓著額前的頭髮犯了會兒愁，還是把塑膠袋撈進了書包裡。

一來一回耽誤了兩分鐘吧，盛大少爺就遭了報應——他一打開臥室門，就看見江添拎著書包從隔壁出來。

我操。盛望腦子一空，當即把門又懟上了。

他捂著臉蹲在門後，感覺人生叵測。

最叵測的是他剛蹲下沒兩秒，房門就被人敲響了。這要放在昨天之前，根本不可能發生，江添吃錯藥了才會來敲他的門。

但今天……一切皆有可能。你看，這不就來了麼……

盛望手機震了一下，震得他寒毛直豎，點開是一條新的微信信息。

江添：？

盛望把臉搓到變形，無聲崩潰了片刻，老老實實打字。

罐裝：拉肚子。

江添：……

不知道這鬼話對方信不信，反正盛望希望他信。為求逼真，他甩了拖鞋，赤著腳悄悄摸進衛生間，按了一下沖水鍵。

直到聽見腳步聲順著樓梯下去，盛望這才扔下書包，坐在浴缸邊緣。如果可以，他想在這過完下半生，但他還得上學。

盛望愣是在浴缸邊坐到了六點十五，照平時的活動規律來看，江添這時候應該吃完了早飯，收拾收拾書包就該出門了。

他又磨嘰了幾分鐘，終於做好了充足的心理準備，挎著書包一臉淡定地走出臥室。

剛下樓，就聽見江鷗問：「家裡有治拉肚子的藥麼？」

孫阿姨回答道：「我想想，應該有。常用藥我都備了的，我去找找。」她從廚房出來往儲物間走，剛巧跟下樓的盛望打了個照面。

「小望下來啦？」孫阿姨說：「哎呦呦你這臉色，肚子還難受嗎？」她聲音不小，足以引起屋裡其他人的注意。

盛望下意識朝客廳沙發瞥了一眼，就見江添理著書包的手停住，抬眸朝他看過來。盛望被看得差點兒逃回樓上。

「小望先來喝點粥吧，墊墊肚子。」

江鷗從餐桌那邊探出頭來，衝他招了招手。她今天長了教訓，戴了一雙防燙手套，更顯溫婉。

盛望本想說自己不大餓，但想起昨晚那杯特地沖泡的蜂蜜水，他猶豫片刻還是坐到了餐桌邊。

「……謝謝阿姨。」盛望繃著嗓子，說得有些僵硬。

盛明陽一直試圖讓他接納一個新的「媽媽」、新的「哥哥」，但他最多也只能叫到這個份上。

誰知江鷗卻顯得很高興。她把粥碗擱在盛望面前，笑了一下小聲說：「這麼叫就行了。」

盛望一愣。

江鷗說：「你跟小添是同學嘛，你就當我是同學的媽媽或者鄰居，都行。阿姨就是受你爸爸囑託，在他不在的時候帶你吃飯，照顧著一點。這麼想的話，有沒有覺得好一點？」

清早的陽光很淺淡，能把人襯得極其柔和。她還是跟那個過世的人長得很像，盛望不敢多看，垂著眸光舀粥。

只要不看著……好像確實沒那麼難接受了。盛望悶頭喝了幾口，低低「嗯」了一聲。

江鷗又笑了起來。女人啊，心情好的時候，你根本不知道她能幹出什麼事來……

盛望正喝著粥呢，突然聽見江鷗衝客廳那邊說：「你這就換鞋啦？」

盛望知道她在跟誰說話，但並不想抬頭，只越過碗沿朝那掃了一眼。江添拎著書包站在玄關前，看樣子是打算走了。

盛望心說走得好，趕緊走。誰知江鷗又道：「反正這個點了，你等小望一起吧？」

盛望一勺粥進口還沒來得及嚥下，當場就成了固體。

江添動作停了一下，遲疑片刻居然鬆開了門把手。他倚在玄關櫃子旁，摸出手機玩了起來。雖然沒有回答，但這架式已經說明了一切——他居然真的等了起來。

草。盛望嗆了一口，差點咳到離世。

六點四十分，盛望終於喝完最後一口粥，拖無可拖，跟江添一起坐上了車。

第一次成功接到兩個人，小陳叔叔很興奮，從開車起就說個不停，說了大概有五分鐘吧，終於意識到了不對勁。

後座的氛圍非常沉重，盛大少爺平日都以高位截癱的方式歪在座位上，怎麼舒服怎麼來，今天卻正襟危坐目視前方。

小陳不明就裡，也跟著坐正了一些。

車開到學校附近時堵了一會兒。

盛望手指在膝蓋上敲著秒數，他從沒覺得去學校的路有這麼長。

江添就坐在他旁邊，餘光可看見他耳朵裡塞著白色耳機，正低頭刷著手機。看介面配色，應該是某個英文報。

很神奇，他明明沒有變得多熱絡，但盛望就是能感覺到他整個人都不一樣了。

堵車期間，他又翻了兩頁，英文報終於翻到了頭。

車流終於又動了起來，小陳打著方向盤，車子轉了個彎拐進附中路。

太陽從後挪到右邊，透過車窗照進來，將盛望整個人籠罩在裡面。

身邊的江添在這時突然開口，問道：「酒醒了？」

盛望「嗯」了一聲，說：「醒了。」

「昨晚的事還記得麼？」江添又問。

「喝斷片兒。」盛望訕訕地說。

車子裡安靜了好一會兒，沒人吭聲。

小陳從後視鏡裡瞥了他們一眼，盛望將目光挪到窗外。他瞇著眼舔了舔下嘴唇，忽然覺得陽光太刺眼，曬得惱人。

又過了幾秒，他才聽見江添不冷不熱地丟出來一句：「我就知道。」

話音剛落，小陳叔叔踩了剎車。他們在門外停下，江添拎著書包頭也不回地下了車。盛望和小陳叔叔在車裡面面相覷。

小陳說：「怎麼生氣啦？」

盛望乾笑了一聲，說：「我惹的。」

他其實有心理準備，這話說出來江添十有八九不會高興。可真看到對方凍回去了，他又忽然有點後悔。

理智告訴他，保臉。

臉和江添，總得丟一個不是？

盛望穿過梧桐樹蔭走進明理樓，還沒進教室，他就感覺到了氣氛的詭異。

現在離七點還有五分鐘，正常情況下A班還處於菜市場的狀態，應該人聲鼎沸熱鬧非凡，今天卻老實得出奇。

他進門一看，終於知道了原因……

今天頭兩節課是英語，菁姐慣來踩著點進教室，今天卻破例提前了。她並沒有站在講臺上，而是在小組間的夾道裡站著。四十來個皮孩沒有亂吃流水席，老老實實待在座位上，只是一部分坐著，一部分站著。

幹麼呢這是？還沒上課就先站樁了？

盛望溜到座位上，茫然四顧。江添暫時是不會理他的，他拍了拍高天揚的肩，伏在桌上悄聲問：「菁姐來多久了？」

高天揚背抵著他的桌子，小聲說：「在你前腳，來了兩三分鐘吧。」

「來這麼早幹麼？」

「不知道誰給她告的狀，查作業來了。」高天揚用氣音說：「我要死了，我沒寫英語。」

盛望：「……」他才要死了，他哪門都沒寫。

他正窒息著，楊菁已經走到了他們這組，從前排開始挨個看。她一邊看一邊說：「有些同學觀念上就有問題，覺得自己在理科班，數理化出眾就行了。語文、英語馬馬虎虎，得過且過，只要不拖後腿就沒大事。有這種想法的人啊，腦子恐怕被磨過，特別光滑。」

有幾個人沒憋住，「噗」了一聲，又礙於場面立刻收住了。

「有臉笑？」楊菁說：「我麻煩你們搞清楚，你們不是普通理科班，你們是A班。全年級最好的老師、最好的條件都用在你們身上，最後混個中不溜秋的分數是噁心誰呢？我知道，人各有長，有的人他確實不擅長英語，可以理解。我又不是夜叉……別抖，抖什麼？你們平時見到我跟見到鬼一樣，當我不知道你們在想什麼啊？」

「我要的就是一個態度。你讓我看到你的努力，你考成什麼樣我都誇得下去，但你們有嗎？有個屁！有的人啊，我不檢查都知道肯定沒做，是吧，高天揚？」

楊菁終於走到了高天揚面前，看了一眼他的考卷，冷笑一聲，敲著桌子說：「主動點，站起來。」接著說：「還有些同學啊，我不檢查都知道肯定做了……」楊菁說著這話，走到盛望桌邊一看，一片空白。

楊菁低著頭：「……」

盛望仰著臉：「……」

那個瞬間，教室氛圍跟墓地沒什麼區別。

下一秒，楊菁輕聲細語地說：「我臉疼，你感受到了麼？」

盛望不敢動。

楊菁彈了彈他的空白考卷，說：「拎著這東西，拿一枝筆，給我去教室外面站著。」

盛望掩著臉，拿著考卷和筆老老實實出去了。

剛出教室，就聽見楊菁在裡面說：「哎呦給我氣的，我懶得查了，考卷沒寫的主動點，跟他一樣，拿上筆給我滾去外面寫。別蒙人，自己主動站出去就算了，要是賴在教室讓我查到，你這個禮拜晚自習都歸我。」

話音剛落，教室裡響起一陣椅子挪動的聲音，烏泱泱的人頭魚貫而出，都來給盛望作伴了。

他正數著有哪些人呢，教室裡忽然一片譁然，像是在驚訝著什麼。往外走的人紛紛回頭，盛望也有點好奇，從窗子裡看進去，然後他就愣住了……因為江添居然也站了起來，拎著考卷跟在隊伍最末尾出來了。剛剛那片譁然想必就是給他的。

好事不出門，壞事傳千里。

第一節早課還沒上呢，全年級都知道A班那兩棵巨帥的草被老師轟出教室了。一排十來個人，他們一棵站在這頭，另一棵站在那頭，毫無交集，關係賊差。

高中英語成績特別好的人，一般分兩種。

一種能把每句話主謂賓、定狀補精準拆解開，講透其中的每一處語法要點，哪道題該選什麼、不該選什麼，對在哪、錯在哪，心裡都一清二楚。

還有一種就靠兩個字：語感。

楊菁只要掃一眼考卷就知道哪個學生屬於哪種，因為前者做題喜歡圈圈畫畫，考卷上總有諸多痕跡，後者基本只有ABCD。

她手裡的學生就很分明，江添、齊嘉豪，包括第二梯隊的學委、班長，他們都是語法型，盛望則是少有的語感型。

這話楊菁在課上提過，她其實更希望A班的學生能著重鍛煉一下語感，語感好的前提下再搭配語法，做題速度能提升一截，但這幫倒楣孩子大多不以為意，因為眾所周知，A班學生做題速度出了名地快。哪個班的學生都要被他們攆著打，又何必費勁提速。

有幾個吹牛不要臉的甚至還自詡過「獨孤求敗」，今天這幫「求敗」們有一半杵在走廊上。

教室門窗緊鎖，楊菁已經開始講課了，被轟出來的學生紛紛把試卷鋪在牆上補作業。

明理樓出了名的採光好，驕陽似火，全照在他們背上。

沒幾分鐘，好幾個男生都開始瘋狂抹汗。

「辣椒妹妹，有紙巾麼？借我擦擦。」高天揚越過兩個人，跟一個女生借紙巾。

女生臉皮沒他們厚，把紙巾遞過來的時候問了一句：「菁姐有說什麼時候放我們回去麼？」

「沒說，估計什麼時候補完什麼時候進去吧。」

「那行，未來可期。」有個男生仗著菁姐聽不到，邊寫邊吹：「別的不說，論刷考卷的速度，誰能比我快？沒有人！」

高天揚聽不下去了，「欸，你轉頭看看誰站在你旁邊。你站在那個位置說這話不虛麼？」

男生扭頭一看，旁邊是江添面無表情的側臉。

「添哥，對不起。」他一秒沒猶豫，慫完又轉過來對高天揚說：「添哥算人麼？不算。所以剛剛那話也沒錯。」

盛望剛做完一頁，藉著挪考卷的間隙朝那邊看了一眼。

江添站在最那頭，因為個子高的緣故，在人群中顯得極為出眾，並沒有被遮擋嚴實。他兀自做著題，旁邊人侃翻天了他也沒抬過眼皮。

這是因為高冷呢……還是因為心情不爽？盛望叼著筆帽，有點心虛。

他瞄著那邊走了一會兒神，就見江添把第一張考卷翻到了反面，那個瞬間他薄薄的眼皮似乎抬了一下。

盛望立刻收回視線，抓著筆在括弧裡填了個C。

填完他掃了一眼題目，又癱著臉把C劃掉改成了B。

旁邊的高天揚沒發現這些小動作，他正歪著頭往教室裡瞄，感慨道：「今天添哥、盛哥都不在，就是老齊稱霸王了。」

菁姐的課一如既往豎椿子，並沒有因為少了十幾個人就放過其他的，只有齊嘉豪每次站起來都能安然坐下。

「說到老齊，你們還記得他剛來咱班的時候麼？」那個吹自己刷題快的男生說。

「哦對，你不提我都忘了。他五班上來的是吧？」另一個人應道。

「我記得呢，高一第一學期的期中考試他衝進咱們班的，之後就沒下去過。」高天揚說著忽然笑起來，「欸！說到做題速度，老齊當初笑死我了。他剛來的時候跟我同排，那天不是隨堂測驗麼。我做一面題，他做半面，我做完了，他還在第二頁磨嘰。最後什麼成績我忘了，反正下課的時候他手都是抖的，問我『你是A班做題最快的嗎？』我說不是，我倒數。他都快哭了。」

幾個男生笑成一團說：「他能練到現在這個速度也是牛逼。」

「是，現在輪到我們追他了。」高天揚說：「你見過他刷英語練習卷麼？那叫一個快！菁姐不是說了麼，她這個難度的練習卷，一百五十道題，我們能兩小時內做完，高考時間就綽綽有餘。老齊那個畜生一個半小時就能刷完，我給他計過時。」

「你是有多閒？」

「我還給添哥計過。」高天揚仗著自己是發小，又仗著江添離他遠，說話肆無忌憚：「添哥那次比老齊還快五分鐘，也是個牲口！」

「是。」

「操，這難度十分鐘將近二十題？」

「我想輟學。」

「我也想，我在前面天天受刺激。就這速度放眼全年級，還找得出第三個麼？」高天揚放完厥詞才想起來，旁邊還有個滿分的新朋友。

「哦不對，還有盛哥呢，盛哥做題應該也挺快的。」他說著伸頭一看，就見盛望已經在做第二張考卷了。

高天揚愣了一下，默默看了看自己的考卷——第一張前半面，再看看旁邊的人，不是第一張前半面的尾巴，就是後半面的開頭。

他又掏出手機看了一眼時間，從他們開始補作業到現在二十分鐘，盛望做到五十八題了……

「我……」高天揚目瞪口呆，「操？」

「罵我幹麼？」盛望說。

就這說話的工夫，他烏漆的眼珠移動著看完一道題，在括弧裡寫了個D。

高天揚：「啊？」

盛望行雲流水不帶停頓地做了三道題，終於納悶地轉過頭。

高天揚字正腔圓又毫無起伏地說：「爸爸，您這答案是背的吧？」

「我沒你這樣的兒子。」盛望沒好氣地說：「你紫外線中毒啊？說話正常點。」

「不是……」高天揚很崩潰，「你怎麼能題目掃一遍就出答案呢？不用分析一下嗎？」

盛望想了想說：「特別複雜的句子會劃一下。」

「這哪句不複雜？」

「唔。」

「唔什麼唔！」高天揚一臉捨生就義的表情說：「讓我死個痛快吧，你就說菁姐這一百五十道練習題，你正常多久能做完？」

「一個小時。」盛望其實沒計算過，就大概估了一下，他看到這一排人逐漸變形的臉，想再多說個二十分鐘，結果剛張口，就見江添也朝他掠了一眼。

不知出於什麼心理，盛望話音一頓，當場開了個屏，說：「就差不多一個小時吧。」

「操！」走廊補作業天團齊聲罵道。

只有江添沒什麼情緒，冷冷淡淡地收回目光繼續做題去了。

盛望心裡有隻猴兒在抓耳撓腮，他忽然覺得這屏開得真沒意思，挺傻逼的。

教室門在眾人啐罵聲中打開來，楊菁探出半個身子說：「以為我聽不見是吧？補作業還飆起髒話來了？」

高天揚伸頭說：「沒有，菁姐，我們就是感慨一下盛望做題快。」說完他又迅速縮了回去。

楊菁冷笑一聲，抬著下巴說：「讓你們練語感不練，現在知道差距啦？」

「怎麼練啊老師？」

「多聽、多讀、多說。」楊菁話趕話說到這，問道：「盛望，你以前是不是在國外待過啊？」

「沒有、沒有。」盛望說：「不過我爸有幾個外國朋友，其中一個兒子過來留學了幾年，當時一直住在我家，現在也時不時會通語音，可能有影響吧。」

「怪不得。」

楊菁咕噥完，又凶起來：「所以你看，你明明很輕鬆就能寫完，還給我交白卷，繼續在外面待著吧。待滿兩節課，誰都不許進來。不給你們長點記性，你們都不知道慫字怎麼寫！」

「已經很慫了，老師。」

楊菁「呵」了一聲，把門鎖上了。

下課時候，明理樓頂層熱鬧非凡。

不僅Ａ班的學生出來參觀，樓下三層十二個班，每個班都有人往上竄，對面高一樓的窗邊還趴了不少。

就連辦公室的老師都坐不住了，紛紛出來嘲笑他們，教數學的老吳十分鐘去了兩趟茶水間，數學課代表都看不下去了，問說：「老師，您三伏天開水喝這麼快啊？」

老吳抱著杯子慢悠悠地說：「我來旅遊的。」毫不掩飾他看熱鬧不嫌事兒大的心理。

Ａ班學生向來有點沒大沒小，這些老師也習慣了，只要不是上課期間，什麼玩笑都能開。老吳說完還伸出手指，點了點走廊上手挽手經過的三個女生說：「喏，就這三個丫頭，八班的吧？我看她們來回三四趟了。哎，妳們二樓廁所壞啦？」

「嗯嗯，排隊呢。」三個女生說著瞎話，一溜煙跑了，跑的過程中還不忘瞄人。經過江添的時候紅臉笑一氣，經過盛望再紅臉笑一氣。

盛大少爺不是沒當過旅遊景點，但今天這種實在太丟人了。他捏著考卷遮住臉，一會兒挪幾步、一會兒挪幾步，簡直避無可避。

上課鈴聲終於響了，遊客們潮水似的來又潮水似的退下去。景點還得繼續杵著。

盛望放下考卷透了口氣，抱怨道：「附中下課這麼閒的嗎？」

話音落下卻沒人應聲，他轉頭一看，這才發現捧場王高天揚已經跟丟了，現在站在他旁邊的是江添。他居然從教室前門一路挪到了教室後門！

陽光依然很辣，十幾個人像剛出屜的包子熱氣騰騰，離近一點都膩得惱人。

江添鬢角也有汗，脖頸喉結在光線映照下鍍了一層潮意，但他看上去依然冷冰冰的，就像剛從冰櫃裡拿出來的飲料瓶，周身都蒙了一層水汽，卻是涼的。

盛望也轉了個身，把考卷鋪在牆上，卻沒有急著去做剩下的題目。

江添的進度跟他相差不大，一節課的工夫已經做了一百二十多道題。考卷上落有不少圈圈點點的痕跡，還有他順手標注的片語，字跡潦草卻好看。

盛望遲疑片刻，小聲叫他：「江添？」

對方筆尖停了一下。

「你怎麼會沒寫？」盛望問道。

江添順手在答案旁打了個點，目光移到了下一題，眼皮都沒抬一下。

完了，真不理人了。盛望心裡那隻抓耳撓腮的猴兒又出來了。

正撓得起勁，耳邊傳來一個女生的聲音：「他好像考卷忘記帶回家了。」

盛望一愣，「忘帶了？」

說話的是那位外號辣椒的女生：「我昨晚去了一趟政教處那邊，回來的時候你們都走光了。我關燈鎖門的時候，好像看到他桌肚裡有考卷，是吧江添？」

盛望又轉頭看那根冰棒。

「嗯。」冰棒應一聲，雖然還是沒抬眼，但至少沒裝聾。

行吧，別人都理，就不理他。盛望差點跟猴子一起撓。

旁邊的辣椒又咕噥了一句：「那你今早還那麼遲才到？我以為你會早起過來補呢。」畢竟江添不是不做作業的人。

她這話說完，江添沒什麼反應，盛望卻愣住了。

是啊，考卷忘記帶，早起一點就能補上了。沒人會預料到楊菁今天抽查，以江添的速度，他提前二十來分鐘就能做掉一張考卷，剩下的可以在楊菁評講過程中補上，只要保證自己做得比講得快就行。

而他為什麼沒能早到呢？因為有人矯情又磨嘰，愣是拖到了那個時候。

盛望在心裡罵了自己一句。

之後的四十分鐘裡，某人試圖以眼神引起江添注意，失敗。

又試圖藉著別人的話頭逗江添回他一句，失敗。

還試圖把筆帽掉在江添腳邊，依然失敗。

敵一動沒動，盛大少爺卻要忙死了。

這種狀態一直持續到英語課結束、物理課開始也沒有好轉。

盛望回座位的時候有點蔫，蔫得高天揚差點兒以為他中暑了。

「降暑藥要麼？」高天揚問他。

「謝了啊，不要。」盛望乾巴巴地說。他現在更需要後悔藥。

班主任何進踩著點進教室，晃著手裡的一份表格說：「可能有人已經聽說了，今年的市三好評選又來了。到昨晚為止呢，我們班是三個名額，今早我去政教處靜坐了一小時，想辦法又擴了一個名額。」

「這個對你們還是很重要的，關係到後面高校的提前招生考試資格，能爭取呢還是盡量爭取一下。我們班的評選方式公開透明，老規矩你們都懂的。一個名額按成績，這是硬實力；一個名額在班委裡面挑，他們辛苦一年了，也得有點甜頭對吧？還有一個民主一下，全班選舉。沒意見吧？」

「至於新要來的這個名額，我們幾個老師討論了一下，決定給進步最大的學生，畢竟努力也是一種資本，而且是最值得肯定的資本。那這個進步怎麼算呢？咱們這週末不是有一場週考嘛，再下一週是月考，也相當於正式開學的第一次大考。就看這兩輪考試的表現，好吧？」

原先市三好有很多人註定拿不到，所以不大關心，但這個額外增加的名額給了太多人競爭的機會，好多學生蹭地就坐直了。

盛望聽了一耳朵，短暫地轉移了注意力。

很快，何進收起表格開始正式講課，盛望的注意力又繞回起點。

他有一搭沒一搭地記著筆記。有一瞬間他甚至想著算了，實在哄不好就這樣吧，隨緣。畢竟面子和江添總得丟一個，但他不能太丟面子，他才十六，人生的路還很長。

結果還沒堅持到一分鐘，他就彎下身掏出了手機。

他捏了捏手指，點開江添的微信。

矜持一點。盛望對自己說，然後給江添發了三排跪著哭的小人。

何進在講一道重難點例題，發動大家討論提問。班上像是住了四十隻蜜蜂，並不安靜。

盛望在這片嘈雜聲中聽見後座嗡嗡嗡震了三下，但聊天框裡並沒有蹦出回覆消息，盛望眼一閉腿一蹬，開始打字。

罐裝：我錯了

罐裝：我沒斷片兒

罐裝：我就是覺得昨晚太丟臉了，所以不想提

後桌的震動被人半路掐斷，聊天框頂上終於出現了「對方正在輸入」的字樣。盛望停下手，默不吭聲等回覆。幾秒後，聊天框裡終於蹦出一條新消息。

江添：那你繼續失憶。

罐裝：不

罐裝：我不能丟了臉還顯得腦子不行

江添：……

聊天終於變得有來有回，雖然對方惜字如金，但放在江添身上，這字數已經很可觀了。盛望頓時有點飄，他覺得氛圍尚可，於是得寸進尺地又發了兩句。

罐裝：要不你選擇性失憶一下？

罐裝：我幹的那些傻逼事你就別記了，假裝你當時不在場，我們就記好的那些，怎麼樣？

發完，他隱約聽見背後一聲輕嗤。

行，回覆都上臉了。盛望扭頭瞥了江添一眼，就見對方一手垂在桌下，看姿勢估計握著手機擱在腿上。另一手居然還能分心記筆記。

他連筆寫完一句話，整個身體靠在了椅背上，抬眼看著盛望。

於此同時，盛望手機連震了四下。

他納悶地低頭一看，聊天框裡果然多了四條消息。

江添：行。

然後他連發了三段視頻。

盛望悄悄塞上無線耳機，點開第一個。

視頻裡是一條並不寬敞的巷道，路燈站在拐角處，落下一片昏黃。一個穿著校服的傻逼在路燈下筆直走了幾步，轉過頭來衝鏡頭問：「拍得清嗎？」

我操。盛望差點把手機扔出去。

他椅背撞在江添桌上，發出哐噹一聲響，何進擰眉看過來問：「怎麼了？」

盛望趁著角度方便一把擼下耳機，站起身說：「沒坐穩。」

「噢。」何進點了點頭，「上課不要翹著椅子在那搖，我跟你們說過很多次了。」

盛望坐下的時候，聽見後面那王八蛋很低地笑了一聲。

行吧。他重新掏出手機敲了幾個字。

罐裝：消氣了沒？

江添：什麼意思？

罐裝：你裝，繼續裝！

江添：把手機放了上課。

盛望下意識把手機塞進包裡，老老實實抬頭抓筆。下一秒他又反應過來自己過於聽話了，於是背手衝後面的人緩緩伸出一根中指，又被人用筆敲了回來。

好像就從這一節課開始，他跟江添真的熟了一點點。

PART 2 山楂

我只知道什麼年紀做什麼事，
該瘋一點的時候不瘋，可能更容易後悔一點。
以後有幾十年的時間給你去瞻前顧後，急什麼。

〔Chapter 1〕

白馬弄堂的那扇院門
就像一道結界，
他們彼此心照不宣

少年人記吃不記打。

兩天一過，以高天揚為首的補作業大軍就只記得那頓燒烤和那幾桶啤酒了，除了零星幾個還在納悶誰給楊菁告的狀外，A班大多數學生的心思都挪到了週考上。

其實放在以往，他們對週考並不會這麼上心，畢竟每天睜眼閉眼都是考卷，一個禮拜考一場大試，換誰都該無感了。除了涉及到「滾蛋式走班制」的期中和期末考，A班的備考氣氛不會太濃，但這次週考有些特別。

一來關係到半個月後的市三好名單，二來學校又出了個考試新規定。

關於新規定，班主任何進是這麼解釋的：「為了讓你們保持平常心，應對高考的時候不那麼緊張，我們搞了一週一大考的制度，但是我們現在發現啊，你們是不是有點過於淡定了？」

「尤其是我們班同學！學校領導已經點名批評了，說我們有些同學的用功很假，怎麼假呢？就是只針對期中和期末用功，兩場大考的成績拿出去非常漂亮，但是週考、月考就很隨意，有些人甚至能掉到年級中段去。什麼概念呢？排名將近二百。」

她雖然沒點名，但目光掃了好幾個人。

「所以，為了讓你們不緊張的前提下保持對考試的敬畏心，學校決定從這次週考開始，考場排位按照年級排名來，咱們班四十五張座位，四十六就到B班了，然後是一到十二班依次類推，一直排到十二班。你上一次週考第幾名，就去幾號座位，考得好往前坐，考砸了就請去別的教室。」

新制度過於硬核，A班當場瘋了十來個。

何進剛走，高天揚就地一仰，壯烈犧牲在了盛望桌上。他就是典型的期中、期末用功派。

「這下完了，全完了。就我上週那狗屎分數，肯定一百開外了。」

「你閉嘴，一百都算好了，我比你還低五分呢！」

「我肯定得一百五十了。」

「一百五十肯定不是最慘的，剛剛老何說近二百的時候，我跟她對視了，當場心就不跳了。」

高天揚艱難地抬起下巴說：「你們都踏馬給我讓開，誰有我慘！我上次英語答題卡塗錯一片，浪費了三十分，我本來都釋懷了。」

「別釋了，重新懷吧。」學委宋思銳毫不客氣地嘲笑他：「你就是沒塗錯，那三十分可能也是白費的。」

「滾！」高天揚衝他尥蹶子。

他在遍野哀鴻中對盛望說：「盛哥，那幫畜生踐踏我的傷口，我可能要去四班考試了，我需要安慰。」

盛望靠在椅子上，用一種麻木不仁的目光看著他。

「盛哥你為什麼這樣看著我。」高天揚還在假哭。

「因為你在對倒數第一哭成績。」盛望幽幽地說。

高天揚保持著醜了吧嘰的哭相待了兩秒，終於反應過來——他差點兒忘了，盛望才是全班最該哭的那個，上次週考他才摸了一天書。

儘管他語文、英語分數很不錯，但也填不上數理化三門的空，總之……慘就對了。

江添去了趟洗手間又回來了，手裡還折玩著一張狹長的紙條。他在盛望桌邊停下腳步，瞥了眼躺屍的高天揚，叩了叩桌面對盛望說：「老何找。」

高天揚一咕嚕從盛望桌上爬起來，問：「老何？幹麼呀？」

江添：「沒找你。」

「哦。」高天揚老老實實轉回去，趴上了自己桌子。

盛望也有點虛，「找我幹麼？」

江添說：「讓你去辦公室領成績條。」

附中每次考試都會出班級排名和年級排名，公不公布，怎麼公布，看各班班主任。何進一直屬於溫和派，她會把每個人的成績單獨裁出來，一個長紙條上是姓名、各科分數、總分、排名等，想知道的人自己去領，但看不著別人的。

現在考場分配有了新規定，何進這種方法也就沒了意義，所以要把手裡剩餘的成績條都發給學生，就是江添手裡捏著的那個。

他對自己的成績條不甚在意，一邊說話一邊左右折了好幾道。

白色的小細條晃得盛望好奇心極其旺盛，他忍不住問道：「我能看你的麼？」

江添鬆了手，紙條落在桌上。他食指抵著紙條一端，推到盛望面前，然後盛望看到了一排一：班級排名一、年級排名一、考場座位號一。

一般人看到這種成績條，要麼羨慕，要麼嫉妒，盛望的反應卻有點特別。

他有點……依依不捨。

江添把成績條抽走的時候，他的模樣像是在賣孩子。

「有什麼問題？」江添看不下去了。

「沒有。」盛望的目光還黏在紙條上，「我以前的成績條也長這樣，就是借你的緬懷一下。」

「……」盛望終於從成績條上移開目光，抬頭就對上了江添看「琅嬛奇葩」的目光。

「筆給我。」江添動了動食指，示意他遞枝筆。

「幹麼？」盛望有點納悶，但還是照做了。

就見這氣人玩意兒大筆一揮，把成績條上的名字槓掉，寫了「盛望」兩個字，然後連筆帶紙條一起推給盛望說：「緬懷完記得扔垃圾桶。」

說完，他兩手空空回座位看書去了，留下盛望和紙條互瞪。

高天揚不小心聽了全程，在面前抖著肩膀瘋狂悶笑，至於盛望……大少爺想咬人。

於是沒過幾秒，江添就在微信螢幕上遭到了罐裝的毒打。

他們兩人的相處模式變得有點奇怪……

早上江添會刷著英文報等盛望出門，但他不會在江鷗和孫阿姨面前表現出「主動」的意思。盛望下樓的時候，他還是會在客廳整理書包，等到江鷗說「你等等小望」，他才順理成章放下書包，坐在沙發上悶頭玩手機。

等進了教室，那種拘束感才會煙消雲散。

和其他同學之間的相處一樣，盛望筆芯沒墨會找江添借，江添會敲他的肩膀催他考卷趕緊往後傳。他們說話的次數不算很多，但也不算很少。偶爾會聊幾句，但更多是在跳腳。

每天的午飯、晚飯時間，大多數同學都會上演餓狼傳說，高天揚永遠是跑得最快的那個。他試圖帶上盛望，但盛望推說自己身體虛弱四肢無力，狼不起來，請他獨自逐夢。

事實上，盛望只是覺得跑起來毫無形象還費勁，而他懶得動彈且討厭出汗罷了。

於是順理成章的，他和江添成了唯二不搶食堂的人，只能搭伴。

他們會並行一段路，穿過修身園和操場圍欄外的梧桐樹蔭，然後盛望去喜樂便利商店，江添去西門外。

盛望其實有點好奇他午飯都在哪兒吃，但不知出於什麼心理，並沒有主動去問。他不問，江添那性格也不可能主動說，於是他們只能算半個飯友。

江添晚上依然時常失蹤，但他學會了串供，會在晚自習下課前給盛望發一條微信，然後盛望會自己回去。

如果沒有那條串供訊息，他就會跟盛望一起回家，有時候是坐在小陳的車後座各自玩手機，有時候會聊幾句，而不管他們在聊什麼，有沒有聊完，進家門的瞬間都會停止話題，拎著書包回自己房間去。

白馬弄堂的那扇院門就像一道結界，他們彼此心照不宣。

高天揚就他看到的部分吐槽過，他說：「我現在信了你們之前不熟了，真的，你倆這狀態跟合租的沒什麼區別，頂多再多一層普通同學關係。」

這個出了名的大喇叭在這件事上居然做到了守口如瓶，估計是怕惹江添不高興。

但高天揚不知道的是，在他看不到的地方，盛望和江添一週的微信聊天紀錄，已經超過了他和江添一學期的量。

週考的前一天晚上，盛望窩在臥室書桌前複習錯題。直到這時，他才意識到自己這一週究竟刷了多少考卷和習題本。

A班的進度條已經拉到了高二下學期的教材，他白天跟著各科老師學新內容，晚上做完當天作業，還要補他落下的進度，除了喝酒的那次，沒有一天是在二點前睡的覺。

盛大少爺是個小心眼，他吃苦的時候見不得別人浪。如果周圍有人跟他一樣慘遭虐待，他就會平衡不少。

數學、物理兩門錯題本看完，夜已經很深了。

白馬弄堂是絕好的居住地段，位於鬧市區，卻因為橫縱皆深聽不見什麼噪音，到了這個時間段，更是真真切切的萬籟俱靜。

盛望瞄了一眼手機，螢幕上顯示二點十分。他叼著筆帽，轉過頭虎視眈眈盯著身後那堵牆。以往這個時候，隔壁那位就該睡了。

他會聽見一陣拖鞋趿拉的輕響，從對方書桌的位置延續到床，然後很快復歸安靜，但平時這個點盛望也在往床上爬，所以並不會嫉妒。

今天卻不一樣，他還有一本化學錯題本沒看呢。

他盯了那堵牆差不多有半分鐘吧，熟悉的拖鞋聲響了起來。

看，果然要睡了。整個白馬弄堂只剩他一隻夜貓子了。

盛望一腦門砸在書桌上，悶頭自閉了一會兒。

隔壁的拖鞋聲又響了起來，這次是從床的位置回到了書桌。

嗯？盛望眨了眨眼，疑惑不定地抬起頭。他豎著耳朵等了一會兒，沒等到對方再有動靜，終於確定江添還沒睡，淩晨兩點的白馬弄堂還有第二個活人。他瞬間通體舒暢，抽了一張草稿紙對著錯題本開始算。

結果剛理完兩頁，隔壁又有動靜了。

盛望再次豎起耳朵盯著牆，屏息聽了一會兒，他猜測對方只是去書包裡找東西，於是他又放下心來繼續刷錯題。

如此周而復始了三四回，他終於炸了毛。

盛望重重地戳著手機螢幕，戳進了微信介面，點開最頂上那位就開始打字……

你走來走去在幹麼？？？

打完三個標點，盛望猶豫片刻卻沒有發，因為他通讀了一下，感覺自己像個變態。他額頭抵著桌子，兩手握著手機開始沉思。

兩秒後他把這句話刪掉了，重新打字道：你是不是還沒睡？孫阿姨在冰箱放了一碗紅葡萄，我分你一點？

不行，太假了。盛望又把這一串刪掉，開始編輯第三次內容：你今天居然這麼用功？

他默讀了幾遍，覺得這個還算可以。正準備發，手機突然震了一下。盛望嚇一跳，定睛一看，聊天框裡居然多了一條信息。

江添：？

盛望一個手抖差點直接按發送，他手忙腳亂把輸好的內容刪掉，重回。

罐裝：？？？

下一秒，江添扔了一張截圖過來。

他截的是他那個視角的聊天框，頂上顯示著「對方正在輸入……」。

江添：半天了，還沒輸完？

盛望內心一個「草」，莫名有種心思被窺到的尷尬感，但既然對方已經發現了，他也就不要面皮了，反正在江添面前他丟人的次數簡直數不勝數。

大少爺眼一閉腿一蹬，決定開門見山。

罐裝：你打算幾點睡？

他句末附帶一個跪著哭的小人，意思就非常明顯了。

這次輪到江添「正在輸入中」了，片刻之後，聊天框一跳。

江添：還有多少沒看完？

罐裝：一本錯題本……

江添：哪門？

罐裝：化學。

江添：鎖門沒？

盛望有點懵。他本意真的只是想知道江添幾點睡覺而已，怎麼也沒料到對方會回這麼一句話。事態發展過於出乎意料，大少爺措手不及，更措手不及的是，房門很快就被敲響了。

盛望呆了兩秒，趿拉著拖鞋匆匆去開門。

江添站在門外，敲門的那隻手裡捏著一本活頁本，另一隻手還在刷手機。大半夜的，公務還挺繁忙。盛望有一搭沒一搭地想。

和上回一樣，江添進門沒有東張西望。他不知在跟誰說著什麼事情，一邊在手機上打字，一邊徑直走向書桌，盛望就跟在他身後。

他在桌邊站著打完了最後幾個字，這才把手機鎖了扔進口袋裡，轉頭看向盛望的錯題本問：「卡在哪兒了？」

盛望乾笑一聲，「沒卡。」

江添瞥了一眼掛鐘，「沒卡看到兩點半？」

「你這是什麼表情。」盛望想打人。他臉皮有點掛不住，手指敲著本子說：「我自學的，這個速度不算慢了。」

江添垂眸隨意翻了幾頁錯題，說：「那你想問什麼？」

盛望並憋不出什麼問題。他想說「我其實沒有這個意思」，但要真這麼說，江添恐怕會面無表情扭頭就走，並且以後都不會有這個耐心了，那他不是又得去微信刷小人？

盛望想了想後果，覺得「這個意思」他也可以有一有。

「要不……」他摸著脖子，豁出臉面說：「要不你給我理一理吧，學校週考一般什麼難度？我只考過一次，還摸不大準。」

曾幾何時，這話都是別人對他說，萬萬沒想到還有反過來的一天。他覺得江添作為聽到這句的幸運兒，應該去買注彩票，畢竟這話有且僅有一次，他不可能再說第二回了。盛望臭屁地想。

臥室裡只有一把椅子，他很大方地讓給了江添，自己熟門熟路地跳坐在桌沿。他伸手從桌子那頭撈來一本空本子，轉著筆對江添說：「好了，可以講了。」

江添瞥了一眼他這不上規矩的坐姿，按著筆頭問：「錯題本可以畫麼？」

「隨意。」盛望說：「反正回頭都是要撕的。」

「撕？」

盛望解釋說：「兩遍下來沒疑問的題目直接劃掉，劃夠一頁就撕，免得下次看還得浪費幾秒掃過去。」

本人都這麼潦草了，江添也就不再客氣。他大致翻了一下錯題本，按了一下藍色原子筆，在上面乾脆俐落地勾了幾個大括弧。

他邊勾畫邊說：「這幾頁是重點。」

「這兩頁不用看大題。」他又在幾頁上毫不客氣畫了叉說：「這部分沒什麼用。」

「剩下那些有時間就掃一眼，不看也影響不大。」

這人一共說了四句話，二十多頁的錯題本他折了其中五頁，勾了六道重點題，然後把本子遞給盛望說：「懂了？」

盛望：「……」

他其實真的能懂。本來就有拔尖的自學能力和領悟力，一點就通。

江添標注的時候他就看出來了，六道重點題是綜合性最高的幾道，把它們吃透了，考試大題怎麼出都不怕。至於剩下的那些題目，基本都是在重複這六道的某個部分，所以不用另費時間。

客觀題江添挑的都是角度刁鑽的。考試的時候常規題根本不用怕，如果這種偏題、怪題也能有思路，那就基本沒問題了。

懂歸懂，盛望還是很想笑。

他伸手去接本子，另一隻手假模假樣地舉了兩根指頭說：「我有一個問題。」

這位少爺說話的時候，垂在桌邊的兩條長腿吊兒郎當地輕晃了一下，一看就憋了壞水。

「說。」江添遞本子的手停在半路。

「你這麼講題真的沒被人打過麼？」盛望說到一半就笑了起來。

江添就知道他沒有好話，聽完當即把本子抽了回來。

盛望接了個空，立刻老實下來，「哎」了一聲說：「錯了錯了，別拿走啊。本子是我的。」

之前他洗澡為了節省時間，連頭髮都沒吹，這會兒已經乾透了。本來就沒梳過，兩個動作一鬧更有點亂。

盛望伸手搆到他的錯題本，又坐回桌上。他手指朝後耙梳了幾下頭髮，又朝額前吹了一下氣，這才低頭看起題目來。

沒了人聲，房間驟然變得安靜。白馬弄堂深夜的沉寂像緩慢漲起的潮，悄悄淹沒過來。盛望背後是臥室大片的玻璃窗，窗外不知哪片花草叢裡躲著蟲，遠而模糊地叫著。

餘光裡，江添並沒有起身離開。他從桌上拿了他自己帶來的活頁本，靠著椅背低頭翻看。

盛望朝他瞄了一眼又收回目光，沒趕他回自己臥室看，也沒問他還有多少才看完，只從筆袋裡又抽了一枝筆，在草稿紙上沙沙算了起來。

被江添這麼大刀闊斧地刪減一番，錯題本刷起來就變得很快，前後掃一遍只花了十幾分鐘。即便如此，也已臨近三點。

兩人都沒這麼熬過，到了最後眼皮打架，簡直比著犯睏，連筆和本子都是囫圇收的。

江添回自己房間後，盛望撲到了床上，趴在被子裡半死不活地悶了一會兒，忽然想起什麼似的去摸手機。

他用手指扒著眼皮，強打精神調出江添的聊天框，咬著舌尖猶猶豫豫發了一句「謝了啊」，發完就鎖了屏，扔開手機又趴了回去。他幾乎立刻就意識模糊了，直到徹底睡著前，他也沒聽見手機震一下，估計江添睡得比他還快。

第二天清早，江鷗和孫阿姨一如既往在廚房進進出出。

六點二十分左右，樓梯那兒傳來沙沙的腳步聲，盛望踩著平日的時間點迷迷瞪瞪下樓了。

江鷗把舀好的雞絲粥擱在桌上，一邊招呼盛望來坐，一邊下意識說：「小添你等等他。」

盛望順著話音朝客廳看過去，發現沙發空無一人。

他又朝玄關看過去，鞋櫃旁邊依然空無一人。

他愣了一下，正準備問呢，就聽江鷗拍了拍自己的額頭說：「哎我這腦子，忘了小添還沒下來。」她把粥碗給盛望推過去，忍不住嘀咕道：「還挺奇怪的，他以前從來不賴床，今天這是什麼日子？」

那一瞬間，盛望莫名有種做了賊的心虛感。

江添最終比他晚下來兩分鐘，盛望聽著腳步朝樓梯瞄了一眼，然後在江鷗的嘀咕聲中悶頭喝粥，就差沒把臉埋進去了。

考務老師們昨天連夜給A、B加十二個班的桌子貼了座位號，今早盛望和江添一進教室，自己位置上已經坐了陌生面孔。

他倆座位在後排，一個四十四，一個四十五，剛好都被別班學生給占了。

那個坐在四十五號桌的男生一看這是江添的桌子，當即搓著手說：「這特麼是神之座位啊，我要是摸兩下，能考得更好麼？」

江添正彎腰從桌肚裡拿考試要用的東西，聞言站直了身體瞥向他的手，滿臉寫著「你怎麼這麼矯情」。

這人不笑的時候簡直霜天凍地，還透著一股子傲氣。

那男生當即就把手收了回去，然而他不敢摸，有人敢。

高天揚拿著筆袋，毫不客氣地推著盛望過來說：「來，咱倆一人摸一下，下回考試說不定就不用流放去樓下了。」

盛望讚賞道：「好主意。」

高天揚說：「你先摸，我殿後。」

盛望原本只是過過嘴癮跟高天揚一唱一和，並沒有真的要摸，結果他一抬眼，就跟江添一言難盡的目光撞上了。不知怎麼的，他忽然起了逗人的心思，伸手就摸，摸完就跑。

高天揚隨後在後面追下來，感慨道：「哎呦，我去，笑死我了，你是沒看到，我添哥剛才那個臉啊……」

這兩個人算是難兄難弟，都得下一層樓。高天揚座位在三班第二個，盛望就比較慘了，他在五班第八個。

他雖然轉學時間不長，但這張臉已經相當有名了，進五班教室還引起了一陣騷動，不僅僅是因為帥，還因為所有人都知道他是從A班下來的。

他考這名次的原因A班人知道，不代表別班同學也知道。他剛在座位上坐下，就隱約聽見斜前方有兩個人小聲說：「就這分數，是怎麼轉進A班的？」

「外校轉學還有優惠？」

「還能這樣？早知道我就不考附中了，去二中混個強化班，然後也轉個學，說不定現在也是A班的。」

盛望從書包裡掏出筆袋，把這些當笑話聽。

他不是什麼謙虛性格，一邊聽一邊在肚裡給人寫批語，嘴上還要說一句：「你們要不再小聲一點點？不然都被我聽到了那多尷尬。」

旁邊兩個女生噗哧笑出來，那幾個嘴碎的頓時臉紅脖子粗，扭頭衝他說：「誰尷尬了？」

盛望說：「反正不是我。」

「操。」那幾個人惱得不行又自知理虧，只能悶頭憋著。

「你怎麼這麼逗。」那兩個女生笑嘻嘻地說。

盛望看她們覺得有點眼熟，但因為臉盲，也想不起來在哪兒見過。

離他近的那個女生忽然掩著嘴，指著那幾個男生用氣音說：「這幾個年級裡出了名的渣渣，什麼傻逼事都幹，你下回要再在考場碰見他們，還是離遠點，免得給你搞事。」

盛望笑了一下，也掩了嘴配合她低聲說：「下回肯定不跟他們一個考場。」

「你怎麼這麼不謙虛？」

說話間，另一個女生忽然狂拍這姑娘的手臂，說：「門外、門外！」

「什麼門外？」

盛望和這女生一起抬頭，就看見江添的身影一晃而過，正從教室門口離開。

「江添？」

「江添來這裡幹麼？」那倆姑娘嘀咕著。

盛望忽然想起來為什麼覺得她們眼熟了。這倆姑娘趁著體育課來A班給江添塞過禮物和小紙條，不過都被拒了。

一個剛進門的男生小跑過來，手裡拿著一本熟悉的活頁本。

盛望定睛一看，心說：那不是我的錯題本麼？

果不其然，那個男生把本子擱在他桌上說：「江添讓我把這個給你，說你落他書包裡了。」

那倆女生包括其他聽見這話的同學都猛地轉過頭來。

盛望比他們還懵。

中學的世界很簡單，只要某項稍微突出一些，就可以成為風雲人物舉校聞名。成績好當然可以，臉好也可以，江添恰好兩項都占了，他的名字就變得很有魔力。

從送本子的男生說完那句話起，直到考試正式開始，周圍的人都處於一種好奇又不敢多議論的狀態裡，像被捏了翅膀的蚊子，只能動嘴，發不出聲來。

盛望覺得有點好笑。

想當初我也挺風雲的，至少沒有哪個傻逼會在我面前說出「就這成績」這種話。盛望心說。

但很快他又覺得算了，總想當初真沒意思。

他一直覺得自己是鐵打的心肺，六、七十分的考卷可以敞開來給人看，還能當玩笑段子說給人聽，大家一起樂兩聲，這事就算過去了。

直到這一刻，嘴碎的人愁苦地埋進考卷裡，考試鈴聲也慢慢沒了尾音。

他坐在安靜的教室中，聽著窗外聒噪的蟬鳴，忽然後知後覺地意識到……這種從雲到泥的落差感，他是真的不喜歡。

沒人會喜歡。

教室每張桌子左上角都貼著一張小紙片，上面寫著姓名、班級、准考證號和座位號。監考老師輕聲走下講臺，手裡拿著一張表格，挨個讓學生簽字。

他很快來到盛望面前，核對完資訊後，把表格按在桌上，指著那個「279」號，悄聲說：「簽這裡。」

279是他這次的座位號。附中重理，高二除了A、B班之外，前七個都是理化班，他這名次怎麼也算不上好看。盛望按了一下筆，在那個數字後面簽上了自己的名字。

先給自己訂個小目標，比如……從279往上躥個一百位。

第一門數學從七點考到九點半，之後是半個小時的調整休息時間；第二門物理從十點考到十一點四十。這兩場考完，人基本就廢了。

鈴聲一響，教室裡湧出一大批行屍走肉。

高天揚跟盛望只隔一個班，交了卷就等在五班走廊外。

盛望拎著書包滿臉意外，「你居然沒有直奔食堂？」

「今天食堂不用搶，你忘啦？」高天揚說完又反應過來，「哦不對，你不知道。咱學校有個規矩，週考這天食堂會二次供飯，不用爭、不用搶，估計是怕學生剛受過考試的毒打就得比體能，心態會崩。萬一去天文臺排隊往下跳，那影響多不好。」

「更何況今天吃食堂的人本來就會少。」高天揚朝教室一撇臉，進一步解釋：「喏，你看，一堆留這兒的。」

教室裡確實留了人，粗略一數有十來個，這裡不讓吃帶味兒的熱食，他們紛紛從書包裡掏出了餅乾、麵包、火腿腸。

「這麼拚？」盛望記得上回週考還沒這樣呢，但他轉念一想，上回他是在A班考的。他們班的人平時挺拚的，到了考試那天就很寶貝自己，食堂都要挑好的吃。

高天揚說：「這不是因為改考場制度了麼，刺激挺大的，誰也不想越坐越後吧。走走走，趕緊吃飯去。」

「哎，等等……」盛望勾著樓梯扶手停住腳步，朝樓上看過去，A班離樓梯近，大部隊已經走了，只剩一小波人稀稀拉拉下著樓。

他剛想說「如果不去西門的話，我得跟江添打聲招呼」，就看見一個人影從樓上下來了，手裡膽大包天地抓著手機。

「添哥，這兒呢。」高天揚抬手示意。

江添抬頭看了他們一眼，拇指極快地點了幾下螢幕，好像刪掉了什麼。

「我靠，你也不遮一下，不怕轉角遇到徐大嘴啊？」高天揚說。

「他今天巡查高一。」江添把手機扔回口袋裡，黑屏之前，盛望似乎瞥見了一豎排小紅點，像微信介面。他心思一動，莫名覺得江添剛剛是要給他發消息。

「今天不去西門？」他問。

「嗯。」江添指了指高天揚，「他沒跟你說？」

「說什麼？」

「說我們今天都吃食堂。」高天揚拖著調子一臉無奈，「這還用說麼哥，我拉著他在這等你不就結了。」

盛望頭一回碰到這麼靠行動說話的人，納悶地問：「那你要是沒拉住我呢？」

「我跑得比狗快我能拉不住你？」高天揚說。

盛望無話可說，衝他比了個拇指。

「為什麼不去西門？」盛望跟在高天揚後面下樓，旁邊是蹭蹭奔走的人流，江添在他後面。

他這話其實是問江添的，但是高天揚答得很積極：「因為西門遠啊，來回二十分鐘沒了，再加上吃飯那得耗多少時間。你知道下午要考什麼嗎？」

「語文啊。」盛望說。

「是啊，語文。」高天揚說：「語文多可怕，我兩篇文言文都還沒背呢，萬一默寫全錯，招財能把我吊起來打。添哥，你背了嗎？」

盛望扭頭往後，就見江添繃著一張棺材臉說：「沒有。」

高天揚又問：「詩詞鑑賞八大套路記了嗎？」

「來勁了是吧？」

盛望特別想笑。

差點兒忘了，這位風雲人物也不是萬能的，一看見語文他就滿臉寫著「寡人有疾」。

高天揚問得開心，盛望也跟著湊熱鬧，他轉頭說：「招財給的《抒情文寫作指導》看了嗎？」

高天揚還合聲：「看了嗎？」

江添：「……」

一看他刹住腳步，盛望當即一步三個臺階往下跑，溜得比高天揚都快。他們站在噴泉池旁邊等江添。高天揚笑瘋了，笑著笑著他又臉色一變，衝盛望說：「你踏馬跑得比我還快，你跟我說你四肢無力？」

「偶爾、偶爾。」盛望用手背蹭了蹭額角的汗，又拎著領口搧風。張揚恣意的少年總是很吸引人，他跑過來的時候，路過的女生紛紛側目，這會兒覺得自己過分高調，又開始撐著膝蓋裝死。

高天揚不滿地斜睨著他。

「看我幹麼？」盛望說：「我真跑不動，今天就是為了考試，早飯多吃了幾口。平時手無縛雞之力，還虛。」

「狡辯。」高天揚開始胡言亂語：「你就是想跟添哥一起吃飯，不想跟我吃。」

盛望：「……」聽聽這放的什麼屁。大少爺「呵」了一聲，回都沒回。

旁邊人群忽然出現一陣騷動，盛望聽見有人罵罵咧咧說了句「死要飯的擋什麼路！哎操，我這新鞋……」

他皺眉看過去，就見一個眼熟的古銅色身影佝僂著從噴泉臺階上滾下去，肩上一個藍布包摔在地上，小西瓜滾了一地，還裂了倆，紅色的瓤子開口向天，流著甜膩的汁。

高天揚叫道：「啞巴！」

盛望猛地想起來，這是他在喜樂便利商店見過的那個啞巴。

「怎麼回事兒啊？」

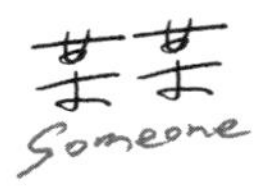

「那人誰啊？」

「好像是西門撿破爛的。」

女生一陣驚呼，被嚇得連讓幾步，周遭一片竊竊私語。

幾個學生愣了片刻，正要上去扶一把，就被人從後面匆匆撞開了，還沒等反應過來，就見兩個人影大步跨過六個臺階，直奔到摔倒的人面前。

「那不是A班那個盛望麼？」

「還有他們班體委，哎呦，我去，他肩膀鐵做的？」被撞開的學生咕噥著。

盛望跟高天揚把啞巴扶起來。因為背上長駝峰的關係，他整個人被壓得又矮又小，說是扶，他們幾乎是用拎的。

啞巴還有點搞不清狀況，兩手合十，一邊拜一邊咿咿呀呀地哼，像在道歉。

盛望抓著他的胳膊上下掃了一番——膝蓋上蹭掉兩塊皮，露出滲著血的紅肉。

人到了一定年紀，神態總有三分相似。啞巴五十多歲的人卻有著七、八十歲的神態，他閉著眼睛喘氣的模樣讓盛望想起過世的外公，他當初病重躺在醫院裡，也是這樣閉著眼咿咿哎哎地哼著。

他疼得難受，別人卻代替不了。

高天揚直起身問：「誰推的？」

大部分人猶豫著沒吭聲，目光卻看向同一處。

一個語氣潑辣的女生在一片沉默中開口：「還有誰，翟濤唄！」

盛望蹙眉抬起頭，順著人群的目光朝某處看去，就見一個男生搭著另一個同學的肩，正抬著右腳擦鞋，嘴裡還咕咕噥噥地說著什麼。

冤家路窄，正是在五班考場上對盛望冷嘲熱諷的那位。

「又他媽是你。」高天揚罵道：「哪隻狗沒長眼，把你拉這裡熏人？」

翟濤把手裡的紙巾重重一扔，「操！你再罵一遍？」

「自己垃圾也就算了，還製造垃圾。」高天揚嘲諷完，說：「我還就罵了，怎麼辦吧？」

翟濤作勢要下臺階，旁邊的同學試圖扯他，又被他甩開。

「你跟姓高的打什麼，他四肢發達，出了名的能打！」拉翟濤的同學叫道：「咱們就倆人，不合算。」

高天揚把嘲笑就掛在臉上，「欸，來！就怕你不敢打。我他媽第一次聽一個普通班的傻逼當面說A班的四肢發達，要笑死誰？」

這下兩個人都聽不下去了，翟濤三兩步衝下臺階，直奔這裡。

高天揚捏了拳頭正準備硬槓，忽然感覺眼前一花，等他反應過來的時候，盛望已經卸了書包，抬手就甩了出去。書包擦過他耳邊，還能聽見呼的風聲。

高天揚目瞪口呆，看見那個書包結結實實砸在翟濤臉上，甚至能聽見啪的響聲。

書包掉在地上，翟濤嗷地一嗓子捂著臉蹲下了，嘴裡嘶哈吸著氣。

「我……」高天揚看看他，又轉頭看看盛望，緩緩憋出一句：「草？」

不怪他太驚訝，要怪就怪盛望看上去根本不像個會動手的人。

翟濤臉上被拉鍊抽了兩條紅印，有點滑稽，但配上他那副氣急敗壞的暴怒模樣，還是有幾分嚇人。然後他挑了盛望最討厭的一句話罵了過來，他說：「我操你媽！」

盛望臉色當場就冷了下來。

高天揚不大明白箇中關竅，但肉眼可見盛望情緒的變化。驚疑不定間，就聽前面又是一陣輕呼，他抬頭一看，剛罵完人的翟濤被人從後踹了一腳，重心不穩當場趴地。

就見江添從後面過來，順手撈起地上的書包，看著一臉狼狽的翟濤說：「道歉。」

「我道你……」

「媽」字沒出口，江添拎著書包的手抬起來，翟濤下意識就把頭抱住了。

「道歉。」江添又說。

「我……」翟濤氣得臉紅脖子粗，「我跟誰道歉！」

「你智障？」江添滿臉不耐煩。

「我……」翟濤這會兒處於下風，又是週考期間，他平時呼來喝去的哥哥弟弟都在被教育鞭打，沒跟他一起。本著好漢不吃眼前虧的心理，他沒繼續找打。

他繃著臉從地上爬起來，一邊拍著肩上的灰一邊扭轉著脖子，然後憋出一句：「對不起，行了吧？操。」說完，他一瘸一拐地走上臺階，猛地抓過同學手裡的校服外套，甩臉子走了。

搞事的跑了，衝突就算告一段落。人群呼啦一下散了，有人議論著往食堂去，有人回考場，還有人可能奔往辦公室或是政教處了。

愛誰誰吧，盛望沒管。

「還是去一下醫務室吧？」

「對啊，最好消個毒。」

有兩個女生提醒了一句，其中一個聲音跟檢舉「翟濤」的一模一樣。

盛望轉頭一看，發現也是熟人。這回他沒再臉盲了，認出這倆就是同考場提醒他別招惹翟濤的女生。

他叫不出名字，高天揚卻認識，畢竟這倆女生隔三差五去A班打卡看江添。她們沒跟江添說過幾句話，倒是跟A班其他人混熟了。

「哎，男生打架妳們就別湊熱鬧了，多血腥。」高天揚衝那個娃娃臉的女生說：「小酒窩，把妳家薛茜趕緊拉走。她這麼高的個子杵在這裡我緊張。」

旁邊那個女生看起來起碼一百七十幾公分，紮著高馬尾，聞言嗤了一聲說：「又沒看你，你緊張個屁。」

「是是是，我醜還不行麼？」高天揚應和著。

不過薛茜也沒在這裡多摻和，拉著酒窩就往食堂走，走前還毫不掩飾地衝盛望說：「誒，你剛剛真帥！」

盛望：「……」

「我就說這倆女生有一個移情別戀了吧！」高天揚衝江添和盛望擠眉弄眼，換來兩聲「滾」。

被這些一打岔，盛望表情不那麼冷了。他搓了搓臉，在啞巴面前蹲下，指著傷口齜牙咧嘴地說：「真得消毒，好多碎石粒。」

「走吧，去校醫院。」高天揚說。

啞巴咿咿呀呀地用手比劃，抿著唇只搖頭。

高天揚說：「叔，別比劃了，我看不懂啊。」

盛望下意識看向江添，沒記錯的話，這個啞巴好像是認識江添的。

果不其然，江添說：「他說不去校醫院，家裡有消毒藥水。」

盛望對於生病很有心得，對藥也講究，當即就問：「哪種藥水？放多久了？過有效期沒？」

啞巴張著嘴，滿臉困惑。

高天揚樂了，「你怎麼這麼講究？」

江添順口接了一句：「他金貴。」

盛望頭頂緩緩冒出一個問號。

至於高天揚，高天揚盯著江添的後腦杓，一副見了鬼的樣子。

中午的西校門總是很冷清，梧桐交錯相連，支著一路濃蔭，陽光就從濃蔭的縫隙裡漏下來。門口對著公寓的弄堂，有個很應景的名字，叫做「梧桐外」。高天揚說，他和江添小時候就住在這裡。

梧桐外是附中最早的一片員工宿舍。

高天揚的爺爺、奶奶、江添的外婆，都是附中以前的老教師。

「這裡對口的小學挺有名的，所以我差不多五六歲搬過來，一直住到小學畢業吧。」高天揚指著江添說：「他倒是比我早一點，三四歲就來了吧？不過小學沒畢業就搬走了。」

盛望好奇地看向江添，他架著啞巴沒抬眼，只「嗯」了一聲。

因為在這裡住了很多年，他們跟梧桐外的人，尤其是上了年紀的長輩都很熟。一路上碰到好幾個人叫他們，還拉著高天揚說：「好久沒過來了吧？」

啞巴的房子在弄堂深處，不是公寓，是那種帶著天井的老房子。

盛望第一反應是：「挺大的。」

屋旁就有一棵大樹，傾斜的樹枝剛好半蓋在屋簷上，像一把天然的傘，還挺陰涼。

誰知高天揚努了努嘴說：「他只占這間。」

天井西側的廳堂只剩下一根柱子撐著，連門都沒有，裡面堆滿了成捆成捆的廢紙、廢書還有塑膠瓶。在這堆廢舊物旁邊，有一間十來坪的屋子，就是啞巴住的地方。

這十來坪包括床、衣櫃、桌子、舊電視，以及一個小得不能再小的衛生間。

盛望看得咋舌，但並沒有表現出來。

「那對面呢？」他指了指天井另一邊，那邊的構造跟這半邊差不多，不過那個廳堂有門，裡面放著一張四仙桌。

廳堂一頭連著矮趴趴的廚房，一頭連著跟啞巴差不多的臥室。

「對面住的丁老頭，梧桐外著名的孤寡老人。」高天揚說：「添哥跟他關係好，午飯都在這裡吃。我不行，小時候爬樹砸塌過他家房頂，老頭記仇，看見我就拿掃帚。」

他指著屋簷上一處豁口，盛望卻看得心不在焉，目光總忍不住往廳堂瞄。

江添每天中午消失在西門外，就是來這裡吃飯？為什麼？

說話間，對面的房間門吱呀一聲響，一位頭髮稀疏的老頭走了出來。他看著精神矍鑠，肩背挺得板直，就是抬頭紋特別重，眉毛一挑三道褶。

高天揚當即一聲「臥槽」，竄到了盛望和江添身後，「添哥你坑我，他今天不是不在嗎？」

「我什麼時候說過他不在？」江添說。

「你不是跟他說過今天不來吃飯？那他這個點還不午睡？」高天揚又開始胡攪蠻纏。

丁老頭年紀雖大，視力卻很好，一眼瞄到了仇人，轉身就拿起了牆邊的掃帚。

啞巴張著沒舌頭的嘴，在旁邊嘎嘎笑。

高天揚一個弓箭步衝出去，說了句：「別打！我就是送啞巴叔回來，我這就走！告辭！」

這個活寶抱拳比劃了一下，倉皇跳出門外。

盛望問道：「你真走啊？」

「你看那掃帚像假的嗎？」高天揚說：「您倆受點累，我先去喜樂吃飯了。吃完我就直接去教室了，回見！」

丁老頭像隻年邁的貓頭鷹，警敏地盯著門，直到確認那臭小子真跑了，這才緩緩放下掃帚。他穿著黑色布鞋，穿過天井朝這走來，問道：「怎麼啦這是？」

啞巴啊啊叫了幾聲，又是一頓比劃。

丁老頭嗨了一聲，轉頭看江添，「小添，他說啥？」

「在學校摔了一下，磕到膝蓋了。」江添說。

盛望舉起手裡的藍布包說：「西瓜也磕破了兩個，只剩一個好的了。」

丁老頭那雙鷹眼又盯上了盛望，上下打量一番問：「這是誰家的呀？」

這個問題就很尷尬。按照理論，江添得說「我家的」。

盛望乾笑一聲，搶在江添前面說道：「我是他同學，丁爺爺好。」

一般來說，帥哥賣乖沒人扛得住，但丁老頭不走尋常路。他瞪著眼珠說：「誰說我姓丁！」

盛望：「……」他一臉無辜地衝丁老頭訕笑，轉頭就開始逼視江添。

還好對方沒有見死不救，他指了指院門說：「跑了的那個教他的。」

丁老頭哼了一聲，說：「兔崽子就會胡說八道！」

江添眼也不眨把鍋甩給高天揚，丁老頭對盛望態度肉眼可見好起來，他說：「你跟小添一起把啞巴送回來的？你們今天不是還要考試麼？」

盛望說：「嗯，來得及。」

丁老頭覺得他懂事，點了點頭說：「你倆這是吃過了？」

盛望看了江添一眼。

「幹什麼？吃沒吃飯你自己不知道啊？」老頭子洞察力很強，還當面戳穿不給臺階。

盛望心說：我這不是出於禮貌把主場位置讓出來麼！

他畢竟是個外人，萬一他說沒吃，老頭留他們吃飯，江添不樂意還得答應，那多不好意思。

他保持著微笑，緩緩抬起腳尖朝江添的腳踩下去，示意他救場。

江添：「……沒吃。」

盛望一愣，訝異地看向他。

江添面無表情地說：「你先把腳抬起來。」

「噢噢噢，對不起。」盛望彈開了。

老人的歡欣跟小孩一樣，都放在臉上。丁老頭忽然就高興起來，搖頭晃腦打著蒲扇往廚房走，「欸，我就知道你們沒吃！我去把飯菜弄一弄。」

老頭一走，他們兩個把啞巴扶進房間。

江添熟門熟路地從衣櫃頂上拿了兩個瓶子下來，還有一袋棉花棒。

處理了傷口，啞巴比劃著又要起身。

江添按著他說：「你別動，我來。」

他拎著藍色布袋，帶著盛望來到外面。

院子裡有一口水井，井邊擱著一個錫白鐵桶，耳朵用繩拴在井外。江添把唯一完好的西瓜放進桶，拎著繩子把桶放進井裡。

盛望撐著膝蓋看得認認真真，末了問道：「這是在幹麼？洗西瓜？」

「冰鎮。」江添說。

「幹麼不放冰箱裡鎮？」

江添半蹲在那裡，聞言抬頭看他，有點兒……看呆子的意味。

盛望很敏感，炸道：「幹麼？」

江添衝臥室抬了抬下巴說：「你剛剛看見冰箱了麼？」

盛望垂下頭，「哦。」他想了一下，居然真的沒有。好日子過慣了，他差點兒忘了，還有人在各個街巷的角落裡過著不那麼好的日子呢。他盯著黑黢黢的井口，有一瞬的出神。

江添突然又拽著繩子把桶拎了上來。井水淬過，西瓜皮乾淨得發亮。桶沿撞在井壁上，水花潑了一片。

「試一下。」江添衝西瓜抬了抬下巴。

盛望不明就裡，猶豫著伸手摸了摸。桶裡還有大半井水，觸手涼得驚心。

「井水這麼冰？」盛望嗖地縮回爪子。

「嗯。」江添再次把桶放下去，他站起身，甩掉了手指上的水珠說：「沒比冰箱差。」

盛望「噢」了一聲，心情又好些了。

「欸，」盛望有點好奇，「問個問題。我看別人都不懂他的手勢，你怎麼懂的？」

「我只是半懂，連蒙帶猜。」江添說：「唯一能跟他聊天的只有喜樂的老闆。」

盛望點了點頭，心說怪不得啞巴總往喜樂跑，有時候是幫趙老闆搬東西，有時候是整理包裝袋，有時候是去拉廢品，有時候只是待著。

如果世上只有一個人能聽見你說話，那他比誰都重要。

丁老頭的菜是做好的，人來了只需要熱一下。江添之前說不來，他跟啞巴兩人飯量小，只做了一菜一湯。他怕單調，又現炒了一道青椒肉片，獻寶一樣端上來。

進廳堂前，江添拉了盛望一下。

「怎麼了？」盛望納悶地問。

江添遲疑了一下，說：「要不你還是去喜樂。」

「啊？」他突然變卦，盛望有點反應不及。

他看著江添愣了一會兒，又輕輕「啊」了一聲。果然還是不習慣讓外人進入自己的生活吧？這地方江添每天都來，但也從沒跟人主動提起過。除了高天揚這樣知根知柢的發小，他恐怕不喜歡被任何人窺見到私人的一面。

可以理解，只是有一點點被排在門外的失落感而已。

盛望笑說：「行啊，我都可以。那你幫我跟丁……啊，他姓什麼來著？你幫我解釋一下，就說我有急事，先走了。」

他說話的時候，江添一直看著他，眉心微微皺著，也不知在想些什麼。

盛望扯了一下書包，把它往上提了提。正要轉身離開，江添又開口說：「算了，當我沒說。」

盛望：「……」

「你這樣真的沒被人打過麼？」盛望沒憋住。

眼看著這位大少爺真要炸了，江添補了一句：「老人家做飯不大講究，我不知道你能不能吃得慣。」江添依然皺著眉，「你想在這裡，還是更想去喜樂？」

盛望跟他大眼瞪小眼半晌，終於明白了他的意思，問道：「你繞了半天，是怕我在這裡吃不下飯啊？」

江添默然片刻，硬邦邦憋了一句：「怕飯盛好了浪費。」

盛望挑著眉，一臉懷疑地看著他，「你這麼彆扭跟誰學的？」

江添繃著一張俊臉，指著大門送客，「你還是去喜樂吧。」

「我不。」盛望低下去的情緒又膨脹起來，抬腳就往廳堂走，邊走邊說：「你對我究竟有什麼誤解，我有那麼挑？」

江添當場就掏出手機，打開相冊。

盛望一想不好，醉酒視頻還在這廝手裡，當即壓住他說：「行行行，我特別挑，特別特別特別挑，滿意嗎？」

很顯然，江添並不滿意。他調出相冊，在盛望疑惑的目光中點開微信，飛速往下劃了幾道，點開一個頭像，把聊天紀錄懟到盛望面前。

盛望一看備註：喜樂—趙肅。

真是冷漠的備註風格。他一邊在心裡吐槽，一邊看向下面幾大段文字，然後就傻了眼。

大段的文字當然出自趙老闆。中年男子沉迷微信，往往喜歡打這種大段大段的小論文，也不管對方有沒有興趣看，反正他們什麼都敢往輸入框寫。就見趙老闆囉囉嗦嗦如下：

喜樂—趙肅：啞巴說過兩天有新摘的西瓜，你放學如果無事，可以來帶一個，預計脆瓤，你吃沙的還是脆的？

江添：都行，謝謝。

喜樂—趙肅：還是你比較好養。你帶來吃飯的那個男生，吃飯太挑了。據多日觀察所得，他胡蘿蔔不吃、菠菜不吃，蔥、蒜、香菜放一點沫子調味可以，讓他看出來就不行。白蘿蔔切成丁吃，切成塊不吃，青椒切成片不吃，切成絲還行。馬鈴薯脆的不吃，西瓜沙的不吃，草莓酸的不吃，葡萄太甜的不吃。

喜樂—趙肅：我要有這麼個兒子，我先餓他三天。

喜樂—趙肅：算了，不說了，我兒子也不是什麼好鳥。

江添：……

隔著螢幕都能感覺到江添的無語和窒息，不過盛望更窒息。

他想說這些中年人這麼嘴碎的嗎？怎麼什麼都告狀！吃個飯值得寫這麼一通養殖報告？

但他想了想，趙老闆畢竟是能說出「你那個小男生在吃霸王餐，過來贖」的人，還有什麼事他幹不出來？

盛望給江添把螢幕按滅，說：「他污衊我。」

「誰污衊你啊？」丁老頭盛了飯端出來說：「快過來坐，這個小……小什麼？」他問江添。

「小望。」江添按照他的習慣報了名字，說完他自己頓了一下。

這樣的小名從他嘴裡喊出來實在奇怪，盛望垂在身側的手指不自在地捏著關節，說：「小盛、小望都可以叫，隨您高興。」

丁老頭說：「小望你吃多少飯啊？這個碗夠嗎？」

「夠。」盛望連忙說。

「那我給你去盛。」

「我自己來吧。」

可惜老頭子腿腳利索得很，拿著飯勺就跑了，盛望只得訕訕地收手，在四仙桌邊坐下。也許是真的餓了，桌上的菜雖然簡單，但真的很香，聞著比喜樂嘴碎趙老闆的手藝還要好。

他肚子咕嚕叫了一下，為了掩蓋如此不帥的聲音，他咳了一聲，開口問江添：「為什麼高天揚叫他丁老頭？」

江添薄唇動了一下，一打眼瞥見丁老頭端著飯進來了，便掏出手機點開了備忘錄。

盛望一臉疑惑地湊過去。他看見江添點了鉛筆，在備忘錄上隨手畫了個橢圓，圓形中畫了個丁，然後是兩個圓眼睛，腦門上三根抬頭紋。

接著他開始打字，兩個拇指瘦而長，點鍵盤的速度很快。

盛望看到備忘錄上多了一行字：有一個兒歌，叫有個丁老頭，聽過麼？

接著又多了一行字：長得像麼？

「像。」盛望悶頭就開始笑，江添又面無表情地把備忘錄給刪了。

託這幅簡筆畫的福，盛望這一頓飯憋笑憋得異常辛苦，心情也異常好。說出去也許沒人會信，他這段時間以來吃得最放鬆高興的一頓飯，居然是跟江添一起的。

他忽然覺得，如果他跟江添沒有那層「偽兄弟」的尷尬關係，而是平平常常地認識、平平常常地成為同學、平平常常地坐著前後桌，那他們一定會成為不錯的朋友。不過這個念頭很快就被打消了，因為回考場的路上，盛望忽然想起了早上的事。

他問江添：「你本來打算中午去食堂，既然中午要見面，你幹麼特地跑一趟把錯題本送來？」

江添聞言輕輕皺起了眉，「你考前沒翻一下？」

盛望很納悶，「我考數學、物理，翻化學錯題本幹什麼？」

江添表情有一瞬間的空白，似乎壓根沒考慮到這個情況。他愣了片刻，又皺起眉問：「微信你也沒看到？」

「你給我發微信了？」盛望拽過書包就開始掏手機，邊掏邊說：「考試前你都不關機嗎？」

江添表情又空白了一瞬，他說：「我靜音。」

趁著考場還沒到，盛望打開手機，果然收到了一條早上的微信。

江添：看下錯題本。

盛望又要去掏本子，江添制止了他，「算了，別看了。」

盛望：「為什麼？」

江添說：「心態會崩。」

盛望：「啊？」越是這麼說他就越要看了！

他掏出錯題本，還沒來得及翻，一張紙片從裡面滑落下來。那是一張從某個習題本上隨手扯下來的頁面，邊緣很糙。上面有一道題被人用紅筆畫了線，標了個龍飛鳳舞的五角星。

盛望撿起來仔細一看，發現那是一道物理題，題面很熟悉，雖然不是完全相同，但跟今天物理試卷的最後一道大題極其相似。

江添說：「這套習題全年級都練過，除了你。」

「……」如江・神棍・添所料，盛大少爺的心態當場就崩了。

儘管盛望被打擊得有點恍惚，但強大的職業素養使他在下午考試前恢復了理智，並且化悲憤為力量，後三場考試順風順水。

附中的週考成績一向出得很快，第二天，高二年級開始流傳一個謠言，說A班新轉來的那個帥哥一個禮拜的工夫，總分直提近五十，年級排名往前竄了將近一百位。

整個年級都轟動了，謠言持續散播了一節晚自習，又於第二節課上被各班老師闢掉了，並對內容做了官方更正。

週考真正的結果是：盛望總分提升六十二，光化學單科就從六十多衝到了九十，年級排名上升了一百二十七位。

瘋的人更多了。

〔Chapter 2〕

咱們倆對省事的理解是不是有偏差？

這一晚，盛望成了全年級的議論中心。

最瘋的是A班同學，這幫學霸們明明自己分數很高，卻好像八輩子沒見過一百多名似的，亢奮得像吸了笑氣，圍著盛望的桌子聚眾吹牛皮。

高天揚領吹，學委宋思銳輔助，當事人盛望卻垂著眼，兩手擱在桌肚裡玩手機。他捂不住這倆活寶的嘴，只能隨他們鬧。

「縱觀全年級，還有誰敢一週往上蹦一百名？」這是高天揚。

「沒有人！」這是宋思銳。

「盛哥你就說吧，是不是想搶我們老宋學習委員的位置？」還是高天揚。

「啊？」宋思銳一臉迷惑，又應聲說：「我可以忍痛割愛。」

「體面！」高天揚衝他豎了個拇指。

「大氣！」宋思銳也給自己豎了個拇指。

桌肚裡，江添正發來微信說，晚上有事，晚自習下課不用等他，盛望反正也無聊，給他連甩了七八個表情包。

罐裝：問，世上有什麼辦法讓這倆說不出話？

江添：沒有。

罐裝：你不是高天揚發小麼你管管他。

江添：……

江添：不是媽。

「不是，盛哥你笑什麼呢？」高天揚實在沒忍住，伸頭看了一眼，奈何角度不對，桌面擋著，什麼也看不見。

「沒什麼。」盛望順口回了一句。

高天揚瞇起眼睛開始壞笑。

宋思銳也晃著食指說：「有情況啊盛哥……」

「什麼有情況？」盛望壓根沒注意到他們在說什麼。他又關掉幾個介面，這才把手從桌肚裡抽出來。

看他表情確實茫然，高天揚又沒勁地收了壞笑說：「算了，還是說成績吧。說真的啊，你這次躥得實在太快了，我行走江湖多年，沒見過這麼往前蹦的。你排名上一百比我們辣椒妹妹體重上一百都快。」

「你不想活了？」盛望難以置信地看著他。

就聽旁邊辣椒一聲爆喝：「高天揚你再說一遍？」

辣椒作為能擠進年級前五的大佬，由於實在不守規矩，經常跟大家一起受罰，深入基層，廣受喜愛，誰開玩笑都帶她。其中高天揚嘴最欠，時常遭其毒打。

話音剛落，辣椒的書就穿越人群直飛過來。

高天揚一聲「臥槽」，低頭就躲。

盛望緊隨其後，也歪頭讓了一下，讓完他才意識到不好，書奔著江添的臉去了。

剛意識到，就聽身後啪的一聲響，江添把書擋下來了。

他拎起書，無語地看著高天揚，後者立刻雙手合十衝他拜了拜，把書恭恭敬敬給辣椒送回去。

領吹的一跑，其他人作鳥獸狀散了。

他們逃荒一樣潰不成軍，盛望靠在椅背上活活看笑了。

「清靜了？」江添冷冷淡淡的聲音忽然從耳後響起來。

這人嗓音太低，小聲說話的時候總招得人耳朵癢，盛望「嗯」了一聲，忍不住捏了捏耳垂。

江添又說：「那把椅子往前挪一點，別抵著桌子抖。」

盛望：「……」

行吧，癢不癢也分內容。

雖然牛皮沒吹盡興，但A班的學生大多默認了一件事——市三好的名單至少有兩個已經定了，一個是穩穩釘在年級第一的江添，一個是開火箭的盛望。

用班長李譽的話來說，就是「恭喜呀，你們可以提前開始慶祝了」。結果成績公布的第二天，這兩位就被恭喜進了政教處。

負責傳口信的是徐小嘴，他被他爸拎過去當苦力，搬了一堆練習冊回教室，進門第一句就是：「江添、盛望，去一下篤行樓，徐主任找。」

他大概是A班最老實的人之一，在學校也從不管他爸叫「爸」，當然也不敢叫「大嘴」，總是規規矩矩叫「徐主任」。

「找我倆？」盛望轉過頭跟江添面面相覷，問小嘴：「有說什麼事嗎？」

「沒有。」小嘴老老實實地說：「反正他是笑著說的，應該是好事吧？可能就是市三好。」

盛望和江添將信將疑地去了政教處辦公室，一進門就看到了皮笑肉不笑的徐大嘴以及低頭站著的翟濤。

這踏馬能是市三好？盛望當時就想把錯報軍情的徐小嘴手刃了。

大嘴笑咪咪地打量著盛望，又看向江添。

幾秒之後臉倏然一板，唾沫橫飛地咆哮道：「能耐大了是吧？週考當天打架！還挑在人流量最大的噴泉廣場！你就說說你們想幹什麼？啊？搞表演賽啊？」

他剛喘一口氣，辦公室門口突然響起一聲中氣十足的聲音：「報告！」

徐大嘴驚一跳，沒好氣地看向門口。

盛望也跟著看過去，就見高天揚跟著徐小嘴一起過來了，剛剛喊話的就是高天揚。

「你又回來幹麼？」徐大嘴正在氣頭上，對著兒子也毫不客氣。

「報告。」徐小嘴規規矩矩開了個頭，說：「B班的練習冊還沒搬，我找高天揚來幫忙。」

徐大嘴說：「當我不知道高天揚什麼德行啊？還你找高天揚，肯定是他自己要求跟過來的，就想來湊熱鬧。」

徐小嘴訕訕地抿了一下嘴唇，「也不是。」

「好奇心滿足了？」徐大嘴說：「把練習冊搬了趕緊走！」

高天揚卻沒動，他狠狠剜了翟濤一眼，理直氣壯地對徐大嘴說：「我當天也打架了，為什麼不找我！」

「你動手了麼？」徐大嘴沒好氣地說。

「動了！」

「動個屁！」徐大嘴手指點著窗外說：「你當學校那些監視器都是死的啊？別瞎湊熱鬧，給我出去！不然我加罰，信不信？」

高天揚還想說什麼，被深諳他爸脾氣的徐小嘴拖出去了，「別回嘴，越回越氣。」

辦公室門被徐大嘴重重關上，翟濤憋不住了，「報告。」

「說。」

「我他……」翟濤下意識想罵人，話都出口了才意識到自己在哪兒，又不情不願地憋回去：「我也沒動手！為什麼也要站在這裡？」

他媽的他從頭到尾都是被打的那個，臉上傷痕還沒消呢！

徐大嘴繃著臉的時候確實有幾分政教處主任的威嚴，他盯著翟濤看了半天，沒再用那種咆哮的口吻：「你真不知道自己為什麼要站在這裡？」

「不知道。」翟濤梗著脖子不耐煩地說。

明明是平心靜氣的語氣，卻比咆哮更讓人忐忑。

「我們學校雖然不算省內最好，但也是百年名校了。一百年去糟粕取精華，發展成現在這樣的教育模式，不說最科學，至少教書育人是足夠了。你在這待了一年多，就學會了罵人死要飯的，學會了推人下臺階？」

翟濤抿著嘴唇重重呼吸著，片刻後說：「我沒有……」

「我說了，監視器不是死的，當天圍觀的同學也都有眼睛、有耳朵。」徐大嘴看他那德行，也懶得費口舌，他擺了擺手說：「行了行了，我也不是來聽你狡辯的。我既然叫你們來，就是多方論證過了。」

「你呢，我不想多說了，你自己心裡清楚。」徐大嘴又轉向盛望和江添，「至於你倆，我知道你們初衷不一定是壞的，但是……」

他加重了語氣，說：「解決的辦法千千萬萬種，你們怎麼就非要動手呢？當著全校的面打架特別帥，是吧？哎，書包扔得特別遠，是吧？」

盛望眼觀鼻，鼻觀口，看上去似乎反省得很深刻。他生得白淨，眼尾很長又微微下撇，笑起來神采飛揚，垂眼的時候卻極具欺騙性，三分無辜臉，七分書卷氣，看得徐大嘴噎了兩回。

「你剛來的那天我還跟別的老師說，你一看就是那種特別乖的學生，結果呢，你就這麼證明給我看啊？」

徐大嘴越想越氣，拿起桌上的保溫杯灌了兩口茶，又呸掉茶葉沫子，這才說：「你們不是喜歡被圍觀麼？不是喜歡在全校人面前表現麼？喏——教學區三號路，貫穿教學樓、食堂、宿舍樓，這舞臺夠氣派吧？給我掃梧桐絮去，剛好給我們清潔人員省點力。」

他豎起一根手指說：「不用久，一個禮拜。就這個禮拜，每天上午大課間拿著掃帚準時報到，我找人盯著你們。你們這些兔崽子，不丟幾回臉都不知道人生路有多長！一個禮拜掃完，到我這裡來領正式處理結果。」

徐主任一通氣撒完，三個鬥毆分子就走上了掃大街的路。

剛掃兩天，盛望就想撒潑不幹了。

倒不是因為丟人，每天大課間各班都得去操場，他們只要避開大部隊來回的時間點，三號路就清清淨淨見不到人影，自然也談不上丟人。

真正讓盛望崩潰的是梧桐絮本身，這玩意兒是踏馬人掃的嗎？

前腳剛掃完，後腳風一吹就能飄一地新的，還往人身上飄，扎臉都不是最難受的，扎眼睛那才叫令人絕望。

這天風大，盛望被扎了好幾次眼睛，眼圈一周都揉紅了，隔一會兒就得扶著掃帚抻眼皮。大少

爺煩躁的時候會自閉，連帶著五感都一起閉了，處於視而不見、充耳不聞、六親不認的狀態。

他第N次被扎眼的時候，隱約聽見有人跟他說：「別動，頭髮上有草屑。」

盛望沒反應過來誰說的，張口就回嘴：「關你屁事，我養的。」

他左眼眨出一片生理眼淚，總算把扎眼的東西弄出去了。

剛鬆一口氣，忽然意識到剛剛說話的好像是江添……盛望愣了一秒，眯著一隻眼睛扭過頭，就見江添正從他上方收回手。

「你說什麼來著？」他訕訕地問。

「沒說。」江添抬了抬下巴說：「你繼續養。」

盛望當即把腦袋伸過去，「我錯了，我錯了，你幫我摘一下，總不能頂著一頭毛回教室。」

旁邊的翟濤拿著掃帚重重地頓了一下地，罵道：「操……」

就在他罵罵咧咧的時候，有人踩著高跟鞋噔噔過來了，「盛望？江添？你倆幹麼呢？」

盛望把腦袋從江添面前收回來，抬眼一看，英語老師楊菁正抱著一疊考卷走過來。

她擰著秀氣的細眉，不滿地說：「我正到處找你們呢，在這當什麼活雷鋒啊？」

「老師。」盛望乾笑一聲，「不是活雷鋒，我倆被罰呢。」

「罰？」楊菁眉毛擰得更凶了，「哪個不長眼的這麼會挑時間？」

他從頭到尾都是說「我倆」，彷彿一旁的翟濤是空氣，差點把「空氣」氣到炸。

盛望說也不是，不說也不是。

「噢，你別管，我罵我的，你答你的。」楊菁說。

「徐主任。」盛望回答道：「因為我倆週考那天打架了。」

「聽說了。」楊菁點了點頭，「挺會挑地方的，影響不好，是該罰，但是他幹麼現在罰呀，你們要掃幾天？」

「一週。」

「這個禮拜？」楊菁提高了音調。

「對。」

「走。」楊菁把試卷一人一疊拍進盛望和江添懷裡，蹬著高跟鞋盛氣淩人地說：「跟我一起找徐大嘴去！」

「啊，不大好吧老師……」

盛望悄悄衝江添比了個剪刀手，兩步跟上楊菁說：「找徐主任幹麼？」

「我這還指望你倆大課間給我抓緊時間弄英語競賽呢，他搗什麼亂！」

楊菁不愧是懟過所有校領導的女人，她風風火火進了政教處，把門一關，劈頭蓋臉一頓凶。

最後扔給徐大嘴一句話：「英語競賽下禮拜二舉行，整個高二得獎最穩的倆人都在外面掃地，你要非得挑這禮拜罰他們，回頭比賽你頂他倆去考場，拿不回獎盃我就吊死在你辦公室門口，你看著辦吧！」

「……」徐大嘴目瞪口呆且毫無回擊之力。

他在楊菁的緊逼之下節節敗退，最後反扔回一個條件。

他說：「那就兩個要求，一個是英語競賽必須有個結果，二是週末的月考上升幅度不能低於五十名。」

年級第一的江添：「……」

好在下一秒，徐大嘴又回歸理智補了一句：「盛望，我說盛望。江添也升不了了。」

盛望趴在門口偷聽了半天，終於沒憋住，他打開一條門縫探頭進去問：「徐主任，你知道越往上名次變動越難嗎？」

「知道！不然還叫罰嗎？」徐大嘴理直氣壯。

盛望想把門拍他臉上。

「要麼做到這倆條件，要麼繼續給我掃大街，而且打架要處分，市三好也別想了！」徐大嘴發了大招。

◆

重壓之下無面子。

第二天深夜，盛望反覆做了心理建設，終於向隔壁臥室門伸出了魔爪。

上次是江添主動敲門，這次該輪到他了。禮尚往來，道理誰都懂。

——我這不是不要臉，我只是講禮貌。

盛望在心裡默念兩遍，理直氣壯地敲了門。

臥室裡響起腳步聲，隨著吱呀一聲輕響，江添出現在門後。

盛望準備好的話在舌尖打了個滾，張口就成了：「我房間空調有問題！」

江添一愣。

……你有毒吧？盛望在心裡罵了自己一句。好好的理由不說，瞎扯什麼空調啊！這下好了，說也不是，收也不是。

就這種級別的謊話，江添只要去隔壁看一眼就能拆穿，簡直是把臉伸給對方打。

盛望設想了一下那個場景，差點當場離世。不過他心理素質總體還算可以，虛了不到兩秒就又理直氣壯起來。

他看著江添，心說：你要真敢去看，我就從二樓窗戶跳下去。

好在江添有智商也有人性。他垂眼一掃，看見了盛望手裡拎著的書包，也沒多問，便側身讓開一條路。

盛望悄悄鬆了一口氣，抬腳進了臥室。

邁第一步的時候，他下意識頓了一下。這是他在進入別人領地時才會有的反應，就像人在做客時，往往先掃視一圈才換上拖鞋。盛望沒想到自己這個反應，有一天會出現在這間臥室裡。

十幾歲的人，情緒總來得飛快。

一句話能鬧翻，一句話也能冰釋前嫌；上一秒在吵架打架，下一秒也許就親密無間。

契機可以是一切簡單的東西——一張字條、一罐汽水，或者一份作業。

明明不久之前，他還跟螃蟹抱怨過自己家被某個孫子占了，現在卻把這個房間默認成了江添的地盤。

世界真奇妙。盛望心想。

他跟江添一樣，不喜歡在別人臥室裡探頭探腦，一來出於禮貌，二來……那動作實在不好看，但架不住有人房間太過簡單，他不轉眼珠也能一目了然。

這間臥室跟盛望的並排，朝向和布置都很像，都是窗邊放著書桌，對角是床。倆屋共用的那堵牆邊立著衣櫃，區別是盛望臥室的衣櫃旁還多一個獨立衛浴間。

盛望盯著那堵牆看了許久，忽然幽幽地問：「我那邊水龍頭一開，你這是不是能聽見動靜？」

「嗯？」江添在他身後順手關門。

盛望回頭看過去，才發現他耳朵裡還塞著無線耳機，白色的尾端輕壓著清瘦的耳骨。

「你剛說什麼？聲音太小沒聽清。」江添偏頭摘下一只耳機。

「我說……」盛望轉念一想，萬一他問完了，這人來一句「沒注意，不放心可以去隔壁試試」，那尷尬的還是他！畢竟空調還好好地掛在那兒呢。

「算了，不重要。」盛望拎著書包說：「空調借我蹭一會兒唄，我專項題庫還有四頁沒刷。」

聞言，江添越過他走到書桌邊收東西。

他桌上攤著一疊試卷，旁邊是薄薄的軟面本，黑筆、紅筆各有一枝，這就是全部的東西了，簡單得幾乎可以算空空蕩蕩，跟盛望擺攤式的書桌天差地別。

「誒，你別收啊，我不用椅子也行。」盛望跟了過去。

「不用椅子坐哪裡，上桌？」江添說。

盛望腳剛抬又訕訕放下了，滿臉掛著人贓俱獲的心虛，「我沒說要上桌子坐，我可以站著。」

這一聽就是鬼話，江添瞥了他一眼，把兩枝筆的筆帽合上，扔進書包的筆袋裡。

「你坐椅子吧，我用不著。」他把試卷也收進書包，只拎著軟面本坐上了飄窗寬大的窗臺。他背靠著窗臺一側的牆，曲著一條腿，軟面本就抵在膝蓋上，另一條腿從窗臺垂下來踩著地板。

「你真不用？」盛望問。

「早寫完了。」

「菁姐塞的考卷也寫完了？」盛望有點納悶，「我剛看你考卷是空的。」

江添舉了舉膝蓋上的軟面本，說：「寫在這裡了。」

盛望伸頭一看，果然就見他本子上寫著英文題的答案，一排五個，遠看清爽有力，近看全是連筆。就連錯題他都懶得打叉——叉要兩筆，他只用紅筆劃一道斜槓。

斜槓旁是他訂正的內容，有些只寫了一個片語，有些延伸出了好幾行，他現在看的就是這些。

「你幹麼不直接寫在考卷上？」盛望問。

江添說：「省事。」

「咱們倆對省事的理解是不是有偏差？」

江添噎了一下，大概因為以前沒人會這樣追問他的行為邏輯。他手指撚了一頁紙又放下，認命地說：「楊菁很會挑題，組出來的考卷都是精華，一道抵十道。拿本子做一遍，錯題在試卷上做個標記，二刷可以對著標記只做錯題，也不會受原答案干擾。兩遍下來差不多了，也不用再搞題海戰術。」

他打了個停頓，略帶無語地點明主題：「效率高，省事。這樣說懂了？」

「懂了。」盛望抬起左手，就見他三根手指捏了個「七」說：「這是我認識你以來聽到的最長一段話，八十七個字。」

江添：「……」

窗臺就在書桌邊，江添坐著的地方離盛望不遠，抬手就能抽他。見對方直起身，盛望連忙捂著半邊臉把椅子往遠處挪一下，卻見江添仗著手長，替他把檯燈拍亮，面無表情地說：「做你的專題。」

盛望「噢」了一聲，又要張口。

江添已經低頭看起了本子，毫不留情地說：「沒做完別張嘴。」

盛望睨了他一眼，「嘖」聲道：「管得倒寬。」

江添凍著臉抬起頭，盛望立刻伸出兩根食指在唇前打了個叉，以示停戰。

盛望做題不老實，規規矩矩的坐姿會阻塞他的腦子。以前在自己臥室裡，他刷一會兒題，人就到了桌子上，再刷一會兒就能上窗臺，然後是床和地毯。

物質是運動的物質，做題的盛望也是。

在江添這裡，他起初還算收斂。做著做著興致上來了，兩腳往桌底橫槓上一踩，椅子四條腿就懸空了倆。長腿一曲一伸，椅子就開始搖。

搖了差不多十分鐘，他才猛地想起來高天揚提醒過他，坐在江添前面幹什麼都可以，就是別這樣踩著椅子在他眼前晃，他會煩。

盛望條件反射縮了腿。書桌前鋪了一塊圓形地毯，椅子腳落在地毯上並沒有什麼聲音。他心虛地轉頭瞄了江添一眼，卻見江添眼尾薄薄的褶也輕抬了一下。

他的眸色在光下顯得很淡，彷彿貼了一層透薄的水玻璃，視線淺淺地掃過來，像是很不經意的一瞥。

不遠處的巷尾恰巧有車經過，車燈遠遠透過窗玻璃照進來，從左邊滑到右邊。不知是被突如其來的微光驚了一下還是別的什麼，盛望倏地收回目光，垂眸看起了書頁。

他食指慢悠悠捲了半天頁角，才真正把題目那行字看進去。那之後又過了好半天，才抓筆寫起算式來。

之後的題目如有神助，寫得順風順水，比平時快得多。盛望做完四頁題目花了一小時，江添看軟面本居然也看了一小時，甚至盛望合上習題本伸懶腰的時候，他都還在翻頁。

「你還沒結束？」盛望問。

「還有一點。」江添總算捨得從本子上抬起頭了，他問：「習題做完了？」

「做完了。」盛望掏手機看時間，「這還不到一點半呢，我居然搞定了。」

「有什麼問題麼？」江添問。

「沒有。」大少爺藉著伸懶腰的機會掛在椅子上，一臉驕傲。

他本來以為會有的，不然也不會找藉口來江添這裡，但今天的狀態實在太好，給足了他面子，平時棘手的題目今天都變得格外乖順，正確率高得驚人。

盛望兀自琢磨了一下，總結說：「你這裡風水有點好，養腦子。」

憑藉如此見鬼的理由，他在江添臥室連蹭了兩天空調。

盛望每次敲門都是深夜，十二點剛過，樓下江鷗早已入睡，半棟房子都悄寂無聲，唯有他倆門前留著燈，偶爾有人語。

起初，他們沒覺出哪裡不對勁，直到週五這天，一個意外不經意打破了定式——盛明陽終於在焦頭爛額中抽出空來，回了一趟家。

司機小陳去機場接他，送到家的時候已經過了十二點。本著不打擾家裡人睡覺、學習的心理，盛明陽誰也沒通知。

週六、週日就是第一場月考，盛望這晚沒再刷新題，而是把筆記和專題集上的難點圈畫出來，準備找江添梳理討論一下。

他拿著書本敲開隔壁門的時候，樓下忽然響起了密碼門打開的滴滴聲，接著是二道門鑰匙轉動的輕響。

盛明陽在外常抽菸，偶爾會低聲悶咳一下。那聲音盛望聽了十多年，太過熟悉，隔著門也能分辨出來。

他爸那聲悶咳響起的時候，盛望懵了一下。他游魚似的鑽進房內，慌忙把門關上了。

他背抵著門悄悄聽了一會兒樓下的動靜，再一抬眼，就見江添搭著毛巾，手指抓著一杯清水的杯沿，站在一步之遙的地方。

他這天洗澡有些晚，頭髮半乾半濕，髮尾細碎的水珠悄悄凝結，又順著他脖頸的線條滑下來，洇濕了灰色短袖T恤的領口。

他朝門的方向掠了一眼。

盛望悄聲說：「我進門的時候，我爸剛好回來。」

江添從門邊收回視線，眸光微垂著落到盛望身上。

他靜默片刻，忽然說：「你為什麼這麼慌？」

夜色沉寂，不知哪棵樹上的蟬突然拖長調子叫了一聲，明明是夏末，卻像仲春的一場驚蟄。盛望心裡倏地跳了一下。

是啊，有什麼可慌的？盛望沒說話。他神色微怔，似乎也挖不出個答案來。

樓下盛明陽已經把門帶上了，鑰匙擱在玄關櫃子上磕碰出了輕響。他換了雙軟底拖鞋，腳步聲悶悶的，從客廳延伸到廚房。

沒過片刻又是一聲門響，廚房裡多了另一道腳步聲。

也許是夜深人靜的緣故，也許是因為盛望背貼著門，江鷗說話聲不高，卻隱約能傳進他耳裡。

「怎麼到了也不說一聲，事情解決了？」江鷗問。

「沒呢，回頭還得去。」盛明陽說：「有點麻煩。」

「那你晚飯吃了沒？」

「吃了點飛機餐湊合，這會兒又有點餓，想找點東西墊一墊。」

「有雞湯，我給你熱一下？」

「別，動靜太大。」

盛明陽低聲說了句什麼，大意估計是怕吵到樓上的盛望和江添。接著江鷗的聲音也更低下去，他們再說了什麼便聽不清了，嗡嗡的人語好像很近，又好像極遠。

不知盛明陽從冰箱裡拿了什麼應付了一下，沒過多會兒他們便回了房間，這棟房子又漸漸歸於安靜，一如往常。

前額頭髮的水珠滴落下來，江添抓起毛巾一端擦了一下。

盛望的肩頸線慢慢放鬆下來，剛才那一瞬間的慌亂就像浮光掠影，須臾便沒了蹤跡。他琢磨不出個所以然，便隨口說了個理由：「我爸囉嗦，要讓他知道我還沒睡，那有得嘮叨——怎麼這個點了還沒休息啊？是作業沒做完還是貪玩拖了時間啊？」

盛望壓沉了嗓音模仿他爸，那口氣簡直惟妙惟肖。

他走到書桌邊，熟門熟路把考卷放下，「你要說作業沒做完，他馬上就要問是難度太大還是量太多，是別人都這樣還是只有你一個。要是說複習月考吧，他又要問複習得怎麼樣，有沒有信心。問完就會說有壓力是好的，但不要太大，然後開始掰著我的嘴灌雞湯。」

這段套路過於熟悉，在太多家長身上見過，江添聽到後半截忍不住笑了一下，連帶著盛望也笑起來，「是不是腦殼嗡嗡作響，換你你不慌？」

江添把那杯清水擱在桌上，從脖子上拿下毛巾擦頭髮，「他話有這麼多？」

「也不是。他就是平時忙得沒時間問，好不容易逮住一次機會就要積極表現一下。帶著一點……」盛望抿著唇斟酌幾秒，「補償的意思，懂麼？」

江添擦頭髮的手頓了一下，他瞥向盛望的臉，卻見對方正忙著把專題練習做標記的幾頁翻出來，看不出有什麼情緒上的問題。

「不過盛明陽有一點跟很多家長不一樣，他對我的成績其實沒什麼要求，也不會說重話。每次灌完雞湯還要誇一句。」盛望捏著書頁抬起頭，衝江添模仿道：「我們盛望實力是可以的，爸爸相信你。」

江添在他的抱怨中走到牆角，把毛巾扔進洗衣袋裡又直起身，說：「不是應該叫望仔麼。」

「……」盛望瞬間消音，臉色精彩紛紜。

幾秒後，他指著江添憋出一句：「你閉嘴。」

自古以來都是江添讓別人閉嘴多，別人回他這句就極其罕見。他挑了一下眉，點頭表示可以勉強配合一下。

盛望很滿意。

他拉開椅子坐下，然後拎著那本專項題庫問江添：「哎，這兩題你做過類似的麼？」

附中沒有規定過參考書，都是各班老師根據學生的情況推薦一些。A班的幾個老師都不提倡過度的題海戰術，一定的閱題量肯定要有，但重複太多沒必要。他們推薦的時候會說一下不同參考書的優缺點，讓他們挑著買。

參考書內容差異不大，就是編纂方式和選題水準有點區別。老師們都說買個一兩本就夠了，優缺點結合一下，不用每題都做，所以有些難題這個學生見過，不代表那個學生也見過。

江添掃了一眼他手裡的書，自顧自在窗臺坐下了。

盛望等了半天沒等到回答，踢了一下江添的拖鞋，「喂。」

喂聾了。

盛望又踢一下，「江添。」

江添也聾了。

盛望：「……學霸？」

學霸還是聾的。

盛望垂下拿書的手，撐著膝蓋就開始嘆氣。

「別閉嘴了，開一開金口吧。」這套流程盛望已經很熟了，說起來毫無負擔，張口就說：「我錯了還不行嘛。」

江添終於恢復聽力，伸手道：「題給我看下。」

盛望把書拍進他手裡，努了努嘴說：「十二、十三題，我打星了。」

「做過。」江添看一眼就知道，「最後一問？」

「嗯，有點沒頭緒。」盛望說：「式子寫完卡住了。」

「卡住正常。最後一問有點超綱，需要積一下。」江添說。

「什麼ㄐㄧ？哪個ㄐㄧ？」盛望沒反應過來。

「微積分的積。」江添說。

「你等一下。」盛望問：「是我理解的那個微積分麼？大學那個？」

「對。」

「……」盛望一句「我操」卡在喉嚨裡。

「今晚沒時間不用看。」江添說得很乾脆：「至少這次月考不會考，其他班也在趕進度，但目前挖得沒A、B班深。」

「至少？那就是以後會考？」盛望問。

「只要是高考出現過的東西，學校哪個都敢考。」江添說著翻了一下習題本後面的答案解析，他說：「省略的部分太多了，你怎麼買了這本？」

「這本從基礎到重難點的連貫性比其他好，適合自學。」盛望沒好氣地說：「體諒一下悲慘世界的人好麼。不過難題確實有點少，都一筆帶過了。反正這本刷完了，回頭我再買本補個漏。」

江添想了想，把書擱下走到衣櫃前。

盛望一頭霧水地看著，就見他拉開其中一扇衣櫃門，打開一個收納箱翻找了一下，拿起一本藍色封面的習題本遞過來說：「這本拓展比較深。」

盛望接過書，注意力卻並不在手裡，而是在衣櫃上。

江添的衣櫃很奇怪，上面的橫槓掛滿了空衣架，卻沒有一件衣服。下面兩個格子，一個放了透明收納箱，另一個放了行李箱。

行李箱是展開的，江添常穿的衣服都疊放在裡面，疊得整整齊齊。整齊到只要合上行李箱，這些東西的主人就能離開得乾乾淨淨，什麼痕跡也不留。

「你……」盛望愣了半晌，抬眼看向江添，「你收拾行李幹什麼？」

他忽然想起當初隱約聽到的話。盛明陽說過，江添是想住宿的，只是礙於學校還沒開放申請，才暫時被他們留下了。

那時候他巴不得對方早點走，現在卻忽然變了卦。他不知道自己在哪天的哪一刻改了主意，只知道看見行李箱的這個瞬間，他有點說不上來的感覺。

就像小時候的夏天，他每每在市郊的主題樂園裡玩得高興，就會有各式各樣的電話打到盛明陽的手機上，於是樂趣戛然而止，他得乖乖跟著大人回家。

儘管他知道不久之後還能再來，卻依然會在那一刻感到失望——那種說笑間會忘記，轉而又會忽然泛上來的失望。

「你要走嗎？」盛望問道。

江添順著他的目光看了一眼行李箱，有那麼幾秒鐘他沒有說話，又過了片刻，他說：「不是剛收拾的，一直就這麼放著。」

這話聽起來更有種疏離冷淡的意味，江添頓了一下補充道：「個人習慣。」

「個人習慣？」盛望回過神來，「你不會在自己家也這樣吧？」

「嗯。」江添神色淡淡地點了一下頭。

「為什麼？潔癖麼，還是強迫症什麼的？」

「方便。」江添說。

他並不想討論這個話題，盛望看得出來，便沒再多問。他翻開江添給他的習題本，發現裡面乾淨得出乎意料，除了有些題目標號上畫了紅圈，什麼字跡都沒有。

「你沒做啊？」盛望岔開了話題。

「沒直接寫在上面。」江添說：「你拿去用吧，只看畫圈的就行。」

盛望自己的學習能力毋庸置疑，但有江添的刪繁留簡，他複習起來省了太多事，速度也變得前所未有地快。

轉到附中這麼些天，他第一次在一點之前睡了覺。他以為這是一個好兆頭，預示著這次月考將順風順水，誰知道臨到橋頭他卻陰溝裡翻了船。

附中的月考比週考正式，考試分了兩天。第一天考語文、數學，第二天考英語和兩門選修。

盛望翻在第二天清早。

考試八點開始，他按照平日的習慣，七點就坐在了考場裡。因為準備充分的緣故，他狀態相當放鬆，以至於沒能覺察到某些事微妙的不對勁。

七點二十分左右，有個眼生的男生探頭進來問：「盛望在這邊吧？」

盛望從筆記本上抬起頭，那個男生衝他招了招手說：「英語老師找你。」

盛望把筆記本扔進桌肚，起身走到門口問：「菁姐找我？什麼事？」

「不知道。」那個男生說：「好像是英語競賽還是什麼？讓你去拿新的考卷。」

「現在？」盛望問。

「對啊。」

他轉頭看了一眼教室後牆的掛鐘，確實時間來得及，便不疑有他，準備上樓。

那男生說：「不在樓上，在影印室那邊。」

他指著三號路那個方向說：「就修身園前面那個。」

「樓上不是就有影印室麼？」盛望有點納悶，「幹麼去三號路那個？」

他也是後來才發現，頂樓辦公室旁邊的兩個小黑屋裡放的是影印機，專供A班任課老師在競賽季印考卷用。

那男生搖搖頭說：「我也不知道，可能影印機壞了吧。你快去吧，我去考場了。」他說完便往走廊那頭去了。

盛望嘀咕了幾句，沒再耽擱，快步下了樓。

為了省時間抄近路，他從修身園裡橫穿過去，結果這一抄就抄壞了事。

他在修身園的小道上被兩個男生攔住了，那倆人既沒穿校服也沒掛校牌，渾身散發著一股瘟雞氣質，一看就不像是附中的人，倒像是哪個犄角旮旯裡混的二流子。

其中一個平頭抓了抓頭皮說：「哎，你是叫盛望沒錯吧？知道我今天來是幹麼的麼？」

他可能想先唬一唬人，等盛望回個「不知道」，再一邊找事一邊告訴他。

誰知盛望不按套路出牌，點了點頭，淡定地說：「知道。」

平頭一愣，凶巴巴地問：「知道？哦，那你說給我聽聽，我是來幹麼的？」

盛望笑了一下，接著拉下臉上去就是一膝蓋，說：「你來討打的。」

平頭「嗷」一聲，捂著襠撲通跪下了。他當場沒了戰鬥力，在地上蜷成一團直抽抽。另一個人見狀罵了一聲「操」，拳頭帶風直朝盛望掄過來。

盛望心說，自己這考試運真是絕了，考一回打一回，虧他天天宣揚自己手無縛雞之力。

儘管開局先放倒了一個，盛望也沒能很快抽身。

他在修身園跟剩下那位耗了很久才終於擺脫，對方身上青了幾處，流了鼻血。

盛望校服上也沾了一堆泥，臉側被樹枝刮破了皮。

他最後給了對方一腳，脫下校服往明理樓狂奔，就這樣緊趕慢趕，還是遲到了十二分鐘。

「報告。」盛望進教室的時候，監考老師眼珠子都瞪直了，板著臉問：「月考還遲到？你幹麼去了？」

教室廣播裡的英語聽力已經放到了最後一部分，盛望抹了一下臉側，說：「看病去了。」

監考老師一愣，「啊？你什麼病？」

「腦子有病。」盛望說完，問道：「報告，我能回座位了麼？」

監考老師不知道是氣的還是驚的，張了嘴沒吭聲，盛望便自己進了門。

一早上的倒楣事弄得他窩了一肚子火，什麼乖也裝不下去。他把校服胡亂塞進桌肚，抓了枝筆開始看考卷。

聽力部分一共兩節，他一句也沒撈到，整整三頁聽力選擇題咧著空白的嘴衝他笑。二十道題一共二十分，他上次考試好不容易升了六十分，這下直接俯衝三分之一。

太特麼操蛋了。盛望在心裡罵著髒話，然後開始了魔幻之旅。

第一節對話都是單獨的，一段對話一道題，他暫時做不了，於是他直接翻到了第二頁，開始捋思路。

第二節每段對話會對應兩三道題，他抓著筆就開始在題目裡畫重複詞。兩到三題的題幹可以大致順出對話的內容，再加上出現頻率較高的詞，可以理出對話的著重點。在這個基礎上猜答案，準確率要高很多。

他用這種方式做完了後十五題，然後翻回第一頁，嘆了口氣開始蒙。

鈴聲響起，監考老師開始挨個收考卷，收到盛望的時候特地停了幾秒，可能是想看看這位遲到分子蒙成了什麼鬼樣。

「你倒不如全選C，至少能保證對幾題，這麼瞎寫一氣要是一分沒有，那不得哭死了。」監考老師抽走考卷，忍不住說了一句。

「老師您教英語？」盛望是個臉盲，其他班的老師一概不認識。

「不是，我教地理。」監考老師說。

「那您看見過這考卷的標準答案麼？」

「沒啊。」

盛望「哦」了一聲說：「那就好。」

監考老師：「……」

前桌的學生噗哧笑出聲，又在威壓之下繃住了臉。

監考老師沒好氣地瞪著盛望說：「不管你什麼原因，總之下次考試別再遲到了，對自己的努力負點責，別因為一點小毛小病白費了。」

「不會了，謝謝老師。」盛望說。

其他考場考卷很快收完，走廊上的人聲像開了閘的水傾瀉而出。高天揚週考進步也不小，竄了五十來名，從三班考場遷移到了一班末尾，和盛望僅一牆之隔，旁邊就是樓梯。

他早早竄出教室，等在樓梯口，結果江添都等到了，依然不見盛望的影子。

「人呢？」江添下了臺階，朝二班看過去。

高天揚攤手說：「不知道，他們班收個考卷慢死了，到現在門都沒開呢。」

話音剛落，二班教室門被推開，監考老師抱著整理好的試卷走了，一大波學生緊隨其後湧出來，交談和議論嗡嗡不絕，像炸了窩的鵝。

「我操，英語聽力都敢翹，二十分啊。」

「牛逼唄。」

「他上次週考英語是不是接近滿分啊？」

「好像是的，一一七還是一一八來著？」

「那這次完了，直降二十分。」

「也不一定，萬一蒙對幾個呢。」

「你沒聽監考老師吐槽啊，說他還不如全填C呢，估計是什麼AABCD這樣瞎寫的。人指不定以前沒蒙過英語題，缺乏經驗。」

「別嗶嗶了，他降個二十分也比我英語高，我要自閉了。」

高天揚「嘶」地一聲，拱了江添一下說：「哎，我怎麼越聽越不對勁啊。」

那群人聊得熱火朝天往樓梯口走，中間有一個人江添剛巧認識。

他拍了拍對方的肩，問：「誰直降二十分？」

「哎呦，我去，嚇我一跳。」那人摸著心口說：「江神你怎麼在這，揚哥！」他又跟高天揚打了聲招呼。

「我們等飯友呢。」高天揚問道：「你們剛剛在說誰？」

「就你們班那個週考直升一百多名的盛望啊。」那人拇指朝後指了指教室說：「這哥們兒考英語遲到，聽力整個錯過了。」

「遲到？」高天揚驚訝地叫道：「怎麼可能！添哥你們早上遲到了？」

「沒有。」江添說：「七點就到了。」

那個男生聽得一頭霧水。他不大能理解為什麼遲到的是盛望，高天揚卻要找江添確認。其他同學催促了一聲，男生匆匆打了聲招呼，跟幾個朋友一起先走了。

高天揚一臉難以置信，「這可是英語啊，盛哥這門優勢最大，他怎麼可能冒冒失失遲到呢！」

江添越過他看向二班。

學生走了大半，教室空蕩無人遮擋，從這個角度可以看見盛望小半側臉，他正把校服外套往書包裡塞，眉眼低垂看不出情緒。

江添按著高天揚的肩膀，把他往二班方向推了一下。

「幹麼？」高天揚挪了兩步。

「去問。」江添說。

「……」您嘴上長了雙面膠麼？高天揚想問問這位發小。

不過他最終還沒敢，老老實實進了教室。

「盛哥！」高天揚這人是個大喇叭，不知道壓嗓門。他這麼叫一聲，全教室啃乾糧的留守少年都抬起了頭。

盛望正試圖把校服髒的一面捲進裡面，免得沾到書包。見高天揚和江添一前一後進來了，便不再折騰，囫圇塞完了事，把拉鍊拉上了。

他正想說「走，吃飯去」，就聽高天揚用大太監宣旨的口氣說：「添哥委託我問你，你早上是碰著什麼事了麼？」

江添落後他幾步走進教室，正穿過幾張桌椅朝這裡走。一聽這話，他當即刹住了腳步盯住了高天揚的後腦杓。如果目光有實質，高天揚已經躺屍了。

盛望朝他看過去。

「你聽他扯。」江添毫不客氣地否認了。

又過了幾秒，他低頭捏了一下鼻尖，自暴自棄，「算了。」

這種反應放在他身上有點逗，盛望沒繃住笑了出來，攢了一上午的火氣瞬間消了。

「走了走了。」他把書包甩到肩後，推著他們往門口走，「我要餓死了。出去再說，我不想開新聞發布會。」

他們到得晚，食堂裡大部分學生已經坐著吃上了，一眼看過去，烏泱泱的人頭中夾雜著零星的空位，完整的四人空位幾乎沒有。

他們正張望著，有人衝他們招了一下手說：「老高——這兒呢！」

招手的是宋思銳，旁邊還有齊嘉豪和徐小嘴他們。他們五個人占了一張八人長桌，剛好還有三個位子空著。

高天揚經驗豐富地挑了個出菜最快的窗口排隊，沒多會兒就打到了飯菜。

盛望在空位上坐下，就聽見宋思銳問：「盛哥，聽說你早上沒聽著聽力，怎麼回事？」

高天揚「嗨」了一聲，擰開剛拿的冰可樂灌了幾口說：「我們剛剛也正要問他呢。所以究竟怎麼回事？」

「被人陰了一把。」盛望一路嚷著餓，打到飯菜卻不急著吃，而是一根一根地把胡蘿蔔絲從裡面挑出來。

「什麼意思？」高天揚排骨也不啃了，瞪著眼睛等他開口。

「有人跟我說，菁姐找我拿競賽練習卷，我就去了。」盛望把那一撮胡蘿蔔排到鐵盤角落，又開始挑青椒片，「結果走到修身園那兒就被人埋伏了。」

「操，誰埋伏的？」

「不認識，校外的，估計就是哪條街上遊手好閒的混子。」

「打架了？」徐小嘴問。

「不然呢，給我來拜年麼？」盛望說：「反正被他們拖了挺久的，再進教室聽力就廢了。」

齊嘉豪問：「你怎麼回來的？把他們給揍了？」

「沒。」盛望指著臉側的破口開始賣慘：「我哪裡打得過，你看這不是掛彩了麼，校服蹭了一堆泥，被我揣包裡了，我能回來全憑跑得快。」

「打住！」宋思銳道：「你又要說你手無縛雞之力了，你去問問上次那個翟濤答不答應。」

盛望說：「他不答應我也沒有縛雞之力，全靠書包。你看，今早沒帶書包就不行了。」

「說到翟濤那傻逼……」高天揚想了想說：「外校的混混跟你結過仇嗎？沒有吧，那他們幹麼上趕著來學校找你茬呢？沒道理啊是不是？所以肯定是翟濤那孫子幹的。」

其他人也覺得可能性很大，唯有徐小嘴插了一句：「我一會兒去找我爸，看能不能給你把聽力補上。」

「你爸會肯麼？」齊嘉豪有點不放心地說：「我覺得有點懸，要不我們都去？」

「別，我爸最煩人頭戰術。我去問問，萬一呢。」徐小嘴說。

盛望一愣。

平日裡小嘴見到他爸就像耗子見到貓，讓他去找他爸說事活像要了他的命，沒想到今天居然主動要幫忙。

「謝了啊。」盛望衝他開玩笑抱了個拳，說：「但還是別找你爸了。一來找他他肯定要問事情經過，那跑不了又扯到打架。我這還在敏感期呢，還是老實點比較好。二來修身園沒監控的，我要怎麼證明那倆人埋伏我？」

「也對啊，喜鵲橋，喜鵲橋，那裡要是有監控，小情侶們早飛了。」

徐小嘴躊躇片刻，最後還是妥協說：「好吧，那我先不跟我爸說，看看情況再定。」

眾人有點憋屈。他們很快陷入了對翟濤的激烈問候中，盛望在旁邊聽著直樂。

他正把最後一坨蒜末撥開，忽然聽見正對面的江添問了一句：「混混長什麼樣？」

他聲音不高，群情激奮的高天揚他們都沒注意，只有盛望能聽見。

「一個平頭、一個短黃毛。」盛望努力回憶了一會兒，只記得這兩個特徵了，「我臉盲，轉頭就不記得長相了。」

江添聽完想了想，說：「好。」

盛望撥菜的手一頓，狐疑地看向他，「你要幹麼？」

江添抬眸疑問道：「什麼幹麼？」

盛望想說「你不會要替我討回來吧」，但這話說出來容易顯得自作多情，他這麼好面子的人，當然不能給自己找尷尬。

況且理性來說，一個平頭、一個黃毛能算資訊嗎？世上平頭和黃毛多得是，憑這兩樣哪能找對人，而江添也沒有要多問的意思，應該真的只是順口一提。

「沒什麼，吃飯。」盛望說。

別人都吃完大半了，他才紆尊降貴地動了第一筷，由此可見，喜樂趙老闆還嘴下留情了。

原先盛望覺得食堂的飯菜還算湊合，但是自從吃過了丁老頭的飯，他對著大鐵盤就有點食難下嚥了。

空心菜裡蒜味太重，切西瓜片的刀之前肯定切過蔥，牛肉太老了，蹄筋嚼不動。大少爺吃頓飯工程量巨大，最後進肚的也沒幾口。

他們收了餐盤回明理樓，走過噴泉廣場的時候，江添指著操場方向說：「我去趟喜樂。」

盛望立刻抬起眼盯著他，高天揚問：「你這時候去喜樂幹麼？」

「買瓶冰水。」江添晃了一下手機說：「順便拿東西。」

盛望想起趙老闆給江添發過的微信，確實常會叫他去拿西瓜或是別的什麼，不過盛望從沒見他帶回去過，估計是拿進了丁老頭的門。

下午兩門考物理、化學，江添想丟分都難，自然也沒有抓緊抱佛腳的說法，於是眾人跟他揮手打了聲招呼，便各自上樓進了考場。

中午是學校最空曠的時刻，三號路上看不到一個人影。江添從修身園裡橫穿過去，一路上朝左右瞥掃了幾眼，然後繞過操場進了喜樂便利商店的大門。

門鈴叮咚一聲響，趙老闆摘下老花眼鏡從櫃檯後抬起頭，問：「你今天不是考試麼？中午跑這裡來幹麼？」

「買水。」江添徑直走到冰箱旁，拿了一瓶冰水。在櫃檯前結帳的時候，又順手從旁邊的便利架上拿了一盒創口貼。

「趙叔，店裡監視器還在用麼？」他問道。

「用啊，當然用，小本買賣還總遭賊，這誰受得了。」趙老闆說。

「門外那兩個呢？」江添拎著礦泉水瓶朝門口指了一下，「對著修身園，還有對著圍牆的。」

「用！賊都愛從那塊翻進來。」

江添說：「能把今天早上六到八點之間的監控調出來看一下麼？」

「啊？幹麼？」

「找人。」

〔Chapter 3〕

他那背影
就是大寫的囂張

下午的考試兩點開始，盛望到教室的時候才十二點剛出頭。他花了半小時過了一遍物理筆記，一看時間還早，便趴上桌準備補個覺。

在教室裡睡覺大多是淺眠，稍有一些動靜就能驚醒。

盛望感覺自己只打了個盹兒，就聽見耳邊傳來窗戶推拉的輕響。

他抓了抓頭髮，眯著眼從臂彎抬起頭，就見江添站在窗外，藍白校服擼到手肘，正午驕陽似火投在他背後，亮得晃眼。

盛望下意識轉頭看了一眼掛鐘，離兩點還有半個多小時，教室裡的人睡倒了一大片，沒睡的也在悶頭看筆記。

整棟明理樓都很安靜，獨屬於校園午休的那種安靜。

「嗯？」他還沒從睏意中脫離，沙啞的嗓音發出一聲懶懶的疑問。

江添瘦長的手指伸進來，把一盒創口貼擱在窗臺上。

「順手帶的。」他說完，拎著冰水穿過走廊，消失在了樓梯拐角處。

當天晚上，盛望從宋思銳和高天揚口中輾轉聽到了一個八卦，說趙曦的那家燒烤店揪住兩個尋釁滋事的小混混，被幾個人壓著就是一頓打，然後頂著青紫的臉被扭送進了派出所。

八卦還說，那兩個小混混今早翻進過附中，被喜樂便利商店的監視器拍到了。

高天揚的微信頭像是宇宙之光，暱稱叫「Boom」，大概是自封為萬物起源的意思。

據宋思銳解釋，此人最初暱稱是《宅男行不行》的原英文劇名《The Big Bang》，結果跟人撞名了，遂省了一半，就叫「Bang」，是個雙關語，表示他又炸又棒，結果被宋思銳一行人親暱地叫成「棒棒」，就氣得改了。

盛望也是隻孔雀，不大能接受別人在他眼皮子底下自吹自擂，於是把這位Boom同學備註為「樸實無華高天揚」。

此時，樸實無華高天揚給他發了一段語音。盛望一個沒注意點開了，手機驟然響起一段狂笑，盛明陽和江鷗同時朝他看過來。

——我靠。

他連忙捂住，把語音按掉轉成文字。

樸實無華高天揚：哈哈哈哈哈哈哈哈哈哈我看到照片了，曦哥發我了，你等等我發你。

下一秒，盛望就被醜照刷屏了。

照片裡兩個混混抱著腦袋蹲在當年燒烤店牆角，一副敢怒不敢言的慫樣。這照片估計是趙曦拍的，東西南北繞了一圈，三百六十度呈現了他們的慘相。

樸實無華高天揚：盛哥你看看臉，是埋伏你的那兩個小傻逼吧？

罐裝：臉我不認識

樸實無華高天揚：……

罐裝：看髮型是的

樸實無華高天揚：艸

樸實無華高天揚：你怎麼還大喘氣，我不管了，我今天就指著他倆笑了！

盛望其實特別爽，但他顧不上跟高天揚一起笑。

他在想，世界上哪有這麼巧的事，這兩個傻逼早上剛坑過他，晚上就遭了報應。他懷疑這跟江添有關，但他沒有證據。

「聊什麼呢？」盛明陽給他開了一罐飲料，「一會兒笑，一會兒嚴肅的。」

盛望自打進了附中就沒在家吃過晚飯，唯一一次還是初見江添那天，最後鬧得不歡而散，他還餓了一夜。

今天這頓，算是第一次真正意義上的共進晚餐。

他、盛明陽、江鷗都坐在桌邊了，就等江添。

下午考完化學，江添被一個陌生老師叫走了。據說那老師是學校管理處的，附中校網就是他帶著江添一起弄的，每次出點什麼問題，他就會把江添叫過去。

江添走前跟盛望打了聲招呼，說自己會晚一點回去，晚飯不用等他，但盛明陽很堅持——倆孩子第一次答應四個人同桌吃飯，怎麼能人不到齊就動筷子。

這段時間盛明陽一直都在出差，他其實並不清楚盛望和江添態度軟化的緣由，但這不妨礙他高興，並把亢奮掛在了臉上，具體表現為，他以前不會主動看盛望手機，今天說著話沒注意，把頭湊了過來。

盛望已經很久沒跟他這麼親近過了，一兩年或是三五年？記不大清了。

他小時候身體不大好，瘦瘦的沒幾兩肉。

盛明陽經常把他舉過頭頂，讓他騎在脖子上，衝盛望媽媽說：「咱們倆是不是抱錯了，你爸養的貓都比他重，萬一打起來，望仔不一定能贏牠。」

然後盛望就會去扯他耳朵，他總是假裝很疼，「哎呦」直叫。

他很忙也很粗心，帶著盛望玩鬧經常磕著碰著，但他每次出差回來，盛望都會拿著他的大拖鞋，貓一樣蹲在玄關那邊等他穿上進門。

這種親近一直持續到盛望十歲，那兩年他們有點相依為命的意思。盛望有時候夢到媽媽，半夜難受，會抱著被子去跟盛明陽擠一床。好像旁邊有個人，難受的感覺就會輕一點。

再後來……也許是到了青春期，也許是因為盛明陽更忙了，那種親近變得難以維繫。

盛望半夜依然會驚醒，但他抱著被子推開隔壁臥室的門，卻找不到人跟他擠了。

住的房子越換越大，他從樓上晃到樓下，喝水，吃東西，換著電視頻道，玩著遊戲，最後一個人窩在沙發裡睡過去。

時間久了，他就不需要跟誰親近了。

他開始頻繁地給自己劃地盤——樓上沒事別來，房門沒事別敲，瑣事雜事最好也別太干涉。他很少會發脾氣，因為那樣實在沒風度，但很多東西不發脾氣也能察覺到他的反感。

於是不知從何時開始，父子倆之間多了一段距離。有的人以為這叫「開明」，但盛望心裡很清楚，他和盛明陽之間叫「客氣」。

就像他只要抬一下眼，盛明陽就會從他手機螢幕上收回目光，笑著說：「哎對不起，爸爸太高興了，有點忘形，不是故意要看的。」

盛望沒有把手機鎖上，他跟高天揚的聊天介面就這麼攤在那裡，隨他爸看，但盛明陽卻沒再把頭伸過來。

「這是A班同學啊？」盛明陽隨口問道。

「嗯。」盛望頭也沒抬，拇指飛快地在聊天框裡打字。

高天揚漏出來的那段大笑足以說明他們關係很好，盛明陽一臉欣慰地衝江鷗說：「這小子這點挺牛的，去哪兒都適應得特別快，待幾天就能呼朋喚友。」

盛望手指頓了一下，不知想到了什麼，但很快他又繼續打起字來，敲了個發送。

罐裝：曦哥有說他倆怎麼被逮住的麼？

罐裝：這也太巧了，是不是有人幫忙？

樸實無華高天揚：我正跟曦哥聊著呢，他之前不知道這倆混混今早坑過你，我跟他說他還挺驚訝的，應該就是巧合。

說著他還發了一張聊天截圖來。截圖裡，趙曦一點兒沒有年長十來歲的樣子，連甩好幾張表情包以示震驚。

樸實無華高天揚：看見沒，這就叫天降正義

盛望拉了一下聊天紀錄，注意力突然被某個東西吸引過去。

他重新點開那兩個混混的照片，其中一張照片拍到了圍觀人的鞋，有近有遠，最遠的那個站在某張桌子後面，幾乎要到鏡頭之外，稍不留神都注意不到。

盛望乍眼一看覺得那鞋配色有點眼熟，他把照片拉大，終於可以確定不是眼熟，是真的見過，就在他家玄關的鞋櫃裡。

盛望二話不說，起身就往客廳走。

盛明陽哎了一聲，追問：「怎麼了，不吃飯了？」

「吃。」盛望頭也不回地拐去玄關，「拖鞋不舒服，我換一雙。」

鑑於他一貫很挑，盛明陽對他這突然換鞋的舉動並不詫異。

盛望拉開鞋櫃一看，果然，照片裡的那雙鞋今天不在，被某人穿走了。

他正盯著那欄空格走神，一門之隔的地方忽然響起了密碼的滴滴聲。盛望一愣，倏然回神。

手機震了一下，他低頭一看，高天揚還在那用「天」字組詞。

他抿了一下嘴唇匆忙打字。

樸實無華高天揚：老天有眼

樸實無華高天揚：天網恢恢

罐裝：不聊了先

樸實無華高天揚：噢，有事？

罐裝：嗯

罐裝：天進門了

樸實無華高天揚：？

江添沒料到有人站在玄關，進門差點撞盛望臉上。

「你站這裡幹麼？」他猛地剎住步子，皺眉問。

盛望張了張口，忽然回頭瞄了一眼。

盛明陽和江鷗正在聊天說笑。

餐廳離玄關遠，現在也才剛入夜，遠沒到夜深人靜的時候，他們沒聽見江添的開門聲。

盛望不知不覺壓低了嗓音：「那兩個小混混被抓住了，你聽說沒？」

江添舉了一下手機說：「高天揚一路在跟我即時播報。」

大喇叭果然名不虛傳。

「他也跟我報了。」盛望盯著他被門燈映成淺色的眼珠，說：「是你找的麼？」

江添半蹲下去換拖鞋，「什麼我找的？」

「那倆坑我的傻逼。」盛望說：「是你找的麼？」

江添抬了一下眼又垂回去繼續解鞋帶，「我哪來的時間。」

「你沒去燒烤店啊？」盛望又問。

「沒有。」江添說得很乾脆：「剛從機房出來。」

盛望「噢」了一聲，默默點開一張照片放大。他撐著膝蓋彎下腰，把手機螢幕遞到江添鼻尖下問：「趙曦給高天揚發了照片，高天揚又轉給我了，我就覺得這雙鞋挺酷的，你看看唄？」

江添抬眼一看，鞋帶就拆不下去了。

他撒開帶子，偏開頭極度無語地嘆了口氣，然後站直起來垂著眼皮看向盛望，大有一種「只要我不想開口世界都別想讓我說話」的意思。

盛望忽然很想笑。

他對江添的第一印象是Bking，後來的印象是冷冰冰的不愛說話，現在覺得他雖然酷，但真的有點好玩……

盛望憋著笑跟江添對峙幾秒，見他不說話，朝餐廳瞄了一眼，然後直起身，一把勾住江添的脖子把他拽到大門外。

「你再說，是不是你找的人？」出了門，盛望沒再那麼壓著聲音。

江添個子比他高一些，被這麼勾著只能躬身低頭。

他垂著眼，看見盛望指著他，彎起來的眸子裡全是笑。

「你先鬆手。」江添繃著臉。

「不可能的。」盛望膽子賊肥，就好像拿定了主意對方不會翻臉似的，「你交不交代？不交代咱倆就耗死在這裡。」

「……」江添一臉頭疼，半天硬邦邦地扔了一句：「喜樂那邊拍到了，剛好趙曦那個合開燒烤店的朋友認識的人多，我就順手發過去了。」

「我就知道。」盛望一臉了然。

江添愣了一下，他其實不大明白盛望為什麼能這麼篤定地「知道」，畢竟很多關係理應更親近的人，都很少會對他說「我就知道」。

「我該給你改個備註名的。」盛望終於放開了他，甩了甩手說：「做好事不留名，我得給你備註成『當代活雷鋒』。」

江添按著脖子活動了一下，冷冷地說：「你敢。」

「我什麼不敢，走了，進去吃飯。」盛望說著就掏出了手機，一邊往屋裡鑽一邊打起了字。江添跟在他後面，終於能好好把鞋換完。

手機忽然震了兩下，江添摸出來一看，就見微信多了兩條新消息，都來自於前面那個正往餐廳走的人。

罐裝：謝謝啊。

罐裝：看到那倆被揍特別爽，真的。

江添想了想回道：教學樓走廊的監控也可以調，查一查就能知道是不是翟濤搞的鬼。

但這事還沒辦完，結果也沒出，早早跟人說了好像有點邀功的意思。江添掃了一眼整句話，覺得有點幼稚，便按著刪除鍵清空了輸入框。

儘管這天的微信對話停留在盛望這裡，江添一如既往惜字如金，但盛望還是感覺到了變化。

他似乎可以透過江添那張冷臉看明白一些東西了。就好像打遊戲的時候在草叢裡插了幾個眼，忽然打開了江添視角。

附中學生對月考的感情十分複雜，因為考試過程痛不欲生，但只要熬過去，他們就能擁有兩天月假。

自從加了高天揚和宋思銳，盛望的微信首頁就多了一堆群，什麼「明理大亂燉」附中高二大群、地表最A（沒老師）、高二A班大家庭（老師好），還有各種三四五六人的小團體。

月假一放，有老師的微信群依然死在消息欄最底下，沒老師的群都炸了鍋，隨時點進去都是消息999+。

盛望每個都開了免打擾，但架不住有人接連@他。

聊得最凶的是大亂燉群，裡面哪個班的鳥都有，什麼話題都能接。高天揚作為A班交際花，在裡面尤為活躍，宋思銳、齊嘉豪和小辣椒也不遑多讓。

盛望差點以為高天揚在大群裡把小混混的事廣而告之了，點進去才發現他們在聊月假。

兩個帶著九班首碼的同學，在抱怨老師安排的作業根本不是兩天能做完的，其他班紛紛附和，唯有高天揚跳出來拉仇恨說：「老何他們這次放了我們一條生路，居然沒安排作業。」

引來萬民唾罵。

然後齊嘉豪就蹦出來說了：羨慕。

七班—薛茜：你不A班的麼，你羨慕啥啊？

A班—齊嘉豪：我休不了兩天，只能休一天半。

A班—高天揚：他們幾個禮拜二下午要參加英語競賽。

九班—陳迪：靠，學霸的煩惱。

A班—齊嘉豪：好不容易等來的月假，就這麼少了半天。

盛望滑到這裡沒忍住，有點想笑。

他們班課代表字裡行間都透著一股「快來吹我」的氣質，說到最後一句話，大群直接冷場好一會兒。下一個人冒泡的時候，消息都顯示了時間。

七班—薛茜：@Boom，還有哪幾個要比賽啊？

A班—高天揚：@罐裝@。@七彩錦鯉，我們班有四個人，除了老齊還有盛哥、添哥和班長小鯉魚要參賽。

A班—齊嘉豪：那天菁姐給我看過參賽名單，還有B班賀舒和九班馬詩。

七班—薛茜：盛望、江添都去？

A班—齊嘉豪：（汗）

七班—薛茜：突然後悔沒好好學英語。

七班—宮馨月：突然後悔沒好好學英語。

八班—李玨：突然後悔沒好好學英語。

整個大群刷屏一樣排了一百來個。

高天揚看不下去了，衝出來先複製了同樣的話，然後再次標記盛望和江添，表示「如果好好學英語，說不定也有這麼多妹子為我排隊」。

他這一開頭，又引起男生們一波刷屏，於是盛望被標記了大幾十遍。彼時他正窩在江添房間裡刷菁姐的競賽卷，兩人的手機同時在震。

他大致掃完聊天紀錄，甩了甩被震麻的手說：「你們附中哪招的這麼多複讀機。」

「不知道。」江添朝螢幕掃了一眼，不打算搭理那群人。

盛望原本也不想冒泡，結果齊嘉豪突然標記了他、江添和班長李譽問：對了，後天你們打算怎麼走？

英語競賽每年比賽地點都不同，去年剛好抽到了附中，今年卻不在了，而是安排在二中。那學校距離市區十萬八千里，背靠一片蘆葦蕩，以荒涼聞名。

這次，班長小鯉魚終於說話了。

A班—李譽：我都可以，要一起過去嗎？

說完也標記了盛望和江添。

鯉魚人挺好的，盛望不好意思讓她冷場，便不再裝死，拱了拱江添問道：「班長在問後天怎麼去二中。」

「我上午去梧桐外有點事，吃完飯直接在那邊坐地鐵。」江添說。

盛望原本想叫小陳叔叔送一下他倆，聽見江添這話後，他忽然改了主意。

「那個站名叫什麼來著？」盛望點開地圖。

江添目光輕輕一動，他從考卷上抬起頭，掃過盛望的手機螢幕問：「問這個幹麼？」

「找你一起走啊，不行麼？」盛望說。

他拇指按在鍵盤上，等著對方報站名。

江添微怔了一瞬，說：「就叫梧桐外。」

盛望很快在地圖上定好點，再抬眼發現江添的目光還落在他身上。

「看什麼呢？」盛望衝他打了個響指。

江添視線重新落回到試卷上，轉了兩圈筆又抬眼問道：「你坐沒坐過地鐵？」

盛望：「……」看不起誰呢？

他抬起腳瞄準了江添說：「給你個機會，再說一遍。」

江添用筆指了指他的手機，「先回你的消息。」

「哦對，差點被你氣忘了。」

盛望撈過手機，標記李譽說：我坐地鐵。

A班—李譽：哦哦好的。

A班—齊嘉豪：@。添哥你呢？要學校集合一波一起去麼？

「人家問你呢。」盛望握著手機說。

江添滿臉寫著不想說話，「幫我回了吧。」

「行。」

於是，齊嘉豪標記江添後不到五秒。

A班—盛望叮地冒泡：他也坐地鐵。

回完，盛望扔了手機繼續刷題，並不知道千人大群在他說話之後沉寂好半天，接著一群女生齊齊刷起了問號。

月假期間題目並沒有少做，唯一的好處是可以睡到自然醒，不過江添並沒有起得太晚，畢竟長久以來形成的生理時鐘不可能一兩天就打破。

他六點不到醒了一次，隱約聽見隔壁衛生間裡有洗漱的聲音，玻璃杯磕在流理臺上，電動牙刷嗡嗡輕響。

隔壁那位平時多賴十分鐘都是好的，假期會這麼早起床？不可能的，肯定是記錯日子了。江添在睏倦中懶懶地猜測。

他眼也沒睜，搭在後腦杓的手指攥了一下頭髮又鬆開，像是伸了個局部的懶腰。接著果然聽見一陣兵荒馬亂，盛望關掉水龍頭，隱約罵了句「靠」。

床上側蜷的男生喉結輕滑了一下，嗓子底發出一聲含混的低響，很難判斷是在笑還是在嘲。

很快，隔壁的杯子噹啷一聲響，承載著主人的鬱悶和不滿。半死不活的拖鞋聲從衛生間延伸回床邊。他應該是倒回去睡回籠覺了，之後便再無動靜。

江添其實一直沒有睡回籠覺的習慣。他早上不論幾點醒，都會在幾分鐘內睜眼下床，儘管洗漱、換衣服的時候滿臉霜雪欲來，動作卻總是很乾脆。

但今天，他破天荒又睡著了一次。

當他再度醒來的時候，太陽已經很高了，光線穿過窗簾的縫隙直射進來，亮得晃眼。手機螢幕上的數字顯示為八點三十六，比正常起床晚了近三個小時。

這是他這幾年裡難得的一場懶覺。

隔壁一片安靜，顯然還沒從回籠覺裡出來。

江添簡單洗漱了一番，收了考卷拎著書包下樓。

相較於樓上而言，樓下正處於一種無聲的熱鬧中。

早飯早就備好了，孫阿姨正在打掃客廳。江鷗不習慣站著看人幹活，便不遠不近地跟在孫阿姨身後，有時是收拾一下茶几上的遙控器，有時是撿起花瓶旁掉落的枯葉，而盛明陽則站在一樓的玻璃門外接電話。

江添在樓梯上停了步。他把書包往上拉了拉，垂眼默然地看著這個畫面。

有點諷刺，他居然從裡面看出了幾分平常人家的安逸和溫馨，這是他過去十多年裡從未見過的場景。

就好像那三人之外有一道畫框，他走進去，畫就該壞了。

江鷗最先看到他，衝他招了招手說：「下來吃飯，今天蒸了一小屜水晶燒賣。」

「不吃了。」江添匆匆下了樓說：「學校有事，要遲到了。」

「有事也不能餓著肚子。」江鷗拗不過他，便扯了一截食品袋，從熱著的籠屜裡夾了四個燒賣包好，放進江添書包裡，「還有四個留給小望。」

江添聞言朝樓上看了一眼，他忽然意識到，剛剛身處畫外的也不僅僅是他一個人。

學校當然沒有什麼事。

江添走過附中北門，鑽進校外那片住宅區裡。他先去六棟找了趙曦，問了那兩個混混的進展，被趙曦順走兩顆燒賣。

接著繞到了西門的梧桐外，走進了丁老頭的院子。

人一旦上了年紀，娛樂活動便少了很多。丁老頭不喜歡坐在社區花壇邊跟人嘮家長裡短，唯一的樂趣就是看電視，軍事、農業、新聞，看了幾十年永遠是這老三樣。

昨晚他的寶貝電視忽然壞了，怎麼也打不開，老頭頓覺天都塌了，抱著老人機笨拙地給江添打了個電話。

江添答應他今早來修。

用高天揚的話來說，老頭子心眼賊小，脾氣賊大，防備心特別重，他看全世界誰都不靠譜，只有江添懂事穩重。

「吃早飯沒？」江添把書包放下。

「吃個屁，哪有心思做早飯。」丁老頭一臉哀怨地看著電視機。

江添把剩下倆燒賣遞給他，「你給啞巴一個。」

老頭乖乖去跟對門平分，又很快咬著燒賣回來。他看著江添從床底拖出工具箱，問：「這電視怎麼還能看著看著就壞了呢！會修嗎？」

江添心說，你問我，我問誰。

他並沒有修過電視機，只是接到丁老頭急得團團轉的電話，他實在說不出「不會」兩個字。

老頭子一輩子孤寡，唯獨跟他有緣，幾乎當成了親孫子，所以他必須會，不會也得會。於是他昨天睡覺前查了一晚上電視機維修手冊，總結了好幾套辦法，等著今天來嘗試。偏偏他也說不出好聽話，老頭問修不修得好，他回了一句「看命」，被老頭拍了一巴掌。

好在努力沒被辜負，江添運氣還不錯，折騰了半個小時，電視機通電後忽閃了一下，終於重新有了畫面。

丁老頭嘴都笑豁了，直說：「哎，還是我們小添厲害！什麼都會！」

電視機活了，老頭也有了做飯的動力，從十點忙到十一點半，弄了五菜一湯犒勞功臣。

功臣掃了一眼菜色，青椒是切絲的，馬鈴薯燉得又軟爛又入味，肉也是排骨居多，肥瘦剛好，還有脆骨。

他吃了兩口，忽然沒頭沒尾地起了個話題：「我十二點十分要走。」

「這麼趕啊？」老頭一釣就上鉤，順著話問道。

江添說：「下午比賽，跟人約了在這邊坐地鐵。」

「噢——」丁老頭還挺新奇，畢竟很少見他跟人結伴，除了高天揚那個搗鳥偷蛋的熊玩意兒。

老頭問說：「跟誰啊？」

「上次來蹭飯的。」

丁老頭沒好氣地說：「哦，小望啊！那怎麼叫蹭飯，小孩乖乖巧巧的，多招人喜歡。他後來怎麼也不來啊，嫌我做的飯不好吃麼？」

「沒有。」江添說：「他嫌食堂做得比你難吃。」

「怎麼叫比我難吃。」丁老頭不滿地說：「這麼說，他覺得我做飯好吃啦？」

老人家就是不禁誇，你誇他做飯香，他恨不得請全世界人吃飯。果不其然，丁老頭說：「那你幹麼不帶他來？」

江添納悶地說：「你沒讓帶。」

丁老頭「嘖」了一聲，又給了他一巴掌說：「什麼國宴貴賓啊，還要我請？我不叫你就不帶啦？你在學校都這麼交朋友啊？想當初我們那時候……」

「算了，不說了。老人家叨叨你們不愛聽。」丁老頭撇了撇嘴說：「你跟他說，食堂不好吃來我這裡，能點菜，還管飽！」

江添垂眼嚥下飯菜，掏出手機說：「你再說一遍。」

他點開盛望的微信，切換成語音模式，按下按鍵靠近丁老頭嘴邊，等他開口。

「你幹麼還要讓我再說一遍？」丁老頭不按常理出牌，問了一句。

「……」江添下意識手一鬆，錄好的語音咻地發出去了。好，整段垮掉。

這時候丁老頭又反應過來了，直接抓著江添的手機擺弄了一下，笨拙地按著那個按鍵大聲說：「那個小望啊，別吃食堂了，以後午飯都來我這裡，想吃什麼儘管說，爺爺都給你做！」說完一撒手，第二條語音又咻地發出去了。

江添撤都撤不回，兀自站在桌邊放冷氣。他覺得自己上輩子可能做了不少孽，這輩子才招了這麼一群專門拆臺的妖怪。

沒過幾秒，盛望回消息了。

罐裝：你讓丁爺爺管我午飯的？

江添：「……」算了，愛誰誰吧。

月假期間，附中難得冷清。

李譽站在篤行樓下等人，齊嘉豪拿著手機從外面進來說：「菁姐馬上到。」

B班賀舒和九班馬詩忐忑點頭，說：「你還有楊老師電話啊？」

「嗯，那肯定。有時候她會找我幫她改考卷、謄分數什麼的，有電話方便。」齊嘉豪笑著說。

江添和盛望選擇了單飛，但他們幾個還是來學校集合了一下，因為齊嘉豪說他聯繫了楊菁，給他們做一下賽前輔導。

不一會兒，楊菁拎著一個塑膠袋來了。她敞開袋口說：「路過便利商店，給你們買了點飲料，一人拿一罐。」

課後的楊菁氣場依然很強，大家受寵若驚，誠惶誠恐地領了賞，小雞仔一樣跟在她身後。

「老師妳今天怎麼在篤行樓啊？」只有齊嘉豪膽子大些，甚至敢主動跟她聊天。

「改考卷啊。」楊菁下巴朝樓梯一抬，「這次月考考卷是四校聯出的，交叉閱卷，這兩天關在這裡改一中考卷呢。」

說話間，政教處徐大嘴進了樓，楊菁朝他瞄了一眼，故意提高了音調說：「你們還挺上心的，競賽前知道來找我聊聊，不像某些領導，功利得很，就知道弄數理化，我們英語不是主課哦？競賽都跟應付似的。」

像這種準備一週就比賽的事，是不可能發生在數理化競賽上的，附中A班向來全員備考、全員參賽，忙得熱火朝天。

相比之下，英語、作文、生物、電腦比賽就冷清得多。

功利的領導平白遭了一頓搶白，訕訕地說：「哎，性價比。學生精力有限，要考慮性價比嘛。數理化只要拿到省級三等獎以上，就能撈到提前招生的入場券，英語呢？」

楊菁哼了一聲，不服，「我們全省前四十也行。」

「妳數數這幾年有幾個前四十。」

市內幾所平級省重點各有優勢，附中強在數學、物理，至於英語……每年競賽前排基本都被一中包了，別的學校根本伸不了筷子。

「你們不重視，怪誰？」楊菁說。

「好好好。」徐大嘴高舉雙手投降，然後彎腰比了個請，「改卷去吧，小楊同志。」

楊菁帶著四個學生蹬蹬上了樓，進了閱卷辦公室，各年級的英語老師稀稀拉拉坐在桌後，每人手邊都有幾卷封了名字的試卷。

齊嘉豪探頭探腦，想瞄一眼改卷情況。

「別看了。」楊菁把他們帶到角落，遠離閱卷桌，「又不是你們的考卷，看了也沒用。」

「老師，我們的考卷誰改啊？」李譽問。

「南高吧。」楊菁幸災樂禍地說：「他們改卷手重，扣分狠，你們慘了。」

「……」李譽心說還不如不問，問完心態就崩了。

旁邊一位男老師插話說：「他狠，我們也狠啊，我們狠了，一中也不會鬆，一個坑一個嘛，大家一起哭。」

不知道這幫老師什麼心理，反正四個學生臉已經聽綠了。

「反正這次英語分都高不了，考卷難，改得嚴。」楊菁轉頭衝他說：「我昨天跟南高那個楊子文通電話了，他說這次英語上一百分的都很少，一百一十以上的好像就兩三個，據說有一個看作文英語底子非常好，但選擇崩了，名字封著，也不知道誰。」

那個男老師乾笑一聲說：「你們班那個盛望吧，他聽力都錯過了。」

楊菁嘆了一聲氣，「說到這個我就來氣，兔崽子怎麼想的。」

「對了，兔崽子人呢？」她質問齊嘉豪：「他怎麼沒來啊？怕我罵啊？」

齊嘉豪冷不丁被問，驚了一跳，乾巴巴地說：「我們昨天喊他了，他說他不來。」

楊菁瞪起了眼睛，「那小子飄了是吧？」

李譽瞥了齊嘉豪一眼，連忙解釋道：「老師，昨天我們沒說要來找您。盛望不知道，他說自己坐地鐵過去，江添也是。」

「噢，行吧。」楊菁像個老佛爺，「那你們下午見到他記得帶話，就說明天公布月考成績，讓他老實點，我隨時要找他面談。」眾人不敢抗命，乖乖點頭。

「考完再帶啊，免得影響競賽心情。」楊菁說。

說是賽前輔導，其實並不是講題目，而是跟他們說一下注意事項。楊菁看著強勢霸道，其實每個學生的優缺點都注意到。她讓李譽別緊張，注意時間，讓齊嘉豪放平心態，別鑽牛角尖，該放棄的題目就放棄。

十二點左右，四人離開篤行樓往最近的梧桐外地鐵站走。

他們走出西門，穿過住宅區的時候，李譽忽然「唉」地叫了一聲：「那不是江添嗎？」

「哪兒？」

他們循聲望去，就見街對面的地鐵口旁站著一位高個男生，穿著最簡單的白色T恤，不斷吸引著路人的目光。

他單手拽著書包帶低頭玩手機，對那些關注置若罔聞。

「他不是坐地鐵嗎？」賀舒問了個傻問題。

「對啊。」李譽指著旁邊的牌子，「這不是地鐵麼。」

「……」

「行吧，鬧了半天他也從這兒走啊？那幹麼不跟我們一塊兒呢。」

馬詩也是會對江添臉紅的女生之一，她瞄著對面說：「妳什麼時候見他跟人搭過伴啊？」

齊嘉豪說：「男生嘛，哪跟妳們似的，上個廁所還得找人一路同行。」

這話剛說完就被啪啪打了臉——就見另一個熟悉的身影從街角拐過來。

他也穿著寬大的短袖衫，斜背著一個運動包，帶著字母LOGO的黑色包帶從左肩橫到右側腰胯，清爽帥氣。

「盛望欸！」馬詩又驚喜地叫了一聲，轉頭悄悄對李譽說：「這次拿不拿獎都值了，簡直是顏狗的盛宴。」

他們在這頭等紅燈，看著盛望穿過人流走到江添身後。

他伸手在江添左耳邊打了個響指，然後迅速讓到右邊。誰知江添根本不按套路出牌，直接朝右轉，逮他個正著。

看口型，盛望說了一句「靠」。

江添把手機放進口袋，兩人說了幾句話便朝地鐵口裡走。人行道的交通燈跳成了綠色，齊嘉豪帶著其他三人匆匆追過去。

盛望過安檢的時候聽到有人叫他名字，他意外地轉過頭，看到了奔過來的同學。

「誒？你們也在？」

「對，我們從學校那邊過來，剛好看到你倆在這兒。」齊嘉豪說。

「你們還真在學校集合啊？」盛望覺得他跟導遊似的，有點好笑。

「菁姐喊我們做賽前輔導。」齊嘉豪說：「還問你來著，說你是不是躲她。」

「我躲她幹麼？」盛望納悶地問。

齊嘉豪乾笑一聲，「那個……」

盛望這才想起來月考的不愉快，他輕輕「啊」了一聲說：「差點忘了我考砸了。」

江添在旁邊蹙了一下眉。他大概是真不喜歡人多，或者單純不大想聊天，又掏出手機低頭刷了起來。

結果齊嘉豪又說：「菁姐讓你別想月考了，先把競賽搞好，明天她應該會找你聊聊。」

「啊？」盛望面露疑問。

李譽急忙道：「考完再跟他說啊！」

「哦哦哦，對不起。」齊嘉豪說：「不說這個了，先比賽。」

安檢輸送帶緩緩滑出來，江添彎腰拎了包對盛望說：「走了。」說完便逕自往前走，表情像是剛吃了一噸鹽，是個人都能感覺他不是很爽。

盛望一愣，發現自己包被他拿走了，也不管其他人了，連忙追過去。他跑了幾步跟江添並肩，從他手裡接過包挎到背後，低聲咕噥說：「有個問題我想很久了。」

江添的表情還沒從凍人中脫出來，他抬了一下眼，有點懶懶的。

「課代表在附中這麼久，真沒被誰打過麼？」他納悶得很認真，就更顯得嘲諷了。

江添表情終於開始解凍，朝後面不鹹不淡地掃了一眼說：「再這麼下去，快了。」

盛望笑了兩聲，又正色說：「不行，好學生不能背後說壞話。」

江添白了他一眼，加大了步子。盛望不能輸，跟著加大。兩人仗著腿長，沒一會兒就到地方。剛巧一輛地鐵敞著門在等，他們一腳跨了進去。

月假中的梧桐外乘客不算太多，盛望和江添在空位裡坐下。

他衝江添眨了一下眼，略帶狡黠地晃了晃手機，然後在江添眼皮子底下打開李譽拉的六人競賽小群，不緊不慢地輸了一句話。

罐裝：你們人呢，都進車廂了吧？

然後一本正經標記了齊嘉豪。

「幼稚。」江添毫不客氣地評價道，轉頭就翹了一下嘴角。

齊嘉豪他們幾人剛從手扶梯下來，正準備衝，就聽車門滴滴兩聲當著他們的面關上了，然後呼嘯而過。

齊嘉豪：「……」

他有點不大高興，在群裡回覆道：你們走太快了，沒跟上，我們等下一班吧。

過了差不多三十分鐘吧，直到他們離二中地鐵口還有一站的時候，群裡又嗡了一條新消息。

罐裝：地鐵裡信號不好，剛看到。

罐裝：我們已經出站了，在考場等你們。

他這兩句發得很快，讓人來不及插話。

李譽她們幾個也不大高興，衝齊嘉豪抱怨：「就讓你別在考前說吧！看，弄得多尷尬。」

「……」齊嘉豪在心裡刻了個「操」字。

他以為盛望會是那種沒脾氣的老好人，或者不管碰到什麼都會保持表面和諧。沒想到他有辦法讓所有人知道你讓他不大爽，你還找不到缺口懟他。

英語競賽一共兩個半小時，也是做題，除了難度大一點、陷阱多一點，對盛望來說跟月考並沒有區別。

他考試心態向來很好，考前努力了，結果看緣。緣緊不緊張不知道，反正他不緊張。英語越難，題量越大，他的速度優勢就越明顯。

離考試結束還有十五分鐘，他放下了筆。這種考試他從來不糾結答案，經驗告訴他，只要糾結的題目，第一感覺正確率最高。

他所謂的檢查就是掃一眼考卷，沒有低級錯誤、沒有漏題就行了。然後……他在眾目睽睽之下提前交卷出去了，趴在走廊欄杆上玩著手機等人。

在考場其他人眼裡，他那背影就是大寫的「囂張」。

監考老師忍了一會兒，終於沒忍住，探頭出去小聲說：「同學。」

「嗯？」盛望轉頭禮貌地說：「老師什麼事？」

「別在這裡等人，他們還有一會兒呢，這裡不讓久待。」監考老師說。

盛望說：「呃，其實也不用很久。」他說著朝講臺方向看了一眼，監考老師滿臉疑惑，順著他的目光回頭看去……看到了又一個提前交卷的。

盛望當然不知道這老師在吐槽什麼。他等江添拎包出來，兩人一起走了。

行吧，服。監考老師心說：十五分鐘都坐不住，我看你們考出個什麼鬼！

在其他考生來看，那就是活脫脫的「揚長而去」！

第二天，「揚長而去」的兩人雙雙被楊菁拖去了辦公室面談。

別人的談是雙方交流，楊女士的談是單方面噴他們。

「能耐了，競賽場上耍帥是吧？」楊菁哐哐敲著桌子，「我是不是叮囑過盡量不要提前交卷，盡量沉穩一點，是不是說過，啊？」

江添動了動嘴唇：「盡量了。」

楊菁：「……」

盛望第一次見識他跟老師談話……真他媽會談啊，一句就把老師氣崩了。

江添很傲，盛望第一次見他就能感覺到。其實大多數老師對他這種學霸的容忍度很高，看到成績能笑一天，但這不妨礙其他時候他們想抽他。

盛望連忙挽救，低下頭說：「我們錯了。」

楊菁：「……」她更氣了。

正巧這時候，何進拿著月考考卷進辦公室說：「來來來，新鮮出爐的考卷，大家領一下，回頭評講去。」

楊菁虎著臉把英語考卷接過來，一邊嘩嘩翻，一邊說：「來，我倒要看看兩個熊人月考多少分。尤其是你！盛望！我跟你說，我還沒找你呢，你……」話沒說完，她翻到了考卷。

江添一百一十五，盛望擦邊一百一十，聽力錯了七道，作文扣了三分，其中一分還是因為字醜。除此以外，A班再找不到一百一十開頭的考卷了。

至於南高楊子文說的那個考崩的學生，很不巧，是英語課代表本人。他不知為什麼，考試完全不在狀態，選擇扣了二十多分，最後只拿了九十二。

楊菁扠腰看著考卷，不知先笑還是先氣，她僵在一個母夜叉的狀態好半天，自己先漏了氣。她看了眼不卑不亢的江添和假裝認錯的盛望，揮手說：「滾滾滾，等競賽成績出來再跟你們算帳！快滾！」

「嗻。」盛望笑著說完，推著江添就跑了。

「等等！」楊菁又叫住他們。

盛望人都出去了，又把腦袋伸進來，「您說。」

楊菁看他賣乖就胃痛，她憋了一下才板住臉說：「讓齊嘉豪過來一下。」

齊嘉豪久久未歸，直到大課間快結束也沒見蹤影。

李譽開完班長例會，拿著本子和筆回到教室，高天揚眼觀六路耳聽八方，坐在位置上就叫道：

「小鯉魚，開會說什麼了？有好事麼？」

「你怎麼什麼事都這麼操心？」宋思銳就坐在李譽旁邊，他自己伸著脖子看鯉魚的紀錄本，嘴上還要懟高天揚。

李譽是個好脾氣，居然真把本子上的東西報給高天揚聽：「就說了一下住宿的事、正式開學晚自習時間調整的事，還有咱們班課程安排有點變化，這個回頭何老師應該會說。另外，市三好名單要準備往上報了。」

宋思銳衝高天揚說：「反正都沒你什麼事。」

「有啊！怎麼沒有。」高天揚大拇指往盛望、江添的方向一翹說：「市三好名單，我們三個人起碼占了倆，我負責與有榮焉。」

宋思銳難以置信地說：「世上怎麼會有你這麼不要臉的人？」

高天揚正要回擊，就感覺自己大拇指被人按回去了。

按他的是盛望。

「收一收，不要亂指。」盛望說：「我這前途未卜呢。」

「怎麼可能。」高天揚不明就裡，「你不要謙虛，雖然這次英語分數可能比較抱歉，但是週考加月考你肯定是進步最快的，毋庸置疑啊！」

盛望這才意識到，徐大嘴給他開的進步五十名的條件，他沒跟別人提過。他正想解釋一下，順便說一聲自己英語分數也沒那麼抱歉，李譽就拿著兩張紙來了。

「你之前不是問過住宿的事麼？」她把其中一張紙擱在盛望桌上，「喏，這個是申請表，填一下學生資訊就行。」

「謝了啊。」盛望衝她笑笑，低頭看起了表格。他手裡習慣性地轉著筆，就好像隨時準備要填寫似的。

剛轉兩下，江添低沉的聲音從耳後傳來：「你要住宿？」

盛望忽然有點心虛。「嗯？」他下意識否認了一句：「不是，我就上次順口問了班長一句。」說完他轉頭看向江添。

就像上次半夜躲盛明陽一樣，他並不知道自己有什麼可虛的，但就是很想知道江添的反應。江添的目光落在他手指上，盛望跟著瞄了一眼，發現自己手上還抓著筆。

他默然兩秒，啪地把筆扔了。

李譽在桌邊杵著，感覺這氛圍有點微妙。第六感告訴她，現在不宜跟盛望繼續聊這件事，於是她用手裡剩餘的那張紙掩著半張臉，默默挪了一桌，走到江添旁邊，把紙小心翼翼地放在他桌上。

江添和盛望同時看向她。

李譽又有點後悔，但職責所在，她也不能扭頭就跑，於是她衝第二張表格比了個手勢結結巴巴地說：「那個……江添，你之前也跟我說過，這個是表格，你，呃，你們兩個看著填了吧，週五交給我就行。」

盛望的視線移到江添臉上。

江添沒抬眸，他垂著的眼皮很薄，眼尾壓出長而好看的弧度，看桌面看得特別認真。

李譽感覺自己好像搞了件大事，小跑著溜走了。

局外人一走，氛圍頓時更微妙了。

過了好半晌，盛望朝江添手裡一瞥說：「你要填表格麼？」

江添當即把筆放下了。他這動作幾乎是條件反射性的，跟之前盛望的反應如出一轍。

盛望突然覺得有點好笑。他抿緊嘴唇表情嚴肅地繃了一會兒，最終還是沒繃住，扶著椅背就開始悶笑。

「別笑了。」江添曲著食指敲了一下他的手背。

盛望抬起彎彎的笑眼，看見江添徘徊在笑與不笑的邊緣，於是他更停不下來了。

「你差不多行了。」江添壓低嗓子，在說到最後兩個字的時候終於自暴自棄，跟著笑起來。

高天揚一臉懵逼，也不知道後座兩個人怎麼突然就笑崩了。

「臥槽，你倆幹麼呢？怎麼也不帶個我？」他第一次看見江添偏著頭笑得停不下來，有點新奇，更多的是驚疑不定。

江添咳了一聲，轉回來時已經正了神色，只有眼尾還餘留一絲笑意。「跟你沒關係。」他說。

高天揚一臉委屈地坐了回去，感嘆時光飛逝物是人非，十幾年的發小交情說變就變了。

他哀怨得太明顯，盛望莫名有種搶了他兄弟的愧疚感，儘管這愧疚狗屁不通，他還是解釋道：「真的沒什麼，挺尷尬的事。」

「尷尬？」高天揚忍不住說：「尷尬的事笑成這樣，你們有毒吧。」

「是是是，劇毒。」盛望打發了他，又轉回頭。

江添掃過桌上未收的表格說，忽然問他：「為什麼想住宿？」

「問班長這事的時候，我跟你還不大對盤。」盛望半開玩笑地說：「這不是怕你看我不爽，偷偷搞夜襲嘛。誰能想到……」這才過了多久，江添居然成了他在附中關係最好的人。

也不對，用「關係好」形容其實不大準確。

高天揚跟他說話更多，玩笑更多，鬧起來肆無忌憚，更接近於傳統意義上的關係好，但那是在學校裡。

在其他更為私人的地方，在試卷和專題之外的生活中，同學和老師統統不存在，但江添在。

如果非要加個定義，那就只有「特別」了。江添是他在附中認識的，最特別的一個人。

「那你還打算申請麼？」

盛望倏然回神，愣了一下說：「不了吧，沒想到新的申請理由。」

他笑著說話的樣子清爽乾淨，眉眼間是飛揚的少年氣，像鳥雀跳躍在夏日林梢，總能讓人跟著變得明亮和煦起來。

江添聽著，片刻後點了點頭。

「你呢？」盛望問，「你也是很早以前問的班長？」

「嗯。」江添應了一聲。

「那還打算申請麼？」盛望又問。

這次江添沒有立刻回答，他垂眸看著表格，桌上那枝黑色原子筆不知何時回到了指間，他食指挑了一下，原子筆倏忽轉了個圈。

過了好半天，他說：「之後應該還是要填的。」

教室裡不知誰開了半扇玻璃窗，風帶著殘餘暑氣溜進來，熾烈悶熱。盛望忽然覺得有點渴，他低頭從桌肚裡掏出一罐可樂，掰開拉環喝了一口。

早上買的時候，可樂罐外還結了一層白霜。兩節課過去，霜已經化成了水，在桌肚裡弄濕了一大片。冰飲已經不冰了，喝起來既不爽快也不解渴，只有甜膩。

盛望抓著鋁罐沉默片刻，「哦」了一聲。

齊嘉豪直到上課鈴響才垂著頭回來，那之後整整一個上午都沒跟人說過話。高天揚他們都挺納

悶的，議論紛紛，老齊老齊地叫了半天也沒能把人逗樂。

下午發了英語卷，他們才知道齊嘉豪垂頭喪氣的原因。A班著名的英語三巨頭，就他崩得最為慘烈，慘到其他人連安慰都不知道從哪入手。

「這跟我準備的方向不一樣。」高天揚對盛望說：「我一直以為需要安慰的是你，我特麼連發言稿都想好了，結果你考了一百一十？」

「牛逼！」宋思銳佩服得五體投地。

「你他媽，聽力沒聽，英語分數居然比我高八分？」高天揚被打擊得體無完膚，「我他媽，英語是用腳學的？」

「牛逼就完了！」宋思銳又說。

「滾滾滾。」高天揚一腳把他蹬開，說：「怪不得老齊要自閉呢，這擱誰誰不自閉？」

盛望這分數，給誰誰都要笑死過去，偏偏他自己拿到考卷一臉淡定，不僅是淡定，他看上去就好像……心情其實並不怎麼樣。

不只他反常，江添也不大對勁。這人五門考試四門都是年級最高分，看起來卻像是給全年級的人墊了回底。

下午的體育活動課被班主任何進徵用了，拿來開九月的第一場正式班會。

「怎麼了？好像興致都不大高嘛。」何進一進門就覺察到了整個A班的萎靡，她把筆記本攤在講臺上用手壓平，「稍微振作一下，理論上這算剛開學，新學期新氣象，各位大咖至少得給我這個班主任一點薄面，對吧？」

班上響起稀稀拉拉的笑聲，總算有了點人氣。

「我來簡單說幾件事。」何進掃了一眼筆記本說：「第一件事是關於競賽，即將開始的這個學期……你們不要露出這種譏諷的表情，我知道你們已經上了一個月課了，稍微配合一點。」

宋思銳帶頭啪啪啪啪給何進鼓了個掌，一群男生帶著假笑說：「總算開學了，真高興。老師您繼續。」

「去！」何進沒好氣地揮了一下手，「反正這學期，數理化三門競賽的初賽會陸陸續續弄起來，老規矩，咱們畢竟是A班嘛，A班又叫競賽班，所以全員必須參賽，這點沒什麼好說的。通過初賽選拔的同學，寒暑假會安排一些集訓，冬令營、夏令營之類的，訓完了參加複賽。」

「按照以往的情況，很多高校提前招生資格申請的門檻就是二等獎。記住，是二等獎，別聽政教處徐主任亂吹牛，門檻是三等獎的學校不是沒有，很少，而且我估計你們也不大甘心去。」

徐大嘴在外面搭起的高臺，何進關起門就拆得乾乾淨淨。A班的老師有一個算一個，都是市內有名有姓的人，誰都不怕校領導。

她觀察了一下同學們的臉色，笑著說：「我一說二等獎是門檻，不少人臉都綠了嘛。這樣，我跟你們說個資料……」

「我一共帶過六屆A班，沒記錯的話，每年省級競賽，拿二等獎的占百分之九十，拿一等獎的占百分之九點九九。」全班愣了一下，一片譁然。

「發現問題啦？」何進說：「對，拿三等獎的我至今就見過兩個。什麼概念呢？就是你經過我們一系列訓練，想拿三等獎比考清華、北大難多了，誰拿誰是活寶。」整個A班發出了鵝鵝鵝的聲音，就連盛望都跟著笑起來。

何進在一片吵鬧中朝他眨了眨眼，又收回目光說：「所以少年們，加油吧。」

「沒問題——」A班全體大佬拖著調子說。

「這三個競賽就是我們班高二的重點任務，所以這學期開始，每天下午最後一節改成競賽輔導課，週一、週二物理，週三、週四數學，週五、週六化學。會安排一些特別的老師來帶，一會兒把課程安排和老師名單發下去，你們有個準備。」

「第二件事，就是市三好名單了。」她把課程安排表分成五份，讓各組第一位學生往後傳，然後拿起一疊空白紙條說：「之前說過的，一個按成績，一個從班委裡推薦，一個看進步幅度，還有一個民主選舉。你們現在填一下，一會兒讓班長和學委唱個票，今天就把名單給定了，行吧？」

其實民主選舉很容易受當天氛圍影響，不同的日子會出現不同的結果。A班的學生大多單純，但考慮的事情並不少……

班裡人緣不錯的同學有很多，但江添釘在年級第一，盛望上升幅度快得嚇人，高天揚、李譽、宋思銳都在班委行列，那是另外一場競爭，於是民主投票就集中在三不靠的一些人身上。比如親民的散人大佬小辣椒，比如老好人徐小嘴，再比如一路從普通班殺進來，雖然有點油膩，但看起來沒什麼大瑕疵的齊嘉豪。

票數廝殺集中在這三人身上，最後由於齊嘉豪今天格外慘，博得了一點同情票，以微弱優勢贏了徐小嘴。

至此，齊嘉豪終於露出了今天第一個笑。

「行了，第一位市三好基本就定下來了。」何進帶頭拍手說：「那就先恭喜一下我們英語課代表。你要不上臺說兩句？」

「不了、不了。」齊嘉豪咧著嘴連忙搖手，又被旁邊的宋思銳一腳蹬了出去。

他踉蹌了一下，走上講臺，背手站著清了清嗓子說：「那個，我也沒想到能拿到這個名額，謝謝啊。」

說到這裡，他終於露出了一絲春風得意的模樣，九十二分的英語成績被拋諸腦後，楊菁說的那些話也成了耳邊風。他掃視了一圈，大多數人都在替他高興，只有兩個人例外……

一個是盛望，他懶散地拍著手，目光卻落在桌上，好像在研究競賽課程安排表，也不知道那張破表有什麼可看的；另一個是江添，這位連手都沒拍，就那麼靠在椅背上冷冷地看著他。

齊嘉豪心裡咯噔一下，臉上的笑容僵了一秒又很快恢復。不管怎麼說，在這場競爭中他率先拿到了一個名額，至於其他的？那都不重要。

他在一片起鬨聲中回到座位上。何進講完了其他幾件事，終於開始派發大多數同學最關心的一件事——月考成績條。各組第一個同學領了紙條，挑揀著往後發。

盛望正在研究競賽課程表。他們這學期會有兩週物理拓展課，就從下週一開始，課程旁邊標注著老師的名字，這位老師名叫趙曦，跟當年燒烤店那位趙老闆同名同姓。他正納悶呢，宋思銳站在他旁邊低低啊了一聲。

「怎麼了？」盛望抬頭問。

宋思銳把成績條遞給他說：「牛逼，你總分又上了四十多分，物理、化學換算下來都達到A等級了，年級排名升了四十七。」

不出盛望所料，名次越往上，跳起來越難。

宋思銳還在旁邊給他算成績，說：「你如果英語聽力沒錯過，就能再多七分……我想想啊，剛剛看到陳程的分數條了，他比你高四分，名次旁邊寫了個並列，那我估計你加上七分，名次能往上跳個八九名。」

世上沒有如果。

事實就是他忙活了一週，卻沒能完成徐大嘴進步五十名的要求，市三好的名額就此泡湯。他並不在意名額本身，他就是不大喜歡這種努力白費的感覺。

這一晚，向來不看微信朋友圈的江添在淩晨瞄到了一個小紅點，他破天荒點了一下，介面轉動幾秒倏然刷新。

最頂上出現了一條新狀態，來自隔壁那位，發表於一分鐘之前。他說：

今天諸事不順。

江添點進聊天框，對方頭像一跳，從紅色小罐變成了一片黑，微信名變成了「打烊」。

江添發了一個問號過去，等了二十分鐘，沒等到任何回應……

真打烊了。

〔Chapter 4〕

你把別人的人生
都打亂了，
拿什麼賠啊

江添十一點半做完當天所有考卷，十二點半刷完數理化競賽大題各三道，然後翻出本週所有拓展卷，二刷了一遍錯題。由於錯題實在很少，這一部分只花了不到十分鐘。才十二點四十分，他就已經無事可做了。

隔壁始終沒有新動靜。

盛望既沒有趿拉著拖鞋挪來動去，也沒有要搭伴學習的意思。上週他還開玩笑說，江添的臥室成了他強占的書房，結果月考一結束，「書房」就失去了用處。

江添站在書包前，手指撥著裡面的東西挑挑揀揀。所有能看的東西都看完了，他撥了兩個來回，癱著臉拿出一本厚書，封面上寫著《抒情文寫作指導》。

他盯著封面看了幾秒，不知是思考自己究竟在幹麼，還是在思考這玩意兒究竟有沒有看的意義。可能有吧，因為他最終還是拎著它坐上了窗臺。

這個小單元在講排比句的妙用，妙了兩分鐘，江添就開始走神了。

這個時間點的白馬弄堂沒有凌晨兩點那種寂靜，偶爾有人從巷道裡走過，在牆與牆之間投下倏忽而過的影子。遠處的大街也會有車往來，部分安靜無聲，部分會有輪胎軋過路面的輕響，像被風吹起又落下的潮聲。

手機忽然嗡了一聲，江添從窗外收回目光。他眉眼唇角的線條有極細微的變化，像是在聽到震動的瞬間緩和放鬆了一些。

他合上根本看不進去的寫作指導，撈來手機一看……高天揚的微信。

江添：「……」

Boom：還醒著嗎添哥？

江添：醒著。

Boom：太好了，老何提前發的競賽題看了沒？

江添：看了。

Boom：我就知道你不會等到下週。

Boom：我有三個問題。

江添：說。

Boom：請問

Boom：那三道題

Bomm：分別怎麼做？

江添：……

高天揚刷了一堆生活不易的表情包過來，解釋說這次的題比以前棘手多了，給的條件太少，無從下手。一部分物理競賽題就是這樣，題面乍一看沒有任何訊息量，什麼條件都沒給，就敢讓人去求結果。

Boom：求個屁，我連式子都列不出來。

江添閒著也是閒著，他從書包裡掏出已經做好的考卷，把題目拍下來，上面被他用黑筆畫了十來道小橫線。

他把圖片發給高天揚，說：隱藏條件找齊就行了。

哪個詞代表有附加力，哪個詞代表可以按照某種狀態假設一個量，哪個詞表示還另有限制等，都藏在他畫的小橫線裡。

何進說過，這個階段的物理其實考的就是細心，把該考慮的因素考慮齊全，想錯都難。她這次發的三道題就都是典型，條件全靠找，活活找吐了一個班的學生。

Boom：有這麼多隱藏條件？

Boom：cao，我漏了四個，怪不得怎麼算都不對勁。

Boom：老何都是從哪兒找來的奇葩題。

Boom：話說你今天很反常啊！

江添：什麼反常？

Boom：你以前做題不是經常跳過過程的麼，今天居然老老實實寫全了。

Boom：這簡直是答案解析啊！

Boom：〔壯漢捂臉〕

Boom：難不成是特地寫這麼齊全的？就等著我等屁民來問？感動。

江添眼皮抬了一下，隔壁依然無聲無息，不知是沒做這些題還是早已順順利利寫完了。

他敲了幾個字提醒高天揚：一點了。

Boom：哦哦哦對，到你正常睡覺的時間了。

江添頓了一下，把「滾去做題」四個字刪掉，換成了「嗯」。

要不是高天揚提起，他都快忘了，除了晚自習後另外有事的情況，他正常一點就該睡了。

Boom：那你睡吧，我做題去了。

江添：行

他嘴上說著行，結果關了微信又把《抒情文寫作指導》翻開了。這一晚，他看作文指導看了整整一小時，要讓招財知道，招財能樂死……也可能嚇死。

第二天早上六點，江添洗漱完正在房裡收拾書包，手機忽然收到兩條訊息。因為擱在被子上的緣故，震動聲並不明顯，只忽地亮了兩下，但他還是第一時間注意到了。

他一把將書包拉鍊拉到底，長手一伸撈過手機。

一晚上沒動靜的人終於有了回音。

打烊：昨晚不小心睡著了，剛看到

打烊：怎麼了？

江添站在床邊垂眸看著螢幕。他已經把鍵盤點出來了，卻沒有回覆。

他想問「為什麼突然換頭像和暱稱」，但原因他其實是知道的。他發出去的問號放在昨晚剛剛好，過了一夜便沒了意思。

而聊天框裡的第一句話，總讓他想起英語競賽前盛望回齊嘉豪的那句「信號不好剛收到」。

江添沉默片刻，回道：沒事，出來吃早飯。

他拎起書包走出臥室，靠在樓梯欄杆旁刷起了英文報，等那位叫「打烊」的男生起床。

盛望雖然改了微信，但看上去卻跟平時並無二樣。

上課邊聽邊刷考卷，下課依然會跟周圍的人插科打諢。筆沒油了會問江添借筆芯，碰到好玩的事會試圖騙江添一起笑，偶爾會把手藏在桌肚裡發微信吐槽。

離上午最後一節課結束還有五分鐘，江添給前桌發了一條微信：中午去梧桐外？

盛望正忙著寫化學考卷，他右手還在飛速算題，左手伸進桌肚一把捂住輕震的手機。過了片刻，他才摸出手機低下頭去。

這個年紀的男生肩背很寬，但並不厚實，稍微一點小動作都會被T恤布料勾勒出肩胛的輪廓。

幾秒後，江添收到了回音。

打烊：好啊，我要餓死了。

啞巴中午去喜樂幫忙，趙老闆管飯。

江添原本以為梧桐外的那個天井下今天只有三個人，萬萬沒想到多了一倍……

他們剛拐過巷子，就看見丁老頭門口的空地上停著一輛小貨車，牆邊堆著一個大紙箱和幾個保麗龍片，像是剛拆了一個大件家具。

江添踏進屋，就見兩個穿著深藍外套的人正搬著一個銀白色的冰箱往廳堂裡放，還有一個穿著同色制服的人在那兒拉延長線。

丁老頭一看到他，立刻小跑過來，給了他手臂一巴掌，「你買的？」

江添搖了一下頭，他想說什麼，但剛一張口，忽然想起什麼般看向盛望，老頭跟著看過去。

他生平最怕欠人東西，也不喜歡無端收人好處，脾氣強得像頭驢。就連江添想給他一點什麼，都得靠「不能白吃飯」這個藉口，對別人更是一概不收。

老頭把江添當半個親孫，急起來可以上手，但對盛望不行，這小孩畢竟是客人，而且看著也不禁打。

他虎著臉問盛望：「你買的？」

盛望學江添，搖頭說：「不是。」

丁老頭鷹眼瞪得凶巴巴的說：「其他人哪敢給我買這個，你再說！」

老頭年輕時候當過兵，氣勢從沒輸過誰。像高天揚這種被他揍過的，只要一看他瞪眼就慌得不行。偏偏眼前這個白白淨淨最不經打的，看著一點兒也不怕他。

盛望「噢」了一聲，說：「那……就當我買的吧。」

丁老頭心說這是什麼屁話，但說話的人一臉訕訕，他又不忍心凶。

老頭瞪了他半天，終於洩了氣勢沒好氣地說：「你買這個幹麼？」

盛望忽地笑起來：「您不是要管我午飯嘛，我提前交個伙食費。」

「交什麼伙食費啊？我不收！」丁老頭說：「供頓飯而已，用得著這麼大陣仗？你你你給我搬走，讓他們哪兒來的退哪兒去。」

「你等等！」丁老頭。

盛望又「噢」了一聲，說：「也行，那我就跟冰箱一起走了。」

「好，那我等等。」盛望收回要招呼人的手，看上去特別聽話。

老頭差點兒嘔出一口血來。

他團團轉了好幾圈，灌了兩口冷茶，最後沒轍，就瞪著江添胡攪蠻纏，怒問道：「你帶來的同學你管不管？」

江添：「……」

盛望被這話逗樂了，「我爸都管不了我。」

丁老頭呸掉茶葉沫子說：「你這孩子什麼脾氣？」

「驢脾氣，跟您差不多。」盛望說完便擋了半邊臉，一副預防被抽的樣子。

老頭氣笑了。他扠著腰在天井那兒演倔驢，強了有好幾分鐘吧，終於敗下陣來。他咕噥了一句「臭小子」，甩門進了廚房，就此妥協。

老人家的心理跟小孩差不多，口口聲聲說著「我不要」，真收下了，心裡比誰都高興。

丁老頭強硬慣了，抹不開面子。

他想摸摸冰箱又不好意思，便不斷找著藉口。一會兒說它好像沒運作，一會兒說延長線亂放。

做個午飯的工夫，往冰箱旁邊跑了七八趟。

兩個小輩心知肚明，誰也沒拆穿他。

江添把房間裡的板凳拎出來湊數，就看見盛望靠在門邊，一邊玩著手機遊戲，一邊瞄著丁老頭，嘴角噙著笑。

江添把凳子放在桌邊，朝他走過去，問道：「什麼時候買的？」

盛望玩著遊戲沒抬頭，「就前兩天。」

他開著側瞄鏡狙掉一個人，又道：「你說管我午飯的那天。」

江添垂在身側的手指動了一下。

盛望一局遊戲剛好結束，在他開口之前把戰績亮給他顯擺，「帥麼？」

他看上去真的沒有變化，一起上學、放學，一起吃午飯、一起去便利商店。你對他好一點，他就掏出更好的東西來送你。

唯一的區別是，他不再來蹭「書房」了。

撇開這個微妙的變化不談，白馬弄堂七號院的日子還算融洽，但沒能堅持幾天。

盛明陽之前的麻煩尚未完全解決，生意又出了新問題。週五這天早上，盛望從樓上下來，撞見了他和江鷗的一場爭執。

爭執的內容其實很簡單，大意就是江鷗覺得自己可以幫上忙，但盛明陽希望她留在家裡照看兩個小的。

江鷗是個脾氣溫和的人，盛明陽也並不暴躁。正是如此，他們僵持的時候才更有幾分無處宣洩又無可奈何的味道。

「不然我這麼起早貪黑的，究竟圖什麼呢？」盛明陽撐著廚房的流理臺，捏著眉心說。

「但是……」

江鷗剛要反駁，盛明陽立刻又補充了一句：「妳以前跟我講過小添的事，我知道妳一定不想再變成那樣。」

江鷗張著口卻被突然掐了話頭。

她不知想起了什麼，倏然沒了爭執的興致，垂眼沉默下來。

盛明陽扶著她的肩說：「所以這次聽我一回好嗎？」

半晌之後，江鷗點了一下頭。

不知誰先看到了樓梯旁的盛望，兩人迅速收拾了表情恢復常態。盛明陽拉開玻璃門從廚房裡出來，江鷗衝他匆匆笑了一下，拿出碗來舀粥。

「你們怎麼了？」盛望其實沒太聽清爭執內容，他看著江鷗的背影，下意識回頭瞄了一眼樓梯。還好江添落了兩張考卷回屋去拿，沒看到這一幕，否則不知他會作何反應。

盛望有時候覺得江添跟他媽媽的相處模式很奇怪。

要說關係不好，明明諸多細節都能看出來江添的保護態度，不論什麼事，只要江鷗開口，他就硬不下心腸拒絕。

可要說關係好……又總好像缺了點什麼。

盛明陽的手機嗡嗡震動起來，他匆忙接通，又轉頭對盛望說：「沒什麼大事，就是我還得出差幾天，一會兒去機場。」

他這飛來飛去的情況盛望早就習慣了，並不意外，「你怎麼去？」

「喂？」盛明陽對電話那頭打了個招呼，抽空回答了兒子一句：「小陳送你跟小添去學校，我自己開另外的車走。」

「讓小陳叔叔送你去吧，我們有校車。」盛望說。

「什麼車？」盛明陽顧頭不顧腚，兩邊忙活，沒聽清兒子的話。

「……」盛望揮了揮手，「打你的電話吧，我吃飯了。」

盛明陽曲起兩根手指做了個跪著道歉的手勢，然後拉開玻璃門去了露臺外。等他接完這通焦頭爛額的電話回屋一看，盛望和江添已經吃完早飯離開了，而小陳還在院外等著他。

這座城市每條老街都有梧桐樹，在車流人海邊一站就是很多年，粗壯的枝葉糾纏交織，遮天蔽日。太陽只能從縫隙中投照下來，在地上留下斑駁的痕跡，行人就在光影中穿行。

白馬弄堂外的這條街有不少流動餐車，車前是熱騰騰的白霧和排隊的人。

盛望繞開人群，在拐角的人行道前等紅燈。他回頭看了一眼老街，對江添說：「我小時候特別能折騰人，經常大清早把人鬧起來。」

「然後呢？」江添問。

「然後來這條街上視察民情。」盛望說：「一定要從街那邊走到這邊，看到大家生活安定，我才能放心回去睡回籠覺。」

江添聽笑了，「為什麼是這條街？」

「因為熱鬧。」盛望說：「人就要嘰嘰喳喳的才有意思嘛。」

他說完，瞥到了江添瞬間變乾的表情，當即笑趴了，「哎，不不不，我不是嘲諷你沒意思，你凍著也挺好的，我就那麼一說。」

「不過說真的。」盛望彎著眼睛去看紅綠燈，「你要是早幾年來，我肯定很歡迎你。」

「為什麼？」江添又問。

他這兩天的聊天方式有了變化，不再是終結式的「嗯」和「哦」，居然會往下拋鉤子了。

「因為有一陣子我挺想要個兄弟的，比我大、比我小都行，最好比我小一點。」盛望回答完，忽然拍著江添說：「綠燈了，快走。校車幾點到？」

「六點半。」

「還行，來得及。」盛望看了一眼手機時間，跟江添一起穿過人行道，走到大街另一側的停靠站旁等著。關於兄弟的話題便拉不回來了。

其實盛望小時候是個小氣鬼，不喜歡一切搶他玩具、搶他風頭、搶他零食的活物，要是真有兄弟姊妹，恐怕每天都要滾成一團真人對打。

後來帶他巡街的外公不在了，每天叫他「望仔」的媽媽不在了，慢慢的，盛明陽也不常在了，他就不那麼小氣了。

那兩年，他特別希望房子裡能多點什麼人。最好是個弟弟，比他小一點，在得久一點。

再後來的某一天，他忽然意識到，就算是兄弟也代表不了什麼。來了，就總是要走的。

六點半，校車準時停靠在停靠站上。

盛望和江添一上去，滿車女生都開始鬨鬧私語，搞得盛望差點退回校車站。

司機師傅一看是生面孔，又搞出這麼大動靜，當即覺醒了職業操守。他衝駕駛臺旁邊的機器努了努嘴，「高幾的？卡呢，拿出來刷一下。」

盛望沒坐過校車，壓根沒聽懂這操作。

他愣了一下，問道：「什麼卡？」

「校卡啊，什麼卡。」司機說。

附中的校卡和胸牌是一個東西，既包含學生資訊，也包含錢，對住宿生尤為重要，吃飯、洗澡、裝熱水都靠這個，但對盛望來說就可有可無了。

喜樂便利商店可以用手機，而他揮別食堂已久，出門根本不記得帶校卡。

「沒帶？」司機狐疑地問。

盛望訕訕地摸了一下鼻子，正想說「要不我還是下車吧」，就聽江添的嗓音在身後響起：「帶了。」他從後面伸過手來，越過盛望在機器上刷了一下，然後把卡塞進他手裡。

「你什麼時候拿的？」盛望滿臉詫異。

「你做賊一樣溜出門的時候。」江添又把自己的拎過去，在機器上碰了一下。

某些人口口聲聲嚷著要坐校車，跑得比誰都快，手裡比誰都空。

「我卡放哪兒了？」

「玄關櫃子上。」

「已經上車的人別杵門口。」司機明明離他們半公尺遠，卻非要抓著喇叭全車公告：「後面有空位！」

「不好意思。」

盛望連忙往車裡走，餘光瞥見第一排兩個女生滿臉通紅，也不知道在耳語什麼。

白馬弄堂距離附中不算遠，到了這個停靠站，校車已經填得差不多了，空位很少，還都是分散的，只有最後面那排有兩個相連的位置。

車子很快啟動，盛望扶著椅背朝最後一排看了一眼，對江添說：「就坐這邊吧。」

他在第三排坐下，把斜前方第二排的空位留給江添，此後便塞了耳機垂眼刷起了手機。校牌的掛繩被他纏在手指間，一圈一圈地繞著。

旁邊的男生跟前座兩個女生同班，一直扒著椅背聊天。他們好像是徐大嘴帶的史政班，消息比別人快一點。

盛望聽見他們提到了年級家長會。他心說不是吧……

家長會是他上學最頭疼的事，沒有之一，因為他總要跟老師解釋為什麼他的家長來不了。他一度懷疑這玩意兒有玄學，每次都精準地挑在盛明陽不在的時候。

早上兩節是物理課，盛大少爺考卷都沒心思刷了，專心作法，指望何進上完課能闢個謠。

結果第二節課一下，何進說：「通知個事，週日下午兩節課後召開年級家長會，就在修德樓大禮堂，高二畢竟是最關鍵的一年嘛。」

高天揚咕噥道：「你們高一也這麼說。」

「對，年年都關鍵。」何進沒好氣地說：「不管怎麼樣，學校還是要跟家長溝通交流一下，大家回去跟爸媽說一聲。三點到四點是年級大會，要簽到的。四點之後再回到各班，我跟其他幾位老師會針對你們每個人的情況跟家長聊一聊，包括你們的長處、短處、未來發展等。」何進說完，拋出了盛望最怕聽到的話：「要求是必須參加，實在有特殊情況的，課後來找我。」

盛望咚地一聲磕在了桌面上。他抿著唇，兩手藏在桌肚裡給盛明陽發微信。

打烊：下飛機沒？

養生百科：下了。

養生百科：說好了讓小陳送你們，怎麼一聲不吭就跑了。生爸爸氣了？

打烊：沒

打烊：你哪天回？

養生百科：難說，可能要到下週四、週五的樣子。

養生百科：怎麼了？

打烊：問問

養生百科：真沒事？

打烊：沒

打烊：我跑操去了

盛望說完把手機按了，悶頭發愁。

盛明陽正忙，顧不上關注家裡這邊的天氣，不然他會發現，這裡八點就下起了傾盆大雨，而他兒子深知這一點，所以連扯謊都懶得想個靠譜理由。

盛望趴了一會兒，從書包裡掏出手機和耳機，走出教室去了走廊另一頭。廁所右側有個拐角，視角卡得很刁鑽，A班學生偷偷摸摸打電話都愛來這裡，只要別大搖大擺把手機抓在手裡，就很難被揪住。

盛望塞上耳機，在「最近通話」裡翻司機小陳的名字。走廊突然響起咳嗽聲，乍一聽很像徐大嘴，他驚了一跳。

囫圇按了一下螢幕，便把手機放回口袋裡，等對方接通。

嘟嘟的等待音比平時久，甚至有些漫長。

過了好一會兒，對面一陣窸窣輕響，終於接了電話。

沒等對方開口，盛望已急忙開門見山地說：「小陳叔叔，週日又要開家長會了，江湖救急，你再幫我裝一回？」

對方不知為何沒開口，陷入了一陣沉默。

過了片刻，江添的聲音透過耳機傳來，低聲說：「你好像按錯號碼了。」

他嗓音壓得很輕，像松風拂弦。可能是耳機裡太安靜的緣故，竟然有幾分溫和的意味。

盛望忽然覺得很難堪。就像在外繃得四平八穩的人，進門聽到父母一句「怎麼啦」就開始鼻酸一樣。明明就是一句很簡單的話而已。

有那麼幾秒盛望沒開口，江添也沒掛斷。

A班在走廊西側，他這個角落在走廊東側，相隔不過幾十公尺，同學之間喊一聲，耳機裡外能聽到兩遍。

又過了片刻，盛望說：「我掛了重打。」

江添說：「好。」

他伸進口袋按了兩下側鍵，悶頭翻著「最近連絡人」看了幾個來回，最終還是沒有打出第二通電話。

高天揚過來上廁所，跟他勾肩搭背打了聲招呼。盛望擼下耳機，沒好氣地說：「上你的廁所，我去趟辦公室。」

「幹麼？」

「跟老何交代一下特殊情況。」

他穿過走廊追打的同學，走到辦公室裡喊了一聲「報告」。

何進衝他招了招手說：「進來，什麼事啊？」

「老師，家長會我爸來不了。」盛望說。

「學校特地安排在星期天就是為了避開工作日。」何進沒有責備，只是在爭取，「能讓你爸協調一下時間麼？這次家長會還挺重要的，大禮堂那個如果實在參加不了，只來四點之後的也行，抽半個小時就夠了。」

「確實來不了。」盛望說。

「二十分鐘呢？」何進說：「他來的話，我可以先跟他聊。」

這個年紀的男生抽條拔節，個頭竄得比一幫老師都高。何進坐在椅子裡，跟他說話得仰著頭。她看見盛望垂著眼，伸手摸了一下鼻梁，像是一種無聲的對峙。

何進的兒子還小得很，跟盛望毫無相似之處，但她看著面前的男生，忽然有點心疼。她想了想說：「要不這樣吧，下週週末辛苦他來一下，我在這裡等他。」

盛望笑了一下，說：「他出差比較多，挺難逮的，逮住了我把他給您送來行麼？」

何進明白了，這是下週末也不一定能來的意思。她有點不忍心問下去了。

看得出來，盛望一秒都不想在這裡多待，但職責所在，她沒法完全不管。她斟酌片刻，正要再開口，辦公室門外又響起一聲「報告」。

這聲音剛在耳機裡聽過，盛望敏感得很。他轉頭看過去，就見江添敞著校服，個頭高高地站在門前。

「進來。」何進問他：「你又是什麼事啊？」

盛望看著江添慢慢走進來，在他身邊站定，用他一貫冷冷淡淡的嗓音說：「家長會沒人能來，參加不了。」

何進：「……」

盛望什麼尷尬都沒了，一腦門問號看著他，他眼也不抬。

何進沒好氣地說：「你倆這是約好的麼？」

「行。」何進點了點頭，服了。

年級第一和年級進步最快的兩個都參加不了家長會，她還能說什麼？

「乾脆搭個伴吧，你們回頭跟家長商量一下，哪天有時間，我湊個三人小型家長會，聊一下行麼？」何進說完，也不給他們反駁的機會，揮了揮手說：「就這麼定了，快走。」

兩人被轟出辦公室，卻沒能回教室，而是半路被人截了胡。

截胡的是政教處徐大嘴，他臉色肅然，背手等在走廊角落，衝他倆招了招手說：「跟我去一趟篤行樓。」

「我？」盛望指著自己問。

「你們倆。」徐大嘴說。

「我最近沒打架啊。」盛望有點納悶，還不忘補充一句：「他也沒有。」

這句話也不知道戳了徐大嘴哪處痛腳，他臉色變得更難看了，但火氣又不像是衝著盛望、江添來的。

「關於你上次聽力缺考的事……之前江添在我那杵了半天，讓查走廊監控，我們就查了一下。」徐大嘴說：「這兩天也找了不少人來問話，算是有了結果，今天給你們一個交代。」

去篤行樓的路上，徐大嘴叨叨個不停，出於「乖」學生的自覺，盛望很捧場，時不時「嗯」一聲算是應答，其實具體內容一句沒聽。

他瞄了江添好幾次，忍不住問道：「你什麼時候去找徐大……主任杵著的？」

江添斬釘截鐵：「我沒有。」

徐大嘴背著手走在前面，領先他們好幾公尺。按理說，這種分貝的聊天他是聽不清的，但他作為逮違紀的一把好手，執教多年，練了神功，耳朵賊尖。

他當即回頭瞪向江添，指著自己的鼻子說：「你還否認？那你的意思是我胡說八道了？」

江添當即刹住步子，上半身朝後仰了一下，避開這位中老年爆竹迸濺的唾沫星。

徐大嘴還沒噴過癮，對盛望說：「那天不是校網癱了麼，機房那邊等孫老師跟他一起去弄一下，他倒好，帶著小孫繞過來找我談監控。你這是把校網當人質呢？」

江添滿頭問號。

他的表情過於好笑。盛望懷疑如果對面站著的不是政教處主任，他可能就要脫口問人家是不是傻逼了。

他見識過江添跟老師談話的風格，那真是又冷又傲，上趕著找抽。

果不其然，江添硬邦邦地回覆說：「明理樓在北邊，機房在南邊，過去要走篤行樓，剛好順路，哪裡繞？」

「你還回嘴？」

「……」

「主任。」盛望提醒道：「我們好像是受害者。」

徐大嘴噗地熄了火，嘆口氣，沒好氣地說：「我知道，我這正在氣頭上呢，沒針對你倆，我就是壓不住火氣。」

「哦。」盛望把江添往身後拽，自己隔擋在中間，「那您多攢一點，一會兒衝違紀的噴。」

徐大嘴氣笑了。

篤行樓三樓的辦公室門窗緊閉，隔著門都能感覺到裡頭氛圍僵硬。盛望和江添對視一眼，跟著徐大嘴擰門進去。

辦公室裡已經有人在了，比盛望預計的要多一點——窗邊有兩名年輕男人，其中一個穿著黑色T恤和牛仔褲，大大咧咧倚坐在窗臺上。見門開了，還衝這邊樂呵呵地打了個招呼，正是當年燒烤店的趙曦。

另一個人頭髮理得很短，乍一看挺商務的，卻染成了灰青色。他站在趙曦旁邊說著話，聽見聲音才回頭朝門口看過來，簡單地點了一下頭。

盛望不動聲色地戳了一下江添的手背，悄聲問：「誰啊那是？」

「燒烤店老闆。」江添曲起手指又鬆開，唇間迸出幾個字。

「廢話，趙曦我當然認識。」盛望說。

「我說另一個。」江添說：「林北庭。」

盛望想起來，那家燒烤店是趙曦跟朋友一起打理的，那這位林北庭應該就是真老闆了。他一度以為真老闆應該身穿背心、大褲衩，腳踩人字拖，煙熏火燎帶著串燒兒味。萬萬沒想到，居然是這種風格。

除了燒烤店的兩位，辦公室裡還杵著一個楊菁。她坐在一張辦公桌後，細長的眉毛緊擰著，盯著桌前站著的三個男生，臉色很不好看。

那三個都穿著附中校服，乍一看背影相差無幾。其中一個始終低著頭，另外兩個臉皮厚一些，居然還敢張望。

「看什麼呢？」徐大嘴一進辦公室就開始冒火，指著張望的學生說：「翟濤你自己數數，你這個月來我這站了多少回了，有沒有一點反省的態度！」

對於盛望和江添來說，這位算是老熟人了。在這個場合見到他，簡直毫不意外。至於翟濤旁邊站著的那位，盛望只覺得有點眼熟，具體在哪兒見過已經想不起來了。

他又戳了江添一下，悄聲問：「中間那個是誰，你認識麼？」

江添還沒來得及張口，徐大嘴抹了把臉，萬般無語地說：「就是他！跟你說小楊老師讓你去拿考卷的！你真是受害者麼？」

盛望不敢當，連忙擺手說：「對不起，我沒記住臉。」

趙曦在窗邊樂了一聲，那學生臉色更臭了。

為了掩飾自己的不正經，趙曦清了清嗓從窗邊走過來，「我看小盛挺懵的，主任你沒跟他說具體怎麼回事啊？」

「還沒呢，大馬路上說，是要嚷嚷給全校聽麼？」徐大嘴沒好氣地說。

「哦，那我簡單說一下吧。」趙曦指了指林北庭說：「我跟林子那天在店裡逮了兩個挑事的小混混，這你知道的吧？」

盛望朝江添看了一眼，點頭說：「知道，還看到照片了，謝謝曦哥。」

「哎，小事。」趙曦說：「反正我爸那邊監控都有，那倆小混混早上七點十分從公寓樓那邊的院牆翻過來，就埋伏在喜鵲橋……」

徐大嘴臉綠了，「喜的哪門子雀！」

趙曦立刻改口：「不是，修身園。埋伏在修身園裡等著，八點二十分不到吧，淌著鼻血滾了一身泥從裡面出來，幹了什麼就不用說了。反正他倆在派出所交代得挺清楚的，說是弟弟在附中吃了癟，嚥不下這口氣，所以來堵人找回場子。」

他指著翟濤說：「喏——這就是吃了癟的異姓弟弟。」

翟濤姓翟，那個被盛望一膝蓋頂跪了的小平頭姓吳，另一個能打的黃毛姓盧，哥哥弟弟都是街頭巷尾裡認的。

這個年紀的男生處在叛逆的「黃金期」，總想要爭取一點存在感和話語權。翟濤要臉沒臉，要分沒分，樣樣不出眾卻又格外虛榮，只能靠一群臭味相投的哥哥弟弟姐姐妹妹來給自己撐場面，硬是把自己撐成了附中高二扛霸子。

可他這個扛霸子並不那麼風光，因為年級裡不少人對他嗤之以鼻，那些人看中的還是成績，在那個領域裡，江添第一。

他沒法跟江添結怨太深，又想給自己找回場子，思來想去，便盯上了盛望，因為他是轉校生。轉校生沒人撐，這是基本定理。哪間學校都是這種生態，沒道理到盛望身上就變了天。

被徐大嘴罰去三號路掃大街的那次，他知道楊菁要找盛望和江添弄競賽。

翟濤沒參加過什麼競賽，但他對老師的套路清清楚楚，無非是做題、做題、做題，跑不了三天兩頭要領新考卷。

他知道盛望跟江添、高天揚的關係還不錯，但他轉學過來才多久，關係再好能好到哪去？不管怎麼樣一定會有落單的時候。

於是，他想了個自認為很絕的妙計，打算挑盛望落單的那天，用英語競賽做藉口，把盛望引到修身園去。

那裡沒監控，找人揍他一頓也抓不到什麼把柄。

翟濤常聽A班的人開玩笑說，盛望手無縛雞之力，再加上他長相斯文白淨，渾身上下透著一股少爺氣，便斷定對方不能打，掄兩拳說不定就該哭了，於是也沒多叫人，只找了兩個校外認的哥，覺得綽綽有餘。

那位負責引人的學生叫丁修，也是個轉校生。他比盛望好一點兒，不用跨省。他轉過來的時候是高一下學期，平級調進了物生班。

轉學生的日子並不好過，陌生的生活節奏伴隨著各方面的落差，手忙腳亂、孤立無援，很容易讓人心態崩潰，丁修就是典型。

他在附中待了一學期，成績一路俯衝成了吊車尾，考場釘在了十二班，於是他給自己找了個人來撐底氣，就是翟濤。他成了翟濤眾多兄弟中的一員。

翟濤來找丁修說這件事的時候，他其實是害怕的，但他最終還是答應了下來。一來怕翟濤不高興，二來……因為他自己意難平，明明都是轉校生，為什麼差別這麼大。

前幾天，徐大嘴順著小混混和走廊監控的線索查到這些，以為這就是整個事情的全部了。

然而，當他把翟濤和丁修叫進辦公室，準備定處分的時候，翟濤又咬出一個人，並且把所有問題都推到了那個人身上。

「我本來只打算嚇唬嚇唬他，沒想要搞得這麼大。」翟濤說：「你不信去問……問丁修！問吳成和盧元良！我是不是說過他害怕了就不用打？你去問！都是那誰給我出的主意，說這次月考對盛望那個傻……對盛望來說很重要，搞砸了他能嘔死，比嚇唬一頓來得有用。」

徐主任氣得差點兒把茶杯摔了，讓人把翟濤口中的「那誰」叫了過來。

盛望和江添進辦公室的時候，徐主任剛跟他們三個對了一遍質，直到現在，他們的說法也沒能達成一致。

翟濤和丁修大有一種破罐子破摔的意味，梗著脖子不讓不避，好像自己滿肚子道理，別人才是傻逼。

至於那第三個學生，不論周圍人說什麼做什麼，他始終低著頭。

他髮頂像是有兩個旋，但熟悉的同學都知道，其中一個是真旋，另一個是被硬物磕出來的疤。

盛望認人不記臉，但那個疤他卻很有印象。

他眉心蹙起又鬆開，繞到那個男生的正面，盯著他看了好一會兒才低聲說：「還真是你啊，老齊。」對方沒抬頭。

從盛望的角度，只能看到他抿起的嘴角狠狠抽了一下，像是被人摑了個巴掌，難看又難堪。

不久前他還在講臺上扯著袖子笑說：「謝謝！謝謝大家這麼給我面子！」這才幾天，他就什麼面子都沒有了。

也許是盛望在他面前站得太久了，他捏著袖口扯拽了半晌，突然開口說：「不是我，跟我沒關係！我跟他倆連話都沒說過幾回！他們自己做了一堆傻逼事，要受罰了就推到我頭上！」

翟濤一副老油條的樣子，「操！怎麼就沒說過幾回話了？你在五班的時候也沒少跟我打籃球啊！進了A班就不認人啦？你他媽這麼勢利眼，你其他同學知道麼？再說了，全年級那麼多人，我幹麼非要推你頭上呢？」

「我他媽上哪兒知道為什麼？」齊嘉豪吼了一句，脖子都紅了，「跟進不進A班有什麼關係？我認清你了，不想跟你玩兒了不行麼？」

「認清你媽！」翟濤罵道：「被你媽揍得沒人樣的時候，誰帶你吃喝？升個班就失憶了？傻逼。你就說……」

他指著盛望說：「月考對他很重要這事是不是你告訴我的？」

「我沒有！」齊嘉豪說。

「我操！」

「行了！」徐主任重重拍了一下桌子，指著他們說：「我叫你們來是給我表演罵街的是吧？」

齊嘉豪還想辯解，卻聽見沉默許久的楊菁開口了。

她說：「課代表。」

齊嘉豪瞬間偃旗息鼓，又垂下頭去。

整間辦公室裡，他最不敢看的人就是楊菁。

「老徐說盛望月考前進五十名才有市三好的時候，辦公室裡只有我、他、盛望、江添四個人在。」楊菁說：「我雖然不是班主任，但也知道你們誰跟誰關係好，誰跟誰不對盤。連高天揚都不知道這個事，我估計盛望和江添應該也沒跟別人提過，那就只有你了。」

「我那次找你印考卷，跟你聊天的時候順嘴說了一句。」楊菁看著他說：「只有你知道啊，你不提，翟濤他們哪來的消息呢？」她平時訓起人來盛氣凌人，這會兒語氣卻並不凶，只有失望。

像齊嘉豪這樣的學生，最承受不住的就是失望。他掙扎了一下，說：「我真的沒有……」然後再沒吭過聲。

辦公室裡陷入沉默。

過了一會兒，徐主任搓了搓臉說：「這件事差不多就這樣了，有些東西不是我們問就能問清楚的，究竟怎麼樣只有你們自己心裡知道。不管你們出發點是什麼，最終結果就是害得一位同學錯過了一場聽力。你可能覺得，哦，月考沒什麼的，這次不行還有下次。如果這件事沒查清楚呢？人家因為這個丟了市三好，然後因為少了這個榮譽沒能拿到最合適的提前招生資格，再然後呢？」

徐主任背著手，一字一句地問：「雖說高考不是終點，但它確實能影響某一段人生，你把別人的人生都打亂了，拿什麼賠啊？」

他看著齊嘉豪說：「你自己爭取得那麼用力，你知道市三好有多重要，你就這麼糟踐別人的努力？你覺得這樣配當三好嗎？」

齊嘉豪咬住了牙關，臉側的骨骼動了一下。

徐主任站直身體說：「反正我覺得不配。」他轉過來問盛望和江添：「你們班市三好名額是不是才定了他一個？」

盛望沒吭聲，徐主任也沒指望他們吭聲，他說：「讓你們何老師重新弄一次選舉吧，齊嘉豪這個名額撤掉，翟濤、丁修和齊嘉豪記過處分。」

他處理完那三個，轉頭衝盛望說：「至於你的市三好，你兩次考試統計下來確實是全年級進步最快的一個。我也問過小楊老師，如果你聽力聽全了，很少會被扣分，加上那幾分的話，進步五十名是沒問題的。所以……這樣吧，我之前定的條件一筆勾銷，市三好名額還是給你，怎麼樣？」

盛望沒有立刻應聲。

他對這個市三好的名額其實並不在意，他在意的只是努力和回報是否對等。之前這個市三好順理成章要歸他，卻說沒就沒。現在他已經默認不要了，又有人要把名額往他頭上套。

——憑什麼呢？我缺這一個麼？

盛望想了想，對徐主任說：「我不要了。」

徐大嘴當即瞪圓了眼睛，就連翟濤、丁修和齊嘉豪都猛地看了過來，只有江添在他身邊很短促地笑了一聲，傲得如出一轍。

盛望突然覺得特別痛快。

他說：「說話算話，進步五十名沒達到就是沒達到。這個市三好的名額，我不要了。」

爽麼？爽就行了。

盛望是很爽，徐主任差點氣成個餑餑。

更氣的是，當他灌著冷茶揉著腦殼說：「那現在你們A班的市三好名額三個都空出來了，除了江添這個第一釘子戶是吧？」

江添回他：「不是，現在四個都空了。」

徐主任一口茶嗆在嗓子眼，差點兒咳得背過去。「什麼玩意兒你，再說一遍？」徐主任瞪著眼睛問。

「架一起打的，罰一起領的，市三好他沒有，我有，不公平。」江添說。

「是我讓他沒有的嗎？啊！」徐大嘴快要吃人了，但他仔細想想，理論上還真是。他又訕訕地閉上嘴，摸著腦門，頭都要愁禿了。

十六、七歲的男生心高氣傲、意氣用事，常會在一些奇怪的事情上尋求公平。

徐主任始終不能理解，也無法贊同。

就像學校裡飛揚的少年，永遠理解不了他身上的老氣橫秋和瞻前顧後。

有些人可以跨越鴻溝相互說服，有些不行。

於是徐大嘴最終氣不過，拍著桌子把他們轟了出去，並且放言說：「有你們倆兔崽子哭著後悔的時候！我等著！」

上午第三節課是英語，盛望和江添遲到了十分鐘，但楊菁自己也遲到了，跟他倆一起進的教室，所以班上同學沒作他想，以為是楊菁找他們做了個常規面談。

唯有高天揚比較敏銳，他伸頭探腦地悄悄問盛望：「怎麼回事兒？」

「嗯？」盛望悶頭在書包裡掏筆記本。

高天揚努了努嘴，「你、添哥還有老齊先後被叫走的，現在你倆回來了，老齊座位還空著，怎麼個情況啊？」

盛望抬頭看了一眼又悶回去，衝他直使眼色。

高天揚說：「不是，你眨眼是什麼意思？」

「就是請你站起來的意思。」楊菁生脆的嗓音從講臺傳來：「高天揚，拗著脖子說話累麼？」

高天揚嚇一跳。他連忙坐正，目光一轉不轉地落在試卷上，假裝自己很專注。

可惜楊菁沒放過他，她說：「你站起來一下。」

高天揚踢開椅子老老實實站起來，「老師，我錯了。」

「你別錯啊，你哪兒錯了？我正想找人站起來配合一下呢，你不是想說話麼？來，給你個機會……」楊菁說：「我今天總結主動形式表被動意義以及被動形式表主動意義的情況，你給我分別列舉一下，說不完就別坐了。」

高天揚要死了。

盛望不忍心看他太慘，當場祭出了自己的筆記本。他其實並不總看自己的筆記，但誰問個問題，他都能在瞬間翻到對應的那一頁。不僅能精確到頁，他還能精準到位置。哪句筆記是在左上角，哪句筆記是在右下角，哪句用紅筆，哪句用藍筆，都有印象。

他一秒翻到主被動句式的總結，拿筆劃拉了一個大括弧，從桌底遞給高天揚。

高天揚背手給好兄弟點了個讚，然後低頭一看……

好兄弟的字醜瞎了還敢連筆，他一句都不認識。

「我跟你們說，你們有機會可以來講臺上站一下，感受一次你們就明白了，就這個角度，你們下面幹點什麼我都看得清清楚楚。」

楊菁撐著講臺優哉游哉地翻了一頁教案，說：「在我眼皮子底下傳本子是吧？沒關係，高天揚你使勁看，你要能看懂盛望那狗爬字，我直接讓你坐下來。」

全班鬨堂大笑，高天揚都跟著樂了。

盛望支著頭在那裝深沉，因為皮膚極白的緣故，兩旁的女生可以清晰地看見他那張帥臉緩緩泛紅，於是又是一陣起鬨。

靠，無妄之災。盛望心說。

「我聽年級裡給你們取了諢名，A班英語三巨頭。」楊菁說到三巨頭的時候頓了一下，表情有一瞬間的失望，但很快恢復過來說：「既然都是巨頭，你那個字能不能向你後桌那位靠攏一下，啊？盛望？」

「別裝聾。」楊菁就是不放過他。

盛望不甘不願地站起來，哭笑不得地說：「知道了，老師。」

「前兩天你們語文老師還跟我說呢，說你要是把字練一練，還能再多幾分。」楊菁說：「你以為字醜丟的就是那兩分卷面啊？卷面那是忍無可忍才單獨扣的。」

「噢。」

「回去練字，聽見沒？別折磨老師。」班上又是一陣捶桌鬨笑。

盛望「嗯」了一聲，笑得很無奈。

書包裡手機突然震了一下，掩在全班的鵝叫中，只有他能覺察到。他彎腰坐下的時候掏出手機，垂眸掃了一眼，楊菁口中讓他靠攏的後桌給他發了一條微信。

江添：趙曦喊吃飯。

盛望愣了一下，悶頭打字。

打烊：什麼時候？

江添：中午下課

打烊：他們燒烤店這麼早開門？

江添：……

幾秒後，對方直接扔了一張聊天截圖。截圖裡，趙曦發了個定位，定在附中北門拐角的那家火鍋店，讓江添叫上盛望一起。

打烊：那家店整天排隊，等我們排到位置，老吳的半小時練習卷是不是也不用做了？

江添：他倆先去

打烊：倆？

打烊：哦，林什麼的也去？

江添：嗯

打烊：真假老闆都是附中以前的學生？

江添：趙是，林不是。

盛望想起之前辦公室的場景，趙曦跟徐大嘴很熟絡，林北庭就客氣許多。

江添：看競賽輔導課程表了麼？

打烊：看了，有趙曦

江添：也有林北庭

盛望正詫異，忽然聽見楊菁說：「盛望，悶頭幹什麼呢？你來解救一下高天揚。」

他驚了一跳，心虛地把手機塞進書包站起來，佯裝自己認真聽課了，筆記也不拿，張口就把主被動句式的各種情況說了一遍。

他看向楊菁，心說您可以開始誇我了。

然而下一秒，他就覺察到氛圍有點不大對，全班都陷入了一種詭異的沉默中。

他正納悶呢，就聽楊菁說：「這 part 已經過去好幾分鐘了，你沒聽課嗎？」

「……」如果窗邊有洞，盛望已經跳出去了。

楊菁瞪了他一眼，叫道：「江添，來解救一下盛望。」

盛望聽見椅子一聲響，後面的人也站了起來。幾秒鐘的沉默過後，江添的嗓音在他身後響起：

「我也沒聽。」

全班頓時一片譁然，宋思銳這種不怕死的已經豎起了大拇指，轉頭對他們用口型說：大氣！瀟灑！膽子賊肥！

盛望莫名有種幹壞事被當場捉住的感覺，還一捉一雙。

託兩位巨頭的福，這成了A班有史以來最幸福的一節英語課，因為楊菁被他倆氣傷了，再沒叫過別人，連高天揚都被特赦坐下了。

只有他們倆，一前一後站了整整一節課。

附中北門的火鍋店剛開張一個月，占據了這一帶最旺的門面，夜市總是排著長長的隊，中午略好一些。

這裡用的是北方銅鍋，味兒不太大，也有附中的學生、老師趁著午休溜來吃。

趙曦和林北庭早早等在那裡。

他們挑了個二樓靠窗的位置，盛望坐下之後朝窗外掃了一眼，恰好可以看到十字街口穿梭不息的人流。

「變化還挺大。」趙曦四下看了一圈，對林北庭說：「是吧？」

「嗯，以前沒什麼人。」林北庭說。

「什麼？」盛望疑問道。

「說這家店。」趙曦指了指腳下，「我上高中那會兒，這家店面是出了名的毒鋪，誰來誰關門，沒有撐過三個月的。這兩年倒是熱鬧起來了，誰開誰火爆，挺神奇的。」

林北庭擰開飲料，往盛望和江添的杯子裡倒了一些，又給他自己和趙曦各開了一罐冰啤：「我們租門面的時候這家是不是還空著？」

「對。」趙曦說：「當時兩間店面都在招租。」

「那怎麼沒租這間？」盛望問。

「因為我們就是奔著另一間店面去的啊。」趙曦笑起來，捏著啤酒罐跟他碰了一下杯，說：「我上學的時候，那邊也有一家燒烤店，我跟林子第一次碰面就在那邊，之後每次拉幫結夥辦聚餐也在那邊。」

「我聽江添說，林哥不是附中的？」盛望好奇地說。

「對。」趙曦隨手朝某個方向一指，「他一中的，當年一中扛霸子啊，是吧林哥？」他促狹地衝林北庭抬了抬下巴。

一說到扛霸子，盛望就想起來翟濤。

趙曦看到他表情就知道他在想什麼，連忙澄清：「也不是你見到的那種腦子不大好的扛霸子。他一中競賽班的，成績好又人模狗樣……」

他說著被林北庭警告了一眼，笑著讓了一下說：「反正很多小ㄚ頭追著跑，就惹了一群男生眼紅。一中那邊比附中凶多了，三天兩頭有人找他茬兒，他又是個懶得廢話的人，說不通就打，打著打著，把自己打成了傳說中的扛霸子。」

林北庭拿漏勺撈了一堆東西扣他碗裡，說：「你差不多行了。」

「看，自己幹過的事還不讓說。」

趙曦那性格顯然是不受管控的，他說得正來勁，誰也堵不住。

「你跟林哥不會也是因為打架認識的吧？」盛望猜測著。

「哎，聰明。」趙曦指著林北庭說：「我倆當時都參加競賽，化學還是物理來著，記不清了，初賽比賽地點在附中。考完我拉了一夥人來燒烤店吃串燒，他被他幾個同學拽著，然後有幾個傻逼同學喝了酒，非要爭一中和附中誰更牛，就嗆上了。然後說到什麼來著？」他看向林北庭，當年的細節已經忘了一些。

林北庭瞥了他一眼，沒好氣地說：「忘了，反正我上了個洗手間回來，你們已經打起來了，你人都不看都往我這掄了一拳頭。」

趙曦端著杯子在那笑，「我哪裡知道，反正沒穿附中校服的都是對手。」

林北庭搖了一下頭。

盛望差不多聽出來了，就趙曦這德行，放當年估計也是校園一霸，畢竟一個巴掌拍不響。

「然後打一架成朋友了？」他問。

「當然沒有。」林北庭說：「打了不下十回，勉強握手言和了。」

趙曦說：「因為我倆物理競賽名次都還可以，進省隊了，住一個宿舍。後來就莫名其妙關係變好了。」

「然後考了同一所大學？」盛望感覺自己能想像出一條軌跡。

誰知趙曦垂了眼笑了一聲，說：「沒，大學不是同一所，有幾年聯繫也不是特別多。後來機緣巧合都到了國外，又聯繫上了。前陣子我倆前後腳回來，剛好聽說那家店面招租，就盤下來弄個燒烤店玩兒，懷念一下十幾歲時候的傻逼歲月。」

他說話一直有種漫不經心的意味，好像什麼都是玩兒，盛望莫名覺得這兩人挺酷的。

「我今天在辦公室聽見你說不要那個獎的時候，就覺得你很對我脾氣。」趙曦指了指盛望，又衝江添說：「你倒是讓我嚇一跳。」

眼來。

「為什麼？」江添之前很少插話，估計之前早已聽過那些往事。這會兒被趙曦點名，他才抬起眼來。

「你整天一副少年老成的樣子，我以為你會考慮得比較多。」趙曦喝了一口啤酒「嘖」了一聲，又自己反駁道：「不過也是，我當初記住你，就是覺得你小子特別傲，怪你平時太悶，我差點兒忘了。」

江添表情涼絲絲地喝了一口冰飲，把趙曦逗樂了。

盛望想了想說：「我以為你會覺得我們衝動又傻逼。」

趙曦笑了半天說：「那倒不會，畢竟我以前也沒少幹過類似的事。理性來說挺傻逼的，會有很多人跟你說，你以後會後悔的。」

盛望問：「那你後悔了麼？」

趙曦說：「你看我像後悔的樣子麼？」

盛望也跟著笑起來，他現在是真的很喜歡這兩個人了。

「我只知道什麼年紀做什麼事，該瘋一點的時候不瘋，可能更容易後悔一點。」他說：「以後有幾十年的時間給你去瞻前顧後，急什麼。」

盛望拇指抹過玻璃杯上的水霧，餘光裡瞥見江添從窗外收回目光，他垂著眸微微有些出神，不知在想些什麼。

十字街口正值中午最熱鬧的時候，人流不斷，熙熙而來，又熙熙而往。

直到這天下午的大課間，齊嘉豪才回到教室，全程悶著頭，誰問也不說話。他大概怕盛望和江添把事情傳遍全班，整個課間都是一驚一乍的模樣，偶爾會朝教室後方瞥一眼。

誰知盛望根本沒空管他，因為班長李譽又拿著表格來執行公務了。

她在盛望和江添桌前躊躇片刻，說：「那個，住宿申請快截止了，你倆的表格還交嗎？」

這個問題像是一種提醒，盛望上一秒還因為高天揚的蠢事在笑，下一秒就收住了笑意。

他先是疑問了一聲，又很快反應過來，喝了一口水，對李譽抱歉地笑笑說：「我就不交了，妳問下別人吧。」

李譽默默看向後桌那個「別人」。

盛望隨手從桌肚裡抽了一本書出來，踩著桌槓低頭翻著。他翻了四頁，才反應過來自己看的是早已學完的那本物理教材。他手指頓了一下，又沉默著垂下去。

緊接著，他聽見江添對李譽說：「我也不交了。」

李譽什麼時候走的，他毫無印象。只記得自己回過神來的時候，感覺後面的人用筆敲了一下他的背。

他條件反射朝後靠過去，背抵上了桌子。

接著，他聽見江添在耳後問他：「什麼時候才能重新開張？」

〔Chapter 5〕

教室滿地喧囂，盛望卻只聽清了江添那句話

教室前面，宋思銳不知說什麼鬼話惹到了一大幫人，高天揚帶頭把他按在桌上，連卡脖子帶撓腰，最後一個接一個壓到宋思銳背上，差點兒把他壓斷氣。

李譽不能理解這種傻逼遊戲，一邊搖頭刷題，一邊笑個不停。

小辣椒在旁邊一邊起鬨，一邊掏出手機，以拍電影的架式記錄了打鬧全部過程，還有模有樣地運了鏡。

宋思銳憋得臉紅脖子粗，艱難地往外迸字：「我他媽錯了還不行嗎！」

「我要死了，救命……」

「你們是不是有病！」

教室滿地喧囂，盛望卻只聽清了江添那句話。

他想了一會兒說：「我這人脾氣很大，心眼很小，氣性特別長。」

江添上身微微前傾，手指間捏著一枝筆，聽他說話的時候眸光微垂，手指撚著黑筆兩端慢慢轉著。他點了點頭，應道：「嗯。所以呢？」

——所以你讓我開張就開張，那我豈不是很沒有面子？

盛望踩著桌槓的腳一鬆，翹著前腳的椅子落回地上，背便不再抵著江添的桌沿。

他把壓根沒用的物理書扔回桌肚，正想張口放話，前面的高天揚凱旋而歸，老遠問他：「盛哥！什麼事那麼開心？」

盛望：「放你的屁。」

高天揚：「啊？」他不明白自己問一句「開心」怎麼就放屁了，他只看見江添在後面躬著肩悶頭笑起來。

盛大少爺的臉皮很值錢，就算丟也不能是現在，於是他強撐了一個下午加三節晚自習，愣是熬到了夜深人靜。

他正在算最後一道物理題，桌邊的手機突然連震三下，來了幾條微信消息。

一般這個點還醒著的只有江添，盛望下意識朝背後的牆壁瞄了一眼，點開微信，卻見跳到最頂上的並不是隔壁那位，而是前同桌兼室友彭榭。

盛望看得一頭霧水，戳了三個標點回去。

八角螃蟹：這才多久，都有人排隊表白了

八角螃蟹：果然，長得帥到哪兒都有人拍

八角螃蟹：盛哥我在網上看到你了！

打烊：？？？

八角螃蟹：欸你居然還醒著？

打烊：你都醒著呢

八角螃蟹：也是

八角螃蟹：江蘇日子不好過啊，居然把我們盛哥逼到天天爆肝熬夜了

打烊：別提了

打烊：腎痛

八角螃蟹：還在刷題嗎？你們作業究竟有多少啊？

盛望隨手拍了一張正在做的考卷發過去。

打烊：最後一題了，你晚一點發我就睡了。

對面沒有立刻回覆，盛望也沒等著，塞上耳機繼續算著式子。

過了大約五分鐘，盛望剛好寫完最後一問，手機突然又震了一下。

八角螃蟹：我剛剛看了一遍題

八角螃蟹：現在世界觀有點崩潰

八角螃蟹：我居然一道都不會？

盛望笑噴了，直接按著語音回道：「別崩潰，平常誰考這個啊。這邊班級強制搞競賽，這是發的練習考卷，我也做得磕磕巴巴的。」

八角螃蟹：並看不出磕巴

八角螃蟹：不是你等等！

八角螃蟹：你不是還在補進度嗎？怎麼就做上競賽考卷了？

盛望發了個特別討打的笑臉，說：「進度補完了。」

八角螃蟹：……

八角螃蟹：還不到一個月呢？

八角螃蟹：艸

八角螃蟹：我就不該半夜上趕著來找刺激

說到上趕著，盛望想起他最開始的話，問道：「你剛剛說網上看到我了？什麼意思？」

八角螃蟹：哦，你等下，我給你看。

接著他甩了一張截圖來，截圖裡是一條空間狀態。一個叫「附中表白牆」的人發了一張照片，照片裡是站在操場邊的盛望。

那應該是某次大課間跑操過後，他穿著白色的T恤，左肩上搭著脫下來的校服外套，一手抓著瓶冰水，另一隻手正在擦嘴角。他鬢角有汗濕的痕跡，正笑著跟誰說話。

八角螃蟹：你很久沒看企鵝群了吧？

八角螃蟹：我晚上看到班級群裡幾個女生在刷，說初戀飛走了，被別校女生排隊表白。

打烊：……

盛望也不知道回他什麼，甩了兩個哭笑不得的表情包便點開截圖往下看。

那條下面是長到沒截全的回覆，有排隊發小愛心的，有發他名字的，有說他又帥又颯的。還有一個關注點特別奇葩，說：照片左邊入鏡的那隻手是誰的？感覺也是個大帥比，看手指就知道。

另一個人回覆她：既然說是大帥比，那我盲猜江添。

盛望心說，不用盲猜，就是江添。

他把照片放大，那隻手乾淨瘦長，突出的腕骨旁邊有一顆很小的痣。

暑假補課期間上過兩次體育課，A班的女生討厭曬太陽，總是找盡藉口窩在教室裡刷考卷。男生倒是積極，一般去器材室裡撈個籃球打半場，老師當裁判。

盛望比較懶，但很給高天揚這個體育委員面子，兩次都上了場，很不巧都跟江添對家。

江添打球會戴護腕，運球的時候，那枚小痣就壓在護腕邊緣，隨著動作若隱若現。確實……挺帥的。

手機又嗡嗡震動，盛望愣了一下才意識到，自己居然盯著江添的手看了好一會兒。他倏然收回目光，匆忙關掉照片，端起桌上的水灌了兩口，這才舔著唇角重新看向微信。

八角螃蟹又發了好幾條消息，盛望一掃而過，卻已經沒了聊天的興致，他跟螃蟹簡單往來兩句，各自打了聲招呼說要睡覺。螃蟹很快沒了動靜，盛望卻並沒有要睡的意思。

他把做好的物理卷塞回書包，又抬眼看了一下時間：凌晨一點零七分。

自從追上了進度，他就用不著夜夜到兩點了。也許是習慣尚未調節過來，他明明挺睏的，卻總覺得還應該做點什麼。

他在書包裡翻了一個來回。作業早就做完了，數理化競賽預練習也刷了，文言文早背熟了，要不，再看一眼單詞？

他心裡這麼想著，手指卻點開了微信。他在個人資訊頁面進進出出三次，終於決定趁著夜深人不知，把頭像和暱稱換了。

他找了一張旺仔拱手的圖替換上，然後在暱稱框裡輸了四個字：開業大吉。

改了不到兩分鐘，房門就被人敲響了。

二樓走廊裡開著一盞頂燈，並不很亮，在兩間臥室前投了一圈光暈。

江添洗過的頭髮已經徹底乾了，溫黃的光打下來，給他都勾了一圈柔和的輪廓。

他舉了舉手裡的東西，說：「開業禮。」

「什麼東西？」盛望納悶地接過來，翻開一看……靠，字帖。

「你是不是找架打？」他沒好氣地問。

江添不置可否，他手指往回收了一點說：「要麼，不要我拿回去了。」

盛望沉吟片刻，問：「你的字是照這個練的？」

「差不多吧。」江添說。

「差不多是什麼意思？」

「照著寫過兩次。」江添說。

「照著寫兩次能叫練字？」盛望沒好氣地道：「那你不如跟我說你天生的。」

江添居然還「嗯」了一聲。

盛望眼珠子都要翻出來了，「我確定了，你就是來找打的。」

江添在嗓子底笑了一聲，又正色道：「其實練起來很快。」

盛望不大信，「再快也得一年吧？」

「不用。」

「你別蒙我。」盛望一本正經地說：「這我還是知道的，說出來你可能不信，我小時候練過字，認認真真……」他豎起兩根手指說：「兩年。」

這次江添是真的笑了。他手腕抵撐著門框，偏開頭笑了半天，喉結都跟著輕微震動。

「笑屁啊。」盛望繃著臉。

江添轉回來看著他問：「想速成麼？」

「廢話！」盛望說完狐疑地看著他：「你不是吧……連練字都有竅門？」

「練不到多精深，但起碼能看。」江添說。

盛望懷疑他在人身攻擊，但拿人的手短。看在字帖的份上，他忍了：「能看就行，我又不去比書法。」

江添攤手勾了一下食指說：「給枝筆。」

盛望直接推著他進了隔壁房間。

這邊的書桌早已收好了，椅子空著，江添卻沒坐。他從書包裡撈了一枝紅筆出來，彎腰在字帖上圈了一些字。

「國、遼、溪、覃、鴉、氧……」盛望跟著念了幾個，沒看出規律。

江添翻了十來頁，一共圈了不到三十個字，然後擱下筆說：「練這些就行，每天模仿幾遍，平時寫字再注意點，就差不多了。」

「真的假的？」盛望很懷疑，「這些字有什麼特別的麼？」

「全包圍、半包圍、上下、左右結構都挑了幾個典型。」江添說：「跟你做題一樣，這些練好了，其他大同小異。」

盛望掃視一圈，問他：「有空白本子麼？我試試。」

江添找了一本給他，還附送一枝鋼筆。

「你寫吧，我背書。」他拎起桌邊倒扣的語文書，像之前的許多個深夜一樣，坐到了窗臺上。白馬弄堂那幾隻夜蟲又叫了起來，窸窸窣窣的。盛望在桌前愣了一會兒，拉開椅子坐下來，照著字帖上圈好的字，一筆一畫地寫起來。

五分鐘後，他長舒一口氣，拎著本子在江添鼻尖前抖來晃去，「寫好了，你看看，我覺得進步挺大。」

江添掃了一眼，那張帥臉當場就癱了。他書也不背了，把本子重新擱在盛望面前，自己彎腰撐在桌邊，一副監工模樣說：「重寫。」

「……」盛望心裡一聲靠，感覺自己回到了幼稚園。

大少爺萬萬沒想到，自己居然會因為練字熬到了兩點半。等監工老爺終於點頭，他已經睏得連房門都找不著了。

最後怎麼撒的潑他不記得了，只知道第二天早上睜眼的時候，看到的是江添房間的天花板。

這個年紀的男生清早起床會有些尷尬。

盛望下意識捲了被子側蜷起來。他迷瞪了幾秒，突然意識到有點不大對——被子一滾就過來了，絲毫沒有被另一個人拉拽的感覺。

江添呢？

他茫然片刻，翻身坐起來。空調被堆疊捲裹在他身上，房間裡空空如也，沒看到另一個人。他抓了抓睡得微亂捲曲的頭髮，正要掀被，房門就被人打開了。

江添進門愣了一下，瞥向掛鐘說：「這麼早醒？」

時間剛到六點，窗外天色大亮，陽光卻很清淡，依稀有了初秋的味道。

他額前的頭髮微濕，眉眼清晰，彎腰撈起床腳的校服外套時，身上有股沁涼的薄荷味，一看就是剛洗漱過。

盛望「嗯」了一聲，嗓音微啞，帶著剛醒時特有的鼻音。他掀被的手一頓，又默不作聲把被子蓋回來了。

江添掃到他的動作，似乎是輕挑了一下眉，也沒多反應，逕自走去窗臺邊收書包。

盛望又抓了一下頭髮，沒話找話地問道：「你真睡覺了？怎麼起床沒動靜。」

「睡了。」江添把語文書扔進包裡，頭也不抬地說：「你不喝酒也能斷片？」

盛望辯解道：「睏到極致會有微醺的感覺。」

「見識了。」江添想了想，終於回頭賞了他一眼說：「你那叫微醺？」他還特地強調了一下「微」這個字。

「……」盛望大馬金刀地支著腿，被子箍在腰間。他手肘架在膝蓋上，緩緩把臉搓到變形，「比微醺再多一點點。」

昨晚某人為了睡覺不擇手段，沾床就倒，多走一步都不行，趴在被子上的樣子像塗了三秒膠，誰都撕不下來。問就拿被子捂頭，再問就加個枕頭。誰走都可以，反正他不走。今天睡醒了倒知道丟人了。

「要不你失個憶。」盛望說。

「不可能。」江添回得很乾脆。

盛望正鬱悶，卻瞥眼掃到了另一半床單和枕頭，那上面一絲褶皺都沒有，怎麼看也不像是睡過人的樣子。

「你昨晚睡哪裡了？」他納悶地問。

江添把書包拉鍊拉上，又套了外套，這才沒好氣地回道：「還能睡哪裡。」

也是。盛望感覺自己這話問得有點傻，都是男生，用不著打地鋪，況且真那麼大陣仗，他也不可能毫無印象。

他「唔」了一聲，又懶洋洋地垂下頭。

江添把盛望昨天用的字帖、本子和鋼筆歸攏放在書桌一角，這才直起身問說：「去換衣服，下樓吃早飯？」

盛望動了動腿，說：「再等一下。」

江添看了他一眼又收回視線，沒吭聲。盛望這才反應過來，想打斷自己的嘴。

房間裡有一瞬間安靜極了，獨屬於清晨的車流鳥鳴像是突然被按下開關，從窗外漲潮似的漫進來。空調歇了許久又自行啟動，屋裡溫度還沒降低，微微有點悶。

窗簾在風口下晃動，掀起又落下。

「我手機落在洗臉臺了。」江添忽然說了一句，沙沙的拖鞋聲走出了房間。

對面衛生間拉門打開又關上，盛望這才鬆開搓臉的手，掀了被子忙不迭溜回自己臥室。

這特麼都叫什麼事啊。

他抓了抓頭髮，去房間內附帶的衛生間刷牙，在電動牙刷的嗡嗡輕震裡懊惱了一會兒，又覺得有點好笑。

十六歲嘛，誰沒幹過傻逼事，說過傻逼話？

以前住宿舍的時候，那幫二愣子就什麼都敢。舍長為了叫螃蟹那個無賴起床晨跑，經常把手掏進被子裡就是一下，然後在螃蟹的鬼哭狼嚎中拎包就跑。還有一個室友會坐在床上，十分冷靜地說「你們先行一步，我降個旗就來」。

所以不要慌，很正常。大少爺在心裡對自己說。

他洗漱完，脫下睡覺的短袖，換上乾淨T恤，撈過手機想了想，又把微信的個人資訊改了——頭像換成了大字型白眼旺仔，暱稱換成了「貼紙」，象徵昨晚霸占床鋪的他，以表自嘲。

結果早上一進教室就收到了高天揚的問候：「盛哥你最近改頭像很頻繁嘛。」

盛望撂下書包，想也不想回道：「你這麼關注我，有什麼企圖？」

高天揚辯解道：「不是我發現的，早上小辣……」他話沒說完，被旁邊的辣椒蹬了一下椅子。

「好好好。」高天揚舉手投降，「我圖謀不軌，我盯著他微信行了吧？」

辣椒已經悶頭看書不理人了。

高天揚還在嘴欠：「盛哥有臉有錢還牛逼，這麼好的人上哪兒找，哎，我操，越說越覺得有點道理，要不盛哥你彎一下，讓我體驗一把早戀的滋味。」

盛望假裝沒看到耳朵發紅的小辣椒，冷靜地衝高天揚說：「滾。」

早上頭兩節課是班主任何進的物理，但她沒有急著講課，而是抽了半節課宣布了一點事情。

「市三好還得再進行一次選舉，跟上次差不多，不記名投票，一會兒我把投票紙發下去，你們寫一下，我們快速唱個票。上次已經選上的同學就不要寫他名字了好吧？」何進語氣很平常，乍一聽就好像A班又多要來一個名額，要再辦一次民主選舉似的。

盛望偏頭和江添對視了一眼，又恢復常色去接投票用的紙條。

他完全能理解何進的做法，高二才剛開始，即便齊嘉豪幹了傻逼事，她作為班主任也還是要為大局著想，不能指著他的鼻子說「你們要疏遠他、孤立他」。

這種學生永遠是班主任最頭疼的存在。

班上同學也不全是傻子，交頭接耳嗡嗡議論了一番，便埋頭投起票來。

他們正寫著名字呢，何進突然扔出一記重磅炸彈：「還有一件事說一下，之前說過市三好其他名額的標準，班委那個不談，回頭我開小會說。另外兩個，一個看成績、一個看進步。眾所周知，咱們班江添霸著年級第一的位置很久了，而盛望名次上升有多快，你們也都看得見，照理說這兩個名額該是他們的，但是……」

她頓了一下，目光從盛望和江添臉上掃過，「這兩位同學一來比較自信，二來也想給更多同學機會，所以呢，他們自願放棄了這兩個名額。」

教室裡瞬間靜默，幾秒後一片譁然。四十多雙眼睛刷地朝這邊看過來，那個瞬間，盛望覺得自己跟江添真成活雷鋒了。

何進又說：「這麼一來，名額往後順延一位。黎佳兩次考試累計總分年級第二，上次選舉票數也非常高，其中一個市三好名額給她，大家沒意見吧？」

小辣椒懵懵然抬著頭。她完全沒想到，失之交臂的東西居然還能落回自己頭上。她發出一聲長長的疑問：「啊——？」

高天揚吹了聲口哨，帶頭拍起了桌子。

其他同學紛紛跟著起鬨，拖長了調子說：「沒意見——」

整齊的聲音中夾雜著幾聲：「靠，我剛寫好她名字！」然後又是鬨堂大笑。

「老師妳早說啊！」宋思銳畫掉投票紙上的字。

「我這不是正在說麼！」何進道。

她嚴肅了半天，終於在這時笑了一下，又正色道：「另外，高天揚兩次考試總分漲了六十四，名次合計上竄了七十八名，是咱們班進步第二快的同學，另一個市三好名額就給他了，好吧？」

她特別喜歡在句尾加一句「好吧」，語氣溫和帶著商量，但並沒有誰敢說「不好」。更何況，高天揚本就是A班人緣最好沒有之一，自然沒人反對。

盛望看見前桌那位正給辣椒起鬨呢，口哨吹得賊來勁，結果半路卡殼嗆了半死。他懵逼半晌，轉頭看向盛望說：「靠？」

「別靠了。」盛望說：「鼓掌。」

其他人嗶嗶跟著拍起手來，起鬨的、鬼叫的，宋思銳還朝後扔了筆帽，這才把高天揚砸回神。他捂著後腦杓，被鬨得脹紅了臉，然後衝盛望和江添一拱手，中氣十足地說：「謝謝！承讓！」何進當場翻了個白眼，全班又笑趴了。

託江添和高天揚的福，盛望始終沒有感受到太明顯的欺生和排擠，但直到這節物理課他才突然意識到，這個集體早已把他當成了自己人。不是有句話麼，當你和某些人不再相互客氣，能心安理得地共用麻煩和榮譽，你們就是朋友了。

A班最終上報的市三好有四位，黎佳、高天揚、班委裡面挑出來的李譽，以及民主選舉出來的徐天舒——這是徐小嘴的大名。

徐主任憋著樂，把全年級所有市三好送上了榮譽牆，名單一經公布，就有人發現了不對勁——齊嘉豪不在上面。

於是年級裡湧出了一些流言，關於翟濤，關於齊嘉豪。

不過盛望並沒有關注這些，他向來不會把精力浪費在不喜歡的人身上，他也並不大度，知道對方過得不舒坦，他就放心了。

這天中午，他照常跟著江添去丁老頭那兒蹭飯，卻發現老爺子情緒有些反常，吃飯的時候總在走神，似乎還生著悶氣。不是老小孩式的賭氣，而是明明不高興還要裝作若無其事的那種。

盛望平日裡沒心沒肺，但對情緒的感知其實很敏銳。他在飯桌上試探了兩次，都被丁老頭岔開了話題，直到江添先擱下筷子去洗碗，丁老頭才皺著鼻子悄悄衝盛望擺了擺手。

「怎麼啦？」盛望傾身過去小聲問。

「沒事。」丁老頭朝廚房的方向撇了撇下巴，用氣音說：「別讓他聽見，煩心。」

這是跟江添有關？盛望納悶之餘有一點小小的擔心。

午休時候，數學老吳照例來發半小時練習卷，結果江添沒做成。他剛寫五分鐘，管理處的老師就找來了，在門口跟老吳協商了幾句，把江添叫走了，說是校網升級。

這張練習卷盛望做得比任何一次都快，二十分鐘就交卷，然後藉口上廁所溜出了學校西門。

正午的梧桐外透著安逸，老人聚在樹蔭底下喝茶、聊天，或是擺著凳子下象棋，除此以外處處都是昏昏欲睡的夏乏之氣。這種環境下，任何一絲意外都很容易被人注意到……

盛望趕著去丁老頭家，腳步匆忙，走到巷子拐角的時候差點撞到一個人。那是一個高個男人，因為面容英俊又衣冠楚楚的緣故，看不大出年紀，但盛望直覺他跟盛明陽差不多大，也許是因為氣質有幾分相似，也許是因為他眉眼間透著疲態。

那人跟他道了句歉，便心不在焉地走了，沒走幾步還搖了下頭，兀自咕噥了一句什麼。

盛望琢磨了一下，感覺他說的像是「老頑固」。他忍不住回頭看了一眼，那個男人已經走到了巷子另一頭，拐了個彎便不見了。

老頑固？說誰呢？盛望納悶地咕噥了一句，繼續朝前走。當他看到丁老頭的院子門額時，他忽然意識到，剛剛那男人似乎就是從這邊來的。他揣著疑惑跨進院子，果然看見老頭坐在臥室門邊垂頭自閉。

那個竹椅有些年頭了，稍微動一下便吱呀作響，丁老頭戴著老花眼鏡，手裡拿著一本極具年代感的老相冊，嘴裡還咕咕噥噥地說著什麼。

「爺爺？」盛望輕手輕腳過去。

丁老頭嚇了一跳，「你幹麼來了？你不是去學校午睡麼？」

「沒睡，我提前交了考卷出來了。」盛望說：「您這看的是什麼呀？」

他垂眸掃了一眼，老頭看的那頁裡夾了四張照片——一張是個大合照，幾個大人帶著七八個孩子。照片受過潮，表面花了一小半，根本看不清幾張臉，還有三張照片好像是同一個小男孩。

「老照片，有些年代了，你們現在都不洗照片了。」丁老頭咕噥著。

盛望指著那三張照片問：「這誰啊？有點眼熟。」

「這是兩個人。」丁老頭沒好氣地說。

「啊？」盛望見他不介意，彎腰細看，這才發現男孩還是有區別的，其中兩張嘴角天生微翹，有點笑唇的意思，另一張裡的男孩抿著就是一條直線，而且照片也不是一個年代。

他看了一會兒，居然從那條直線裡看出幾分江添的影子。

他指著照片遲疑道：「這是江添啊？」

「嗯！」丁老頭笑了一下，點點頭。

照片裡的男孩大約五六歲，模樣還沒張開，但五官已經極其好看了，尤其是眼睛。他仰著頭站在門邊，看著低矮院牆上趴著的一隻貓。

盛望又看了幾眼，終於根據紋路認出來。那是江添微信頭像裡的貓，只是要小很多。

「他那時候還小呢。」丁老頭說。

既然這張是江添，那另兩張跟他很像的男孩……

盛望猜測道：「這是江添他爸爸？」

丁老頭的笑容瞬間消失，兩頰的肉拉下來，老態便很明顯了。他垂眼看了一會兒，嘆氣說：「嗯，他老子季寰宇。」

盛望有點訕訕的，聽這口氣就知道丁老頭不喜歡江添他爸。

老頭戳著照片說：「這個季寰宇啊，特別不是個東西。小添以前可憐啊。」

盛望心下莫名一跳，問道：「他小時候過得不好啊？」

「不好，跟流浪似的。」丁老頭說：「他小時候，小季……季寰宇跟小江都忙，忙得根本見不到影子的，就把他放在這裡，跟著他外婆住。你知道，人老了啊，身體說不準的。」

他點著太陽穴說：「他外婆這裡不大好，有點癡呆，一會好，一會兒不好，有時候一整天都不記得做飯，小添那時候小，也不大能弄。我呢，看不下去，就每天逗他過來，給他帶點飯走，他跟他外婆一起吃。」

「後來他外婆徹底不清醒了，不認人，老把他當別人家的小孩，在裡面鎖了不給他開門。老人家嘛，也不好怪她，小添就來我這裡。」

「他臉皮薄，不好意思說自己沒門進，但我看得出來的，我知道的。」丁老頭說：「我每次呢，就說讓他來幫我一點小忙，然後留他在這裡睡覺。」

「後來沒兩年，他就被送走了，去他爸爸那邊住。」丁老頭說：「他爸媽因為不在一起工作，分在兩個城市，兩邊跑。誰有空誰帶，哪裡都住不久。」

「我就看他一會兒帶著東西去這家，一會兒去那家，好像誰都不親，哪裡都不留他。」

十年前，這間院子甚至比現在還顯侷促。

梧桐外的那片公寓剛刷過新漆，乍一看齊整漂亮，把犄角旮旯的幾間老房襯得尤為破落，丁老頭就是最破落的那一戶。

但那時候他個頭還沒縮，精神足，力氣也大。會在屋簷牆角堆疊瓷盆陶罐，伺候各色花花草草，還養了一隻叫「團長」的狸花貓，免得老鼠在家裡亂竄。

團長是丁老頭帶過的最好養的貓，比狗還通人性，指哪兒打哪兒。當初把江添騙進屋，靠的就是牠。

五六歲時候的江添跟後來一樣不愛說話，總是悶悶的，但畢竟還小，容易被吸引注意力，也容易心軟，只要團長往他腳上一趴，他就沒轍。

梧桐外這一片的住戶都是幾十年的街坊了，相互知根知柢。老人們沒什麼娛樂，就愛湊在一起聊天、下棋，家長裡短就都在這些茶餘飯後裡。

丁老頭不愛扯閒話，但有一陣沉迷下棋，下著下著，就把江添外婆的病情發展聽了個齊全。他本來就跟江家認識，又很喜歡江添，一來二去幾乎把他當成了半個孫子。

老頭經常給團長發號施令，團長就趴在院牆上等，一看到江添路過，牠就猛虎下山去碰瓷。

江添經常走著走著，頭頂突然掉貓。他明明已經急剎車了，那貓還是直挺挺地倒在他鞋上，軟軟一團。

丁老頭尤其喜歡看那一幕——小孩驚疑不定，走也不是，留也不是，只好僵在原地跟貓對峙。這時候，他就會吆喝著去解圍，順便把江添拉進院子。

有時是包好的餛飩餃子，有時是簡單的清粥小菜，有時會蒸兩條魚或燉點湯，老頭想盡辦法給江添捎吃的。

小孩臉皮薄又倔，你問他吃飯了沒，他總點頭悶聲說：「吃了。」

你問他為什麼不回家，他總頂著一張不愛玩的臉說：「出來玩。」

老頭印象最深的是一天傍晚，他前腳聽說江家外婆最近不認人，連外孫都會誤鎖在門外，後腳就在自家院牆外看到了江添。

他那時候很瘦，手長腿長，依稀能看出少年期的影子。他拎著書包，脖子上掛著的鑰匙繩在手指上捲了好幾圈，糾結地纏繞著。一看就是取下來過，卻沒派上用場。

丁老頭拍著他的肩，彎腰問他：「吃飯了嗎？」

他第一次流露出幾分遲疑，但最終還是點頭說：「吃了。」

巷子裡晚燈初上，各家飄著飯菜香，是一天裡人間煙火味最濃的時候，他卻站在別人的院牆外，說：「爺爺，我能看貓麼？」

丁老頭出神了好一會兒，又捋著相冊翹起的邊緣說：「小添那個性格你知道的，讓他主動開口要點什麼很難的，從小就這樣。」

「他跟我說想看貓，那就是他實在沒地方可去了。」

正午的陽光理應耀目刺眼，但落到這間院子裡，就只有天井下那幾公尺見方，餘下皆是灰暗。這是梧桐外最不起眼的角落，是現在的江添唯一願意親近的地方，也是曾經某段漫長時光裡唯一會留他的地方。

盛望忽然覺得很難過。

這是他第一次完全因為另一個人經歷的事，陷入一種近乎於孤獨的情緒裡。照片中的人停留在那個時光瞬間，對照片外的一切無知無覺。

盛望卻看著他沉默良久，開口道：「江阿姨人挺好，很溫柔，我以為……」

「你見過小江啊？」丁老頭問。

盛望啞然許久，說：「江阿姨跟我爸爸在一起，其實我跟江添不單單是同學，我們兩家現在住在一起。」

「噢噢噢。」丁老頭恍然大悟，又咕噥說：「我說呢，小添不大會帶外人來這裡。怪不得、怪不得。那你們兩個算兄弟了？」

有一瞬間，盛望覺得「兄弟」這個詞聽來有點彆扭。很奇怪，明明之前連他自己都跟江添說過，曾經想要一個兄弟。但也確實找不到別的形容了。

他遲疑兩秒，點頭說：「算是吧。」說完，他又補了一句：「反正挺親的。」

丁老頭笑起來。他平時虎著臉的模樣鷹眉隼目，帶著七分凶相，但只要一笑，慈藹的底子便露了出來，甚至有點老頑童的意思。

他說：「你跟小添誰大？」

「他吧，我十二月的生日。」盛望說。

「哦，他年頭。」丁老頭說：「那你得叫他哥哥啊，我怎麼沒聽你叫過？」

盛望：「……」

老頭拉下臉假裝不高興。

盛望哄道：「下回，下回肯定記得叫。」

丁老頭：「你們這些小孩就喜歡騙人。」

盛望：「……」

老爺子逗了兩句，又落進回憶裡。他想了想說：「小江能換個人家挺好的，那丫頭也算我看著長大的，上學特用功，很要強的。二十來歲的時候風風火火，後來大了反而沉下來了，好像沒什麼脾氣的樣子，也是家裡事給耗的。」

「她爸爸以前好賭，欠了不少債。她媽媽當老師的，哪還得起那麼多，都是後來小江做生意，慢慢把窟窿填上的。後來她媽媽腦子這邊有病，身體也不好，治病要花錢啊，小孩也要花錢養，她哪能停下來呢？」

「她對小添愧疚心挺重的，有兩次來接小孩，眼睛腫得跟核桃一樣，哭的啊。」丁老頭嘖嘖兩聲說：「二十來年我都沒見她那麼哭過。那時候她其實發展得比季寰宇好，但季寰宇這人呢，心思重，好面子。」

他戳著相冊裡跟江添肖似的男孩說：「他小時候其實也苦，沒爹沒媽的。後來……後來跟著幾個小孩被人拾回去，放在一個院子裡養著。」

「孤兒院？」盛望問。

「沒那麼正規。」丁老頭搖了搖頭，「就像拾個小貓、小狗一樣，看他們可憐，給口飯吃，照看著。他那名字都是那時候取的，跟拾他的人姓。好幾年之後因為不正規嘛，就被取締了，小孩也就都散了，只有季寰宇還留在這一帶。」

「他那時候快上初中了吧，就一直住在學校。高中時候也不知道怎麼跟小江弄到了一起，後來大學畢了業就結婚了。他小時候經常被欺負，老想著出人頭地，想出省、出國，要做大事，所以也不甘心在家照顧小孩。」

「反正為小添的事，他們鬧過好幾回了，也沒鬧出個名堂。」丁老頭說：「有一陣季寰宇轉了性，沒再讓小添跑來跑去，主動來梧桐外陪小添住了一年，那時候小添小學還沒畢業，江家外婆剛去世，就爺倆在這裡住著。」

「剛開始還挺好的，至少小添不會有進不了門的情況，後來就不行了。」丁老頭說：「季寰宇那個東西哪會照顧人呢，小添就又開始往我這裡跑。有一次我看到小添脖子後面被燙壞了一塊，在我這邊住了兩天，又是發燒又是吐的。後來他就被小江接走了，之後沒多久，我就聽說小江就跟季寰宇離婚了。」

盛望想起江添後脖頸上的疤，擰著眉問：「不會是季……他爸爸燙的吧？」

「我當時就問過了，小添說不是，不像是嘴硬的那種，他嘴硬我看得出來。」丁老頭說：「季寰宇這人雖然挺不是東西的，但也確實不大會幹這種事。」

「那是怎麼弄出來的？」盛望不解。

「不知道。」老頭搖搖頭說：「小添強得很，嘴又牢，他不說就沒人知道。我也不敢提，提了他心情不好。他過得不容易，高興都很難得，我哪能惹他不高興呢。」

老人家喜歡絮叨，說起陳年舊事來碎碎糟糟，還有點顛三倒四，但盛望依然從這些事情裡窺見了江添童年的一角。

他終於明白為什麼江添和他媽媽之間的相處那樣古怪了，因為沒有歸屬感。他能理解江鷗的苦處和愧疚，所以總會護著她，但他沒辦法把江鷗在的地方當作家。就好像同樣是不高興，盛明陽只擔心盛望會不會不理人，江鷗卻要擔心江添會不會離開。

因為他總是在離開。

盛望懷疑，對於江添來說，他曾經的住處也好，白馬弄堂的院子也好，也許都不如學校宿舍來得有歸屬感。至少在宿舍，他可以清楚地知道自己能住幾年，知道行李拆放下來多久才收。

院門外有人騎著老式自行車慢悠悠經過，拐進巷子裡的時候按了一聲鈴。

盛望終於回過神來，站直身體。口袋裡的手機突然震了一下，他掏出來一看，有人通過班級群加了他微信好友，驗證消息上寫的是「李譽」。

盛望點了接受，對方立刻彈了消息過來。

七彩錦鯉：盛望你去哪兒啦？有老師來查午休紀律，我今天執勤。

附中的午休有規定，不能隨意進出教室。隔三差五有老師巡邏，抓住了得扣紀律分。

盛望這才想起來午休快結束了，他已經溜出來半小時了。

貼紙：抱歉啊班長，一會兒就回。

七彩錦鯉：快點

貼紙：謝了

七彩錦鯉：我說你身體不舒服去醫務室拿藥了，別穿幫。

盛望本打算收起手機，臨了又想起一件事。他問：

班長，學校宿舍還能再申請嗎？

七彩錦鯉：……
貼紙：雙手合十
貼紙：我知道這話有點找打
七彩錦鯉：也……行……
七彩錦鯉：但是房間可能得排到最後了。
貼紙：好
貼紙：謝謝

他跟丁老頭打了聲招呼，匆忙就要往學校趕。他一腳跨出門口，又退回來問道：「爺爺，那隻叫團長的貓呢？」

「不在啦。」丁老頭說：「老貓了。」

盛望垂下眸子點了點頭。他把手機扔回口袋，朝學校一路飛奔。

很巧，在經過篤行樓的時候看到了一個熟悉的背影。

江添剛從機房出來，正往明理樓的方向走。篤行樓前的花叢裡竄過一隻野貓，三跳兩跳上了窗臺。江添腳步停了片刻，抬頭朝野貓看了一眼。

那個瞬間，盛望彷彿看到了十年前的梧桐外，老照片裡無知無覺的男孩穿過時光，陡然清晰起來。只是那隻會碰瓷留住他的貓早已不在了。

盛望剎了一下，又加快了步子朝江添跑過去。

那天的學校安逸得一如既往，午休結束的鈴聲尚未響起，就連鳥都蜷在樹蔭裡昏昏欲睡。從身後撲撞過來的人，是這片沉靜裡唯一鮮活的存在……

江添感覺自己的脖子被人勾住，慣性連帶下，兩個人都踉蹌了幾步。他訝然轉頭，看到了盛望意氣飛揚的笑。

他聽見對方說：「江添，我們一起住校吧。」

住宿這件事並不很順利，一經提出就遭到了各種人的反對。各種人指盛明陽、江鷗，以及保母孫阿姨。

盛明陽接連撥了三個視頻通話過來。

盛望接了一個掛了倆，就這樣還是被他爸念得腦子嗡嗡作響。

已經是凌晨一點了，「養生百科」變得一點兒也不養生，孜孜不倦地蹦著新消息。

盛望塞著耳機，把那十幾條語音快速點了一遍。畢竟是親生的父子，只聽開頭他就知道對方會說什麼……

「一定有什麼事惹我兒子不高興了，不然怎麼好好的要住宿呢？」

「望仔，跟爸爸聊聊？」

「別悶著，有什麼話可以直接說。你們這個年紀的人總覺得家長老套過時，死板教條，其實也不全是這樣。」

「是爸爸的問題，還是你江阿姨？」

盛明陽是個很有教養的人，盛望長這麼大從沒見他跟誰發過火，但同時他又是一個很強勢的人，只不過這種強勢包裹在溫和的言語裡，一般人很難覺察到。

跟盛明陽打交道的人，常常會不知不覺按照他計劃的路線往前走。他總能說服你，但你卻很難扭轉他的想法。

就像現在，他執拗地認為自己兒子選擇住宿是因為不高興了，還從各方面論證了一遍這個觀點，哪怕盛望已經說了很多遍「我沒生氣」。

怎麼都沒用，好像不順著他的話承認，這場嘮叨就永遠沒有盡頭似的。

最後一條語音長達六十秒，盛望只聽了五秒就掐掉了。他摘下耳機扔在桌上，心裡一陣焦躁。他仰頭在椅子上掛了一會兒，終於還是沒忍住。

他按下語音鍵，道：「我說了不是因為生氣，我沒生氣。你能不能聽一次我說的話。」

盛明陽很快回覆過來：「聽著呢。有什麼你得說出來爸爸才知道。爸爸怕你不開心。」

盛望那股煩躁更壓不住了，但他跟盛明陽骨子裡其實有點像，他不會失態跟人大吼大叫，那樣太難看了。哪怕是這會兒，他也只是語氣重一些，語速急一些。

「我心眼小、脾氣爛，真生氣的時候多了去了，之前哪次沒跟你說？哪次有結果？我說我不需要什麼新的家庭成員，自己待著挺好的，你忙你的事，出你的差，什麼時候回來提前告訴我，我可以等。你聽了嗎？你找了江阿姨。」

「後來我說我想通了，我媽已經不在了，往後還有幾十年，我會成年、會談戀愛、會結婚，你也不可能一直一個人。你可以找新的，我都接受。只要別讓她代替我媽，怎麼都可以。結果呢？你讓人住進我小時候住的地方，睡我媽待過的房間，進我媽用過的廚房，做她喜歡做的菜。」

「你就是故意的。」

「你故意找一個跟我媽像的人，你知道我就拿她沒轍。只要她脾氣好、人好，我就沒法衝她撒氣發火，你算好的，你算好了我遲早要接受她。」

「行啊，我現在接受了。」

盛望依然仰靠在椅背上，手機靠在唇邊，漆黑的眼珠看著頭頂的燈。

為了看書的時候保持清醒，他特地讓阿姨把燈管換成了冷光。平時不覺得，現在盯著看久了，才發現白光有多刺眼。刺得人眼睛發脹，莫名就紅了一圈。

他說：「我喝酒了她給我泡蜂蜜水，我生病了她到處給我找藥，我很久沒吃到的東西，她學著給我做。誰都替不了我媽，但是我可以接受家裡多兩個人。」

「我跟你說了我不煩江阿姨，我可以把她當成家裡人，我跟江添關係也很好，特別好。我誰的氣都沒生，誰都沒惹我，我就是想住宿了。」

「你能不能好好聽一次我說的話。」

他鬆開手指，發送完最後一條語音，然後把手機朝腦後扔出。它劃過一道弧線，無聲地砸落在床上，深深陷進被子裡，此後再怎麼震動都聽不清了。

盛望怔怔看了一會兒燈，閉上眼咕噥了一聲「草」。

他和盛明陽之間，從來只有另一個人大段大段地說話，這是第一次反過來，居然就為了住校這麼一件小事……好像有點矯情。

跟盛明陽說這些話，他其實有點難受，但不可否認，難受中又夾著一絲痛快。就好像在某個逼仄的袋子裡悶了很久很久，終於撕開了一條縫。

江鷗的反對和盛明陽並不一樣，她對江添帶了太多愧疚，就連反對都是無聲而怯怯的。

江添半夜醒來覺得有點渴，倒點水喝。他端著玻璃杯下樓，發現客廳裡有光。

江鷗一個人窩坐在沙發裡，落地燈在她身上籠下昏黃的圈。電視是開著的，正放著某部老電影，演員在場景裡說笑，客廳內卻靜默無聲。

江添在樓梯口停下腳步。他遠遠看了一會兒，端著空空的杯子走過去。

江鷗聽見腳步聲，茫然轉頭，愣了幾秒才說：「你怎麼起來了？」

「嗯。」江添應了一聲，瞥了一眼電視機問她：「幹麼坐在這裡？」

「睡不著，看會兒電視。」江鷗溫聲說。

「看電視不開聲音？」江添又問。

「有點吵。」江鷗說。

她坐的是長沙發，旁邊留有一大片空白。江添彎腰擱下玻璃杯，卻坐進了單人沙發裡。這其實是他下意識的舉動，並沒有故意讓人不舒服的意思，但正因如此，才更讓人難受。

江鷗偏開頭，飛快地眨了幾下眼睛。等到那股酸澀的感覺被壓下去，她才轉過臉來對江添說：「小添，住在這裡很難受麼？」

江添沉默片刻，說：「宿舍方便。」

看，即便這麼直白地問他，即便答案再明顯不過，他還是選擇了不那麼傷人心的話，儘管語氣還是硬邦邦的。

江鷗看著電視裡無聲的影像，鼻頭有點泛紅。

過了半天，她嗓音微啞地開口說：「我這兩年總在想，以前究竟做錯了多少事。」

「要是不那麼好強，各退一步，或者乾脆我多讓一點，少忙幾天，在家待的時間久一點，不要把你送去外婆那裡，陪你的時間長一點，會不會就是另一種樣子了。」

「我那天做夢，夢到你小時候。兩歲還是三歲？剛上幼稚園吧，我那時候特別怕你盯著我看，你一看我就走不了了。所以每次要出門，都要等你睡覺的時候。」

那時候江鷗有件襯衫袖口有絲帶，平時是打了結的。有幾次那個結莫名其妙散了，她還挺納悶的。後來才發現，是江添弄的。

那個時候江添很小，午睡的時候她會坐在旁邊，手就撐在他身側。江添閉眼前會去抓那個絲帶，繞在手指上。

剛發現的時候，江鷗以為這是小孩兒睡覺的怪癖，一定要攥個什麼東西在手裡。後來的某一天，她等江添睡著準備出門，起身的時候絲帶跟著繃緊了，眼看著要從攥著的手裡抽離，睡著的小孩兒突然睜開了眼睛。

直到那天江鷗才知道，那並不是什麼怪癖，只是小孩想要抓住她，想讓她留得久一點，想知道她是什麼時候走的，而不是一睜眼就再也找不到人。

江添想回說「我不記得了」，但這話說出來大概會讓人傷心，於是他只是抿了一下唇沒吭聲，安靜地聽著。

「你盛叔叔給我講過小望小時候的事，我有時候聽著，覺得他跟小時候的你其實有一點像。可能小孩子都是一樣的，他被養成了那樣，你被我養成了這樣。」

「我有時候看他跟人笑嘻嘻地聊天，跟他爸耍小脾氣開玩笑，就會想，如果我當初換一種方式照顧你，你會不會開心一點，笑得多一點。也會跟我耍點脾氣開開玩笑。」

江添沒有看她。他總是不大擅長應對快哭的人，尤其是快哭的江鷗。他目光落在電視螢幕上，沉靜片刻說：「沒必要想那些。」

江鷗驀地停了話頭。

「妳之前說過，有空想恢復工作。」江添說：「那樣挺好的。」

江鷗有一會兒沒說話，她本性好強，愣是被各種事情磨成了這樣，從一個每天奔波的人，變成了每天守著廚房和電視的人。

「工作什麼時候都來得及。」她終於開口：「我不想再看到我兒子一個人拎著行李箱，住到別的地方去。」

她說：「看了太多次了，我難受。」

客廳裡又是一陣沉默，電視上的光影忽明忽暗，角色來來去去。

「這次不一樣。」江添終於從默片上收回目光。

江鷗沒反應過來，她愣了一下疑問道：「什麼不一樣？」

江添朝樓上某處掃了一眼，說：「不是一個人。」

——這次有人跟我一起了。

（未完待續）

i小說 030

某某1

國家圖書館出版品預行編目（CIP）資料

某某 / 木蘇里著 ; . -- 初版. -- 臺北市 :
愛呦文創有限公司, 2021.06
冊； 公分. --（i小說 ; 30）
ISBN 978-986-99224-5-6（第1冊 : 平裝）. --

857.7 110006419

愛呦文創

作　者　木蘇里
封面繪圖　Zorya
責任編輯　高章敏
特約編輯　茉莉茶
文字校對　劉綺文
行銷企劃　羅婷婷

發行人　高章敏
出　版　愛呦文創有限公司
地　址　10691台北市忠孝東路四段59號10-2樓
電　話　（886）2-25287229
郵電信箱　iyao.service@gmail.com
愛呦粉絲團　https://www.facebook.com/iyao.book

總經銷　聯合發行股份有限公司
電　話　（886）2-29178022
地　址　231新北市新店區寶橋路235巷6弄6號2樓

美術設計　徐珮綺
內頁排版　陳佩君
印　刷　沐春行銷創意有限公司
初版一刷　2021年6月
初版十一刷　2024年4月
定　價　360元
ISBN　978-986-99224-5-6

愛呦文創